黑暗塔系列番外 THE DARK TOWER THE WIND THROUGH THE KEYHOLE

穿过锁孔的风

STEPHEN KING

〔美〕斯蒂芬·金 著

于是 译

人民文学出版社
PEOPLE'S LITERATURE PUBLISHING HOUSE

著作权合同登记号　图字 01-2016-6302

图书在版编目(CIP)数据

穿过锁孔的风/(美)斯蒂芬·金著;于是译.
—北京:人民文学出版社,2016
(黑暗塔系列)
ISBN 978-7-02-012057-4

Ⅰ.①穿…　Ⅱ.①斯…　②于…　Ⅲ.①长篇小说-美国-现代　Ⅳ.①I712.45

中国版本图书馆 CIP 数据核字(2016)第 234812 号

出品人　**黄育海**
责任编辑　**甘　慧　任　战　张玉贞**
封面设计　**陈　晔**
封面插图　**郝　钰**

出版发行　**人民文学出版社**
社　　址　**北京市朝内大街 166 号**
邮政编码　**100705**
网　　址　**http://www.rw-cn.com**

印　　刷　**上海利丰雅高印刷有限公司**
经　　销　**全国新华书店等**

字　　数　**225 千字**
开　　本　**670 毫米×960 毫米　1/16**
印　　张　**19.25**
版　　次　**2016 年 12 月北京第 1 版**
印　　次　**2016 年 12 月第 1 次印刷**

书　　号　**978-7-02-012057-4**
定　　价　**48.00 元**

如有印装质量问题,请与本社图书销售中心调换。电话:01065233595

献给罗宾·弗思，以及奇迹动漫工作组的兄弟们。

前　言

很多翻开这本书的人追随罗兰和他的团队——卡-泰特——已有多年，其中不少人是从头追起的。其余的，便是新读者和传说中的忠实读者——我希望人数仍是很多——他们可能要问，如果我没有读过“黑暗塔”系列小说，能读懂、并享受这本书吗？我的答案是肯定的，但你需要先记住几件小事。

第一，中世界和我们的世界是毗邻并置的，还有很多重叠部分。某些地方有连通两个世界的门，还有些地方稀疏薄弱，以至于两边的世界真的会融合到一起。罗兰的卡-泰特包括三位成员：埃蒂、苏珊娜和杰克——他们都被抽离原先困扰深重的生活，从纽约被拽到罗兰的中世界使命中。他们的第四个旅伴叫奥伊，它是貉獭，土生土长的中世界动物，眼睛外有一圈金边。中世界非常古老，崩解倾颓，妖孽怪兽横行，魔法也不可信赖。

第二，来自蓟犁的罗兰·德鄯是一位枪侠——在日益无法无天的乱世中倾力维稳的小组织中的一员。如果你把“蓟犁的枪侠”想象成游侠武士和早期美国西部首领的奇特组合体，那就八九不离十了。枪侠中的大多数人——尽管不是全体——都是古老的光明王①传人，光明王也就是亚瑟·艾尔德（如我之前所说，两个世界是有交叠的）。

---

① 原文为 the White King，是光明一族的领袖，在前七本“黑暗塔”中，光明一族又被译为白族。

第三，罗兰的一生都活在恶毒的诅咒里。他杀死了生母，因为她有了一段外遇——基本上可以断定那是违背她意愿的，也显然违逆了她本应明晰的判断力——你将在这本书里看到这场外遇的对象。尽管那是一次意外，他却认定自己对母亲的死负有责任，从青年时代起，佳碧艾拉·德鄯之死就如悲伤的鬼影萦绕在罗兰的心头。在“黑暗塔”系列的七部小说里，这些事的来龙去脉得到了充分的描述，但对于刚刚拿起书的新读者来说，我认为了解这些就够了。

我还要对那些长久以来不离不弃的老读者们说，可以把这本书插在《巫师和玻璃球》和《卡拉之狼》当中……也就是说，介于黑暗塔系列第四部和第五部之间。

至于我，当然很乐于发现老朋友们还有话要说。多年后——在写完七本小说后，在我认为他们的故事已经讲完了之后——能和他们再次相遇，真的如同得到一份厚礼。

斯蒂芬·金

二〇一一年九月十四日

暴冰煞

1

绿色宫殿终究不是奥兹的翡翠宫殿，如今已成坟墓，葬着那个让人不舒服的老头——罗兰的卡-泰特所知的“滴答老人”。他们离开那里之后的几天里，男孩杰克开始越走越远，把罗兰、埃蒂和苏珊娜远远甩在身后。

“难道你不为他担忧吗？”苏珊娜问罗兰，“让他一个人躲得那么远？”

“他有奥伊陪着呢。”埃蒂说的是那只貉獭，它总黏在杰克身边，把他当作特别的密友。“奥伊先生能和好人们友善相处，但一见坏人就会露出满嘴利牙。盖舍那家伙发现了这一点，所以没好果子吃。”

“杰克还带着他父亲的枪，”罗兰说，“他也知道怎么用。一清二楚。而且，他不会远离光束之路的。”他用断指之手指了指前方。低沉的天空里几乎没有浮云，只有一条细窄的云缓慢地向东南方游移。如果之前那个自称RF的人说的是实话，那就将是“雷劈”的方向。

黑暗塔的方向。

“可是为什么——”苏珊娜刚开口，轮椅就撞上了一个土包。她转身对埃蒂说：“宝贝儿，你推着我的时候留点心啊。”

“抱歉，”埃蒂说，“公共设施部门最近疏于维护这段收费公路。准是在琢磨多坑点儿预算呢。”

那不是收费公路，但确实算条路……或者说，曾经是条路：两条若有若无的凹槽、时不时出现的破败棚屋，都标示着所谓路的走向。那天一大早，他们甚至走过了一间废弃的商店，招牌上的字都快看不清了：**图克边境商贸**。他们进去想找些补给品——那时候，杰克和奥伊还和他们待在一起——结果什么也没发现，只有厚厚的积灰、陈旧的蛛网，还有一具骨骸——要么是只大浣熊，要么是条小狗或貉獭。奥伊饶有兴趣地闻了闻，出店前还往上面撒了一泡尿，然后走到老路中央的土包上坐下来，用弯弯的尾巴绕着身子。它面朝来时的路，在空气里嗅着什么。

这几天，罗兰时常看到貉獭这样做，但他什么也没说，只是独自思忖。也许有人在跟踪他们？他不太相信有这种事，但貉獭的姿态唤起了某些遥远的记忆：它抬起鼻头，双耳刺痛般扇动，尾巴卷起来，仿佛有所暗示，但这一切并不能让他明确地联想到哪件事。

“为什么杰克想独自待着？”苏珊娜问。

“纽约的苏珊娜，你认为这值得忧虑吗？”罗兰反问。

“是的，蓟犁的罗兰，我认为这很值得忧虑。”她的笑容很亲切，但眼底深处还是会闪现另一个灵魂的恶毒品性。罗兰认得出来，是黛塔·沃克，苏珊娜的另一面。黛塔永远不会彻底消失，但他不会为此遗憾，因为要不是昔日的怪女人黛塔始终深埋在她心中，犹如一片拒绝融化的冷冰，苏珊娜就不过是一个膝下无腿的俊俏黑女人。只要有黛塔在，她才是人们需要严正以待的人物。危险的人物。枪侠。

“他要把很多事想清楚，”埃蒂轻轻地说道，“他受了不少罪，不是每个小孩都会死而复生的。而且就像罗兰说的——谁要打倒他，谁就终将懊恼。”埃蒂停下来，不再推动轮椅，用手臂抹了抹额头的汗，又看看罗兰，说道：“这片无名城郊还有人住吗，罗兰？还是都搬光了？”

“是的，有少数人还在，我知道。”

他何止是知道；当他们沿着光束之路跋涉时，好多次都有人暗中偷窥他们。有一次，是一个惊惶的女人，怀里搂着两个孩子，挂在脖子的吊带里还裹着一个婴孩。还有一次，是一个年迈的农夫，半人类半变异，一根颤巍巍的触须垂在嘴边。这些人都躲在树林和高高的草丛里，注视着他们的进程，但埃蒂和苏珊娜一个都没有看到，甚至都没有感知到罗兰确信存在的其他人。埃蒂和苏珊娜还有好多要学的。

不过，看起来他们至少学到了一部分所需的技能，因为埃蒂现在发问了：“奥伊一直在闻我们后面的人，就是他们吗？”

“我不知道。”罗兰犹疑着要不要补充一句，说他敢肯定古灵精怪的貉獭奥伊还在琢磨别的事，但终究决定不说。枪侠独自闯荡天涯太久了，许多年里都没有卡-泰特作伴，他已经习惯了把自己的判断留给自己。如果卡-泰特要被维系得团结有力，这将是他必须改掉的习惯。但不是现在，不是在这个清晨。

“我们继续前进吧，”他说，“我肯定杰克在前头等我们呢。”

2

两小时后，依稀有了正午的光感，他们费力地爬上一段上坡路后停下来，俯瞰一条缓缓流淌的宽阔大河，河水灰蒙蒙的，在阴郁的天空下像锡铁一般。他们所在的河西北岸有一间谷仓式的建筑物，漆成了扎眼的亮绿色，绿得像尖叫，冲着暗哑的天空。入口处的栈道直接通到河面上，立在河水里的木桩也漆成同样的绿色。有两根立柱上拴着一根粗缆绳，系着一条大木筏，九十乘九十英尺，显得非常宽敞，漆成了红黄相交的条纹图案。木筏正中间竖着一根高高的木桅，但看不到有帆。木桅前摆着几张柳条凳，正对着他们所在的岸边。杰克坐在凳子上。他的身边，坐着一个戴草帽的老人，松松垮垮的绿裤子，脚蹬长靴，上半身穿着一件薄薄的白色衣物——罗兰觉得那大概是一种紧身衣吧。杰克和老人好像在吃粑粑客①，那东西立刻让罗兰的口水激增。

奥伊在他们身后，站在欢快条纹图案的筏子边沿，全神贯注地盯着自己的倒影看。也可能看的是悬在上方、横跨河面的铁缆索道的倒影。

“那就是外伊河吗？”

“是的。”

埃蒂笑了。“你说为什么②；我说为什么不呢？”他扬手挥臂地吆喝起来，“杰克！嘿，杰克！奥伊！”

杰克也向他挥手，尽管大河和岸边的木筏远在四分之一英里之外，但他们的眼睛都够尖的，都看到了男孩露齿而笑。

苏珊娜用双手拢在嘴边喊道：“奥伊！奥伊！快过来，宝贝儿！到妈妈这边来！”

奥伊发出了类似吠叫的尖叫声，眨眼间就跳过木筏，冲进了谷仓式的建筑物里，又从另一边冲出来。它跑在上坡路时，

---

① 粑粑客是罗兰的世界中一种类似于三明治的食物。

② 外伊（Whye）的发音恰似“为什么（Why）”。——译者注，下同。

双耳紧贴脑袋，带金圈的眼睛闪着亮光。

“慢点儿，小宝贝，小心犯心脏病！”苏珊娜喊了一声，大笑起来。

奥伊却好像把这句话视作冲刺的口令了。不到两分钟，它就来到了苏珊娜的轮椅边，刚跳上她的膝头又蹦下来，喜悦地看着他们几个。“奥兰！埃德！苏兹！”

“你好啊，史洛肯先生。”罗兰说，他母亲给他读过一本《史洛肯和龙》，那是他第一次听到以这个古老的词汇来叫貉獭。

奥伊抬起腿，灌溉了一小片草地，又扭头看向他们走来时的路，嗅着空气，眺望着地平线。

“它干吗老这么干，罗兰？”埃蒂问。

“我不知道。”但他差不多已经知道了。是那些老故事书里说的吗？不是《史洛肯和龙》，而是类似的某本书？罗兰认为是的。刹那间，他想到了绿色的眼睛在黑夜里警觉地瞪着，不禁周身寒战——准确地说，不是出于恐惧（当然，或许也算是部分的原因），而是因为他想起了什么。然而，记忆转瞬即逝。

*如神许意，必将有水。*他心里想着，但当埃蒂问“什么？”他才意识到自己说出了声。

“没什么，”罗兰答道，“我们去和杰克的新朋友唠唠嗑，如何？说不定他还有一两只粑粑客呢。”

埃蒂顿时面露喜色，他早就腻味了难以下咽的干粮，他们管那玩意儿叫“枪侠款墨西哥玉米饼”。“好哇，这就去！”他说着，看一眼晒黑的手腕上莫须有的假想表。“我的天呀，刚好是大餐时段。”

“闭嘴，推车，宝贝儿。”苏珊娜说。

埃蒂闭嘴，推车。

3

他们走进船屋时，老人坐着；他们走到河边时，老人站着。他看到了罗兰和埃蒂的枪——檀木手柄，大口径的精铁枪筒——他瞪大了眼睛，然后屈下单膝。那天很安静，罗兰当真听到了膝骨嘎巴作响。

“您好，枪侠，”他说着，将因关节炎而肿大的拳头触在额眉之间，“向您致敬。”

“快请起身，朋友。”罗兰说着，心想，但愿老人真的是友非敌——杰克好像是这么认为的，罗兰已经可以信赖他的直觉了。更别说貉獭也信了。“请您起身。”

老人起身不易，埃蒂迈前一步，搀了他一把。

“感谢您，年轻人，谢谢啦。您也是枪侠吗？还是学徒？”

埃蒂看了看罗兰。罗兰没有表态，埃蒂只得扭回头看着老人，耸耸肩，咧嘴笑。“要我说，两者兼有吧。我叫埃蒂·迪恩，从纽约来。这是我妻子苏珊娜。这位是蓟犁的罗兰·德鄯。”

摆渡人瞪大了眼睛。“是蓟犁吗？您说的是蓟犁？”

“是蓟犁。”罗兰肯定了这一点，顿感心头一阵悲凉，他始终无法习惯那种酸楚的感觉。时如逝川，恰如他们面前的这条河，除了流逝再无其他。

“请上船吧。欢迎欢迎。这位年轻人和我一见如故，已经成朋友啦。”奥伊踏上了大木筏，老人弯腰摸了摸貉獭抬起的小脑袋。“我们也是朋友，对不对？你还记得我的名字吗？”

“毕克斯！”奥伊欢快地答完，又转身面朝西北，耸起鼻端，带金圈的眼睛凝视着标志光束之路的浮云。

4

“你们想吃点儿吗？”毕克斯问他们，“我只有些粗陋的简餐，虽然不多，但我很乐意与诸位分享。”

“多谢了，”苏珊娜说，她望了望悬在高空、斜越过河面的索道，“这是个摆渡口，对吗？”

“是的，”杰克说，“毕克斯告诉我对岸有人住。不算近，也不太远。他认为他们都是些和善的农夫，但不太往这边来。”

毕克斯下了木筏，走进了船屋。埃蒂等了一会儿，听到老人到处翻找的响动，便倾下身子，轻声问杰克：“他没问题吧？”

“他挺好的，”杰克说，“我们要走这条路，而他也乐于送人渡河。他说，好多年没人过河了。”

“一定有很多年了。”埃蒂表示赞同。

毕克斯再次出现时，拎了一只柳条篮，罗兰赶忙接过来，要不然这个跌跌撞撞的老人准会一头栽进河里的。没多久，他们全都在柳条凳上坐下了，大口咀嚼填了某种粉色鱼肉的粑粑客。调料加得恰到好处，很美味。

“要是喜欢，你们把这些都吃了吧，”毕克斯说，“河里的线鳚多得是，大都是地道的鱼，遇到变异的我就扔回河里去。以前，我们得到的指令是把坏鱼统统扔到岸上，以免它们继续繁殖，有一段时间我挺守规矩，但现在……”他耸耸肩，“要我说，该怎么活就怎么活。作为一个活得够久的人，我觉得我有资格这么说。”

"您多大年纪了？"杰克问。

"好久以前我就过了一百二十岁了，后来忘了算日子，也就记不清了。门这边的时间很短，明白吧。"

门这边。某个老故事的印象再次骤现，让罗兰心头一动。然后那印象消失了。

"你们是跟着那个走吗？"老人指了指天上的云带。

"是的。"

"去卡拉？还是更远？"

"更远。"

"要去大黑暗地吗？"毕克斯好像觉得这是很神奇的事，同时也觉得困惑。

"我们有自己的行程，"罗兰说，"摆渡人先生，您送我们过河，想要什么酬劳？"

毕克斯笑了。笑声真嘶哑，但也真高兴。"没地方花钱，要钱也没用，你们没有牲口，而且事情明摆着：我的吃食都比你们的多。你们可以吩咐我，强令我送你们过河。"

"决不会的。"苏珊娜一脸惊讶。

"我知道。"毕克斯说着，向她摆摆手。"土匪才会那样做——一旦过了河，还会把我的筏子一烧了事，而真正的枪侠决不会做那种事。我想，女枪侠也不会的。女士，您看起来没有带武器，但女人的事，谁也说不准呐。"

听了这话，苏珊娜淡淡一笑，什么也没说。

毕克斯转身对罗兰说："你们从刺德来，我知道。我听说过刺德那儿的事情，那是个了不起的城市。我知道刺德的时候，它已经开始颓败，变得古里古怪了，但仍然是座了不起的大城。"

他们四人交换了一个表情，那是只有卡-泰特之间才懂的无声意念。那是个阴沉的表情，尽显“悲憾”——这个古老的中世界词语意味着遗憾，也暗示了悲伤。

“怎么了？”毕克斯问，“我说错什么了吗？要是我问了不该问的，敬请你们原谅。”

“没关系，”罗兰说，“只是，剌德……”

“剌德已是风中的尘埃。”苏珊娜说。

“唉，”埃蒂说，“确切地说，不是尘埃。”

“是灰，”杰克说，“像在暗夜里发红光的余烬。”

毕克斯暗忖片刻，慢慢地点了点头。“反正我早晚会听说的，或许你们可以在个把钟头里说一点，能说多少算多少。反正，过河起码要一个钟点。”

5

他们都忙着要帮忙，但被毕克斯喝退了。他说，这是他的份内事，他也照旧做得动，只不过不如以前那么利索了，想当年，两岸各有几家商栈、几个农场长相往来。

反正也没多少事要做。他从船屋里搬来一把凳子和一只大锚栓，再爬上凳子，把锚栓悬在桅顶，再把它勾到索道上。然后，他把凳子放回屋，又带了一把Z字形的金属大扳手出来。带着某种仪式感，他把它放在木筏另一头的小木架上。

“谁也别把那东西踢下水，否则我就永远回不了家喽。”

罗兰蹲下身，仔细看了一番，又叫埃蒂和杰克也来看。他指着刻在Z字最长一边上的字。“上面写的，是不是我想的那样？”

“没错，”埃蒂说，“北方中央电子。咱们的老朋友。”

“你什么时候得到这东西的，毕克斯？”苏珊娜问。

“九十年前，但我要猜，年头应该更久。那边有个地下场。”他含糊地指了一下远方，正是绿色宫殿的方向。“绵延几英里长呢，里头都是先人留下的东西，保存得很完好。上空还会响起奇怪的音乐，就是那种你一辈子都没听到过的乐声，能把你的思想搅得一团糟。你不敢在那地方久留，否则就会暴病，浑身溃疡，连呕带吐，牙齿一颗接一颗地掉。我去过一次。再也不敢了。就那么一次，我还以为自己要死了呢。”

“你有没有掉头发、牙齿松动？”埃蒂问。

毕克斯好像吃了一惊，点点头。“是啊，掉了一些，但又长出来了。那个曲柄，你知道，是不会动的。”

埃蒂琢磨了片刻。当然，它不会动，它是无生命体。过后他才反应过来，老人说的是“它是钢的①”。

“你们准备好了吗？”毕克斯问他们。他两眼放光，简直都像奥伊了。“我可以起航了吗？”

埃蒂打了一记清脆的响指。“是的，船长。我们要去金银岛啦，啊哈，起程。”

“过来帮我拉拉这些缆绳，蓟犁的罗兰，您愿意吗？”

当然，罗兰非常愿意。

6

木筏循着斜穿河面的索道，被弛缓的水流慢慢拖动。罗兰的卡-泰特轮流向老人讲述什么样的灾难降临到刺德城、城中

① 前文里的“不会动的（still）”和“钢制的（steel）”发音相近。

现况又是如何时，鱼儿一直在他们周围此起彼伏地跳跃。一开始，奥伊饶有兴趣地观望鱼，爪子扒在水花翻滚的木筏边。然后，它又一次坐起来，回头望向他们的来处，鼻头高高耸起。

当他们讲到如何离开了那座灭顶之城时，毕克斯嘟囔了几句。“单轨火车布莱因，你们说的这个，我记得。老掉牙的火车。以前还有一辆呢，但我不记得名字了——”

“帕特里夏。”苏珊娜说。

“啊对，就是它。那辆车有很漂亮的玻璃车厢。你们说，那座城全完了？”

“全完了。”杰克附和道。

毕克斯低下了头。“真让人伤心。”

“是啊。”苏珊娜说着，拉起他的手，轻轻地、短促地捏了一下，权当安慰。“中世界是个伤心地，虽然它可以变得非常美好。”

此刻，他们已经到了河中央，一阵轻风吹动发梢，竟感觉出乎意料的温暖。他们都把厚重的外套脱下来，搁在一边，舒坦地窝进柳条椅子里，不时往这边、那边扭动身子，应该是为了多看几眼风景。一条大鱼猛地跃上木筏，蹦到奥伊脚边就彻底不动了，很可能，他们刚才享用的大餐里填的馅就是这种鱼。平日里，凡是挡在貉獭面前的小生物都难逃一死，但今天它却好像根本没看到有鱼送上门。罗兰抬起跛足的那条腿，把鱼踢回了水里，那只靴子都快被磨秃了。

“要来啦，你们的貉獭知道，”毕克斯看着罗兰说，“你们会多加小心的，是不是？”

罗兰一时语塞，说不出话来。记忆从意识的深海底慢慢浮上来，在那本他心爱的老书里，在那十几幅手绘彩图木版画中，有一个画面渐渐清晰了。六只貉獭在一轮新月下，坐在森林里一段断树桩上，鼻头全都高高扬起。那本书叫做《先祖的魔力传说》，是他儿时最爱听妈妈读的故事书，在他那间位于高塔的卧室里，秋风在窗外孤独地吹响萧瑟之音，声声唤着冬天快来。那张图所配的传说名叫《穿过锁孔的风》，是个又吓人又美妙的老故事。

“山间众神啊，”罗兰说着，抬起断指的那只手，掌根抵在眉头，“我真该早点想到的。现在已经这么暖和了，那就没剩几天了。”

“你是说，你之前没想到？”毕克斯问，“你还是从中世界来的？”老人啧了一声。

“罗兰？”苏珊娜便问，“怎么回事？”

罗兰没有搭理她。他的目光在毕克斯和奥伊之间游移。“暴冰煞要来了。”

毕克斯点点头：“是的。在暴冰煞这件事上，貉獭说是，那就不会有错。只不过，它们点到为止，决不多嘴，这也算它们的明赋。”

“明什么？”埃蒂问。

“他是说，那是貉獭的天赋，”罗兰说，“毕克斯，你知道在河对岸有没有藏身之处？能让我们躲过这劫？”

“巧了，我还真知道。”老人指向河对岸长着大片树林的山坡，平缓的山坡一直延伸到岸边的码头和船屋——河对岸，等候他们的那座建筑物完全没有刷漆，毫不起眼。“到了对岸，你们就能找到上去的路，以前有条路，现在只能算是小径。那条路也顺着光束之路。”

“肯定的，”杰克说，“万事万物都侍服光束。”

“你说得对，年轻人，很对。你们用哪个单位：轮还是英里？”

“明白是都明白，”埃蒂说，“但我们几个还是用英里更顺口些。”

“那好。顺着老卡拉路走五英里……或是六英里……你们就能走到一个荒弃的村庄。大部分建筑物都是木屋，对你们没用，但村公所的大厅是用地道的石头搭建的。你们躲在那里就好了。我进去过一次，里面有个很不错的大壁炉。当然，你们得先查查烟囱，好好通一下才能用，躲在里面的一两天里，烟囱畅通是很紧要的。至于柴火就好办了，那些木屋里剩下的东西都能用。”

“暴冰煞是什么？”苏珊娜问，“是暴风雪之类的吗？”

“是的，”罗兰答道，“我已经很多、很多年没有碰到了。有奥伊在身边，我们真是太幸运了。可即便有奥伊，我先前也没有反应过来，幸好有毕克斯提醒。”他按了按老人的肩膀。“谢谢您。我们说谢了。”

7

东南河岸的船屋几乎随时都会倒塌，恰如中世界的众多物事那样；蝙蝠在房梁下倒飞，胀肥的蜘蛛在墙角织网。他们走出船屋时都松了一口气，更乐于走在开阔的天空下。毕克斯把木筏拴好，跟他们走上了岸。每个人都和他拥抱告别，也都很小心，不敢用力熊抱，生怕伤到他那把老骨头。

一一拥抱结束，老人抹了一把眼泪，又弯下腰摸了摸奥伊的脑袋。“好好保护他们哦，貉獭先生。”

“奥伊！”貉獭应了一声，又叫了他的名字：“毕克斯！”

老人站起身，他们又听到了嘎巴嘎巴的骨头响。他用双手撑住瘦小的腰背，做了个苦脸。

“你回程没问题吗？”埃蒂问。

“噢，没事的，”毕克斯说，“要是在春天，我大概就回不去了——外伊河一到化冰融雪、春雨连绵的季节就不太平了；但现在这会儿，完全没问题。暴冰煞还不会马上到。我可以用曲柄逆流划一会儿，再把螺栓拧紧，那样，我还能歇一会儿，不至于被冲回来，然后再用曲柄划一会儿就好了。过来一小时，回去大概要四小时，但我会安全抵达的。反正，我总会回家的。我只希望自己带的食物再多些，可以留给你们。”

“我们不会饿着的。”罗兰说。

“好，那就太好了。”老人依依不舍，逐一打量眼前的四张面孔——严肃地打量——然后露齿而笑。“我们相聚在光束之路，不是吗？”

“是啊。”罗兰无比认同。

“如果你们要原路返回，记得在这儿停下来，看望一下老毕克斯，把你们的冒险经历讲给他听。”

“一言为定。”苏珊娜嘴上这么说，心里却清楚：他们绝不会再走这一程了。这是他们都明白的。

“小心暴冰煞，那可不是闹着玩儿的。但你们应该还有一天可以做准备，说不定还有两天。它还没开始绕圈子呢，是不是，奥伊？”

“奥伊！”奥伊表示了肯定。

毕克斯终于忍不住叹气了。“好啦，你们该上路啦，”他说，“我也要返程了。不用过太久，我们都该把自己严严实实地捂起来了。”

罗兰和他的卡-泰特走上了小路。

“还有一件事！”毕克斯在后面叫住了他们，等他们转过身来，他说，“如果你们碰到那个该死的安迪，告诉他我不想没歌听，我也不想知道自己倒霉的星座运程！”

“安迪是谁？”杰克提高嗓门问道。

“咳，甭管啦，反正你们也不一定碰到他。”

这就是老人最后吩咐的事，尽管他们确实碰到了安迪，在卡拉·布林·斯特吉斯的农夫集会厅，但谁都没想起来。那是后来的事了，远在暴冰煞过去之后。

8

荒弃的村子只在五英里外，他们离开摆渡口后不到一小时就走到了。为了向他们解释暴冰煞，罗兰所用的时间就更少了。

“暴冰煞大约一两年一次，从新迦南北部的大森林里刮过来，但我们在蓟犁一次也没遭遇过，因为暴冰煞来不及吹到太远的地方就升腾到空气里了。不过，我记得，曾经看到装满冰冻尸体的牛车从蓟犁大道上走过。我猜想，那都是农夫家庭的人。他们豢养的貉獭去哪儿了，我不知道，大概病了，或是死了。不管怎么说，没有貉獭报信，那些人不可能得到预警，也就不可能有所准备。暴冰煞是突如其来的，你们要明白。前一分钟你还觉得暖洋洋的——因为暴冰煞来之前，气温总是会升高——后一分钟暴冰煞就落到你头上了，就像狼群突然扑倒一群羊羔。唯一的警告，只是暴冰煞落到树枝间时，树木发出的响动。那是种沉闷的轰鸣声，我觉得，应该像埋在土里的手榴弹的爆炸声。如果他们在田里干活时听到这种声音，那就太晚了，根本没得逃。”

“冷？”埃蒂沉思着问，“有多冷？”

“气温会在不到一小时内骤跌，最多能跌到零下四十几度，”罗兰面色冷峻地说，“池塘眨眼间就会冻住，发出子弹打破窗玻璃的那种声响。小鸟飞在半空就被冻成冰雕，像块石头一样砸下来。草地变成玻璃。”

“你太夸张了，”苏珊娜说，“简直是危言耸听。”

“完全没有夸张。而且，暴冰煞不只是寒冷。风也会来——暴虐的狂风，能把冰冻住的树木像稻草一样劈断。就是这样的冰风暴，一口气吹遍三百轮的大地，然后突然升腾到高空，消失就像出现时那样突如其来。”

“貉獭怎么会提前预知呢？”杰克问。

罗兰只是摇摇头。事物如何运转，为什么运转，这样的问题历来引不起他的兴趣。

9

他们看到路面上有一块掉落的破招牌。埃蒂把它捡起来，读出上面褪了色的字，又说道：“这东西完美概括了中世界的特质。神秘归神秘，但又滑稽得要命。”他把那块木牌举在胸前，转身面对他们。木牌上只有一个词：**古克**①，写得很大，字迹歪歪扭扭。

“古克，是深井的意思，”罗兰说，“任何过路人都可以在古克井里取水喝，不需要任何人允许，也不会受到惩罚，这是

① 原文 GOOK 在美式俚语中既是对韩国等亚裔人的蔑视称呼，又有“湿哒哒、黏糊糊”的意思。

约定俗成的规矩。”

“欢迎来到古克镇，”埃蒂说着，随手把招牌甩进了路边的树丛里，“我喜欢。事实上，我还想要一块车尾贴，上面这样写：*我在古克镇迎候暴冰煞*。”

苏珊娜哈哈大笑。杰克没有笑。他只是指了指奥伊，貉獭已开始绕圈子了，它跑得很快，圈子绕得很紧密，像是在追自己的尾巴。

“我们可能要抓紧了。”男孩说。

10

密林渐渐疏开，小路变宽了，看起来，他们走的是昔日村庄里的主干道。村子里的光景令人凄然，满目荒凉，弃物堆砌在路边足有四分之一英里长。那些小屋，有的曾经是住户，有的曾经是商户，现在已无法区分它们各自的用途。只剩断壁残垣，空眼眶般默默向外凝视的小框架上或许曾经配有窗玻璃，反正，它们再也不称其为房屋了。唯一的例外，耸立在小镇南端。被茂密的植物覆盖的主路在此分岔，左右围拢一栋矮墩墩的、形似碉堡的石楼，上下皆由灰色散石垒砌而成。在疯长的灌木丛中，石堡的下半部几乎都看不到了，再往上，又被新长出来的冷杉遮掩了大半——那些树肯定是古克镇被荒弃之后才破土而出的，树根趋向聚众厅前的喷泉，肆意蔓延。假以时日，这些树一定能侵占、推倒这座小楼，而时间正是中世界最富裕的东西。

“关于柴火的事，他说得没错。”埃蒂说。他捡起一块浸满风雨的厚木板，横放在苏珊娜轮椅的两个扶手上，好像临时搭出了一张小桌板。“多得是呢。”他用眼角余光瞥了一眼杰克那个毛绒绒的小伙伴，它又开始欢快地转圈了。“只要我们有时间捡，就有捡不完的柴火。”

“等确定那边的石堡完全归我们所有，我们立刻出来捡柴火，”罗兰说，“我们得速战速决。”

11

古克镇的聚众厅里阴气逼人，二楼都被鸟群霸占了——在纽约，它们会被称为家燕，在罗兰看来，它们叫“仓锈”；但除此之外，确实没有别人和他们分享这栋小楼。奥伊一进到屋内，就好像从不自觉的强迫症中解放了，它不再遥望西北方，也不再原地转圈，好奇心旺盛的小兽本能眨眼间复现了，连蹦带跳地蹬上快要散架的楼梯，冲向那群咕咕直叫、绒毛飞扬的小鸟。在奥伊那尖锐的吠声中，泰特的成员很快就看到，一群群的仓锈集体仓皇地向中世界更荒芜的地带飞去。杰克心想，如果真像罗兰说的那样，那些飞向外伊河的燕子也扑腾不了多久，很快就会石化成冰雕小鸟。

一楼就是一个大厅。桌椅靠墙摞成一堆，罗兰、埃蒂和杰克合力把它们挪到没有玻璃遮拦的窗口，万幸的是，那些窗户都很小；再把有空隙、有破洞的地方遮起来。至于西北边的破洞，他们是从外面遮的，这样狂风就不会把遮蔽物吹走，反而只会压得更严实。

他们忙活这些的时候，苏珊娜自己推动轮椅，进入大壁炉的炉膛，这活儿，她不费吹灰之力就能办到。但当她仰头凝视，抓住一条锈迹斑斑的垂链，往下一拉，只听到让人毛骨悚然的“吱呀吱呀”声……声音戛然而止……一团巨大的黑色煤尘砰然坠下，砸了她一头一身。当即作出反应的人纯粹是黛塔·沃克，别无二家。

“操你妈的混蛋下地狱去吧！”这是黛塔富有特色的吼叫，“瞧这一坨屎逼破鸡巴玩意儿！”

她把轮椅倒出来，连咳带呛，双手在脸孔前挥来扇去。轮椅在煤尘里留下了辙痕。还有一大团煤灰堆在她的膝头、腿上，她连忙把它们掸掉，出拳又快又狠，好像在和恶敌交手。

“该死的龌龊的烟囱！老脏逼烟道！狗娘养的王八蛋……”

她一转身，看到杰克目瞪口呆地对着她。在他身后的奥伊僵在楼梯上，也是同样的表情。

“对不起，宝贝儿，”苏珊娜说话了，“我有点失态了。我这是在对自个儿发火呢。从小，我就和壁炉、灶台打交道，本该预见到这种情形的。”

杰克却用一种发自肺腑的敬意说道：“你知道的脏话比我爸还多。我还以为不会有人比我爸更会骂粗话呢。”

埃蒂走到苏珊娜身边，帮她擦脸、擦脖子。她把他的手拨开。“你这样只会越抹越黑。去看看，我们能不能找到古克……管它是个什么井，说不定还有水呢。”

“如神许意，必将有水。”罗兰说。

她转身对着他看，眼睛眯缝起来。“罗兰，说什么风凉话呀？我像个柏油宝宝坐在这儿的时候，别给我耍嘴皮子。”

“不，女士，在下绝无此意。”说是这么说，罗兰的左嘴角却牵出一丝极难察觉的笑意。“埃蒂，去看看有没有井水，帮苏珊娜清理一下。我和杰克这就去捡柴火。你忙完了就过来，我们需要你帮忙。我希望我们的朋友毕克斯已经回到对岸了，因为我觉得时间比他预想得要少。”

12

村井在聚众厅的另一头，埃蒂觉得那地方以前应该是村里人公用的。腐烂的井盖下，曲柄轱辘上早就没有井绳了，但这不成问题，他们的装备里就有一卷好绳子。

“问题在于，”埃蒂说，“绳子另一头该绑个什么呢。我觉得，找个罗兰的老褡裢大概——”

“宝贝儿，那是什么？”苏珊娜指着井边左侧一丛高高的草堆和荆棘。

“我没看……”话还没说完，他就看到了。生锈的金属泛出黯淡光泽。埃蒂小心翼翼地伸出手，尽量避免被尖刺刮擦到，探进那一丛乱麻里，拽出一只锈透了的水桶。桶里还有一团死透了的常春藤，桶身上甚至还有个把手。

“让我瞧瞧。”苏珊娜说。

他把死藤倒干净，再把桶递给她。她试了试把手，结果它立刻瓦解，连声脆响都没有，只听到一声轻叹般的闷响。苏珊娜带着遗憾的眼神看了看他，耸了下肩膀。

“没事儿，”埃蒂说，“现在知道总比让它下井了再碎要好。”他把残破的把手扔到一边，砍下一段他们随身带的绳索，扯下几股，让绳子变细一圈，再穿进旧把手留下的小孔里。

“还不算糟，”苏珊娜说，“你这个白人小伙儿还挺中用。”她朝井口望去。“我看到了，有水，还不到十英尺深。啊呀呀，水看起来好冷。”

“通烟囱的女工没得选。”埃蒂说。

水桶放下去，溅水出声，倾斜一点，开始装水了。等桶沉到水面下了，埃蒂才把它提上来。桶身上锈透的地方有点漏水，好在漏洞不大。他脱下衬衫，浸了浸水，然后开始帮她洗脸。

“噢，老天呀！”他说，“我看到了一个妞儿！”

她接过团成球的衬衫，在水里洗了几下，再拧干，接着擦起了自己的胳膊。“至少，我把该死的烟道清空了。等我把身上这堆脏货清干净，你可以再提点水上来，只要我们生火了，我还可以洗个热……”

这时，他们听到一声低沉的巨响，自遥远的西北方向传来。消停了一下后，又传来了第二响。接二连三的闷响后，又传来一声如枪炮齐发的巨响，仿佛有急行军直奔他们这个方向而来。他俩警觉地对视一眼。

还裸着上身的埃蒂跨到她的轮椅后面。“我想我们最好麻利点。”

远方——但显然在逼近——传来的声音简直如同两军交战。

“你可算说对了。”苏珊娜说。

13

他们回屋的时候，看到罗兰和杰克也捧着满怀的朽木、削下的木片奔向聚众厅。炸裂声清晰可见，虽然是在河对岸，但无疑正在迅猛逼近中，那是暴冰煞前锋经过的树木向柔软的树心紧缩时的动静。奥伊在杂草过盛的主干道上，不停地绕圈、绕圈。

苏珊娜从轮椅里探出身子，轻巧地用双手着地，向聚众厅爬去。

“你他妈在干吗？”埃蒂问。

“你可以用轮椅搬运更多木头。堆高点儿。我去找罗兰要他的燧石和火镰，先把火生起来。”

“可是——”

“别管我，埃蒂。我能做的事，你得让我去做。还有，把你的衬衫穿上。我知道是湿的，但可以让你少受点刮伤。”

他穿上了，然后转过轮椅，以大后轮为支点，推向最近的燃料供应点。遇到返回的罗兰时，他向枪侠转达了苏珊娜的口信。罗兰没有停下奔跑，只是扭过身子，越过胸前堆得高高的柴火点了点头。

他们三个来来回回地奔跑，在这个温暖得诡异的下午捡柴火御寒，没有人说话。天空中的光束之路暂时看不到了，因为每一片云都在涌动，翻滚着涌向东南方。苏珊娜已经把火点着了，熊熊的火焰升腾在炉膛里。底楼的大房间中央已有一大堆胡乱摆放的木柴，有些木头上还有生锈的钉子刺在外面。迄今为止，还没有人被割破或刺伤，但埃蒂觉得那是迟早的事。他使劲地回忆自己上一次打破伤风针是什么时候，但没想出来。

至于罗兰嘛，他在心里说，他的血液大概能杀死任何细菌，不管哪个菌想在他那号称皮肤的皮囊里耀武扬威都将一秒毙命。

“你在笑什么？”杰克问道。他跑得上气不接下气，说话都很喘。他衬衫的袖筒很脏，沾满了尖峭的木屑；额头上还有一道很长的土屑。

“没什么，我的小英雄。小心锈钉子。再攒一次我们就叫停吧。很近了。”

“好。”

巨响已挪过河，到了他们这一边，空气虽然还很暖，但仿佛离奇地变浓稠了。埃蒂最后一次在苏珊娜的轮椅上堆满木柴，推着车往聚众厅返。杰克和罗兰走在他前面。他能感受到炉火的热量从敞开的大门里滚滚而来。他心想，*天最好变冷，要不然我们就得在这儿大烤人肉了*。

就在他等待前头的两人挪到一边、以便把柴火搬进屋时，传来一声仿佛从每个角落挤出来的尖利的巨响，连同树木收缩时发出的爆裂声。那声音，让埃蒂后脖颈的汗毛战栗起来。向他们冲杀而来的狂风听起来像是有生命似的，而且很愤怒。

空气又开始变动了。起初很暖，然后很凉，凉到足以阴干他脸上的汗水，然后变冷了。整个过程就在几秒钟里发生了。尖啸般的风声里，混杂着一种振动声，让埃蒂想起废车场里常见的那种呼啦作响的塑料旗。风声急切地飙响，树叶开始掉落，先是一把一把地掉，再是一层一层地落。指向云端的高枝眼看着褪尽绿色，就在他目瞪口呆仰望的当口，竟然已成黑枝。

“操你妈的。”他说着，推着轮椅直冲门口。谁知，百年不遇的事发生了：轮椅被卡住了。被他横放在两个扶手间的厚木板太宽了。但凡再有一些堆木，木板就会折断，发出像那只水桶把手碎裂时那样微弱、甚至略带歉意的闷响，但这块木头偏偏没有断。哦，别啊，别在冰暴逼近的时候。在中世界，难道就没什么轻省事儿吗？他伸长手臂，够到轮椅后头，想把最长的那块木板推到旁边去，就在那当口，杰克突然大喊起来：

“奥伊！奥伊还在外面！奥伊！快进来！”

奥伊没有反应。它不再绕圈了。现在，它只是冲着挺近的冰暴扬起鼻头，带金圈的眼睛一动不动，如在梦中。

14

杰克想也没想，也没有去看埃蒂用轮椅送来的最后一批木柴上有没有冒出来的钉子。他就那样连爬带跳地翻过木刺多多的柴火堆，跳了出去。他撞得埃蒂连连往后倒退。埃蒂试图站稳脚跟，但慌乱的脚步绊倒了自己，一屁股跌倒在地。杰克刚刚单膝跪起，又跌跌撞撞往前跑，两眼圆睁，长发飘飞在脑后，被风吹成了几缕乱卷。

“杰克，别去！”

埃蒂伸手去抓他，却只抓到那孩子衬衫的袖口。衬衫在无数溪流里洗了无数次，布料早就松散了，一下子就被扯破了。

此时，罗兰在门道里，忙着左右开弓把太长的木板拍断，和刚才杰克一样，他对刺突的钉子视若无睹。枪侠把轮椅拽进门道，压着嗓门说：“进来。”

“杰克——”

“杰克不是活就是死。”罗兰抓住埃蒂的胳膊，使劲地把他拖进屋。狂风鞭打之下，他俩的旧牛仔裤在腿边发出机枪连动般的声响。“他只能靠他自己了。快进来。”

“不行！去你妈的！”

罗兰没有和他争执，只是硬把埃蒂拽进了门。埃蒂四脚朝天倒在地上。苏珊娜跪在壁炉前，呆呆地看着他。她的脸上汗流成河，鹿皮衬衣的前襟都湿透了。

罗兰站在门道里，面色严峻，望着杰克去追他的朋友。

15

杰克只觉身边的气温直线下降。树枝断了的声响是脆生生的，他猫下腰，躲过飞舞在他头顶的断枝。奥伊纹丝不动，直到杰克把它抱起来。接着，貉獭狂乱地张望四周，龇牙咧嘴。

“要咬就咬，”杰克说，“但我不会把你放下地的。”

奥伊没有咬他，但就算咬了，杰克可能也没知觉，因为他的脸已经麻木了。他转身往回跑，骤然间，狂风已成冰暴，仿佛一只巨大的冰手攫住他的脊背。虽然他开始跑了，但他意识到现在的步伐走样了，荒唐地变成了腾跃，就像科幻电影里的宇航员在月球表面走路那样。一跳……两跳……三……

但他没有在第三跳之后回到地面。大风索性裹着他冲向前了，他的怀里还搂着奥伊。有栋老楼顶不住狂风，轰然倒塌，发出一阵嘶哑弛缓的碎裂声，散射的碎片随风向东南方飘去。他看到一截楼梯在风里飞行，粗糙的木扶手还连在台阶上，一起旋转着向云涌之空飞升。下一个就轮到我们了，他正想着，却感到有一只手从上而下揪住了他的手肘，是一只少了两只指头、但依然强健有力的手。

罗兰拖着他向门口而去。有那么一瞬间，这么简单的事都让人提心吊胆，因为狂风千方百计阻拦他们走向安全地带。接着，罗兰一步腾跃，蹿进门内，残存的手指依然死死扣在杰克的皮肉里。风的巨压突然消失了，他们双双仰倒在地。

“感谢上帝！”苏珊娜喊道。

“晚点再谢他！”罗兰大吼着，想让自己的声音压过无孔不入的风吼。“推门！你们都过来推这扇该死的门！苏珊娜，你在下面推！使出所有劲道！杰克，你来插门闩！你明白我的意思吗？把门闩放下来，落在凹槽里！别磨蹭！”

“别担心我。”杰克打断他的话。不知什么东西割破了他一边的太阳穴，一道细细的血流顺着脸颊流淌下来，但他的双眼炯炯有神，透着坚定的明光。

“来呀！使劲推！为了活命就要使劲推！”

门慢慢合上了。哪怕再多几秒钟，他们就要顶不住了，好在没那种必要了。杰克放下了沉重的木闩，他们谨慎地往后退几步，发现那些生了锈的螺丝并没有崩溃。他们互相对视，喘着粗气，又低头去看奥伊。那家伙欢欣雀跃，哇啦哇啦叫了一通，然后跑到壁炉边烤火去了。不管逼近的暴冰煞给它下了什么魔咒，现在都已彻底失效。

房间很大，离壁炉较远的地方已经开始变冷了。

“你应该让我拦着那孩子的，罗兰。”埃蒂说，“他很可能死在外面。”

“对奥伊，杰克是要负责的。他本该早点把它带进来。如果非得拴起来，那就得拴。难道你不这么想吗，杰克？”

“是的，我同意。”杰克在奥伊身边坐下来，一手抚摸貉獭厚厚的毛皮，另一只手去抹脸上的血迹。

“罗兰，”苏珊娜说，“他还是个孩子。”

“不再是了。”罗兰说，“我请求你的原谅，但……他不再是小孩了。”

16

暴冰煞袭来的前两个小时，他们多少有点怀疑，不确定石垒的聚众厅能否撑得住。狂风怒吼，树木折断。有棵大树倒下时压碎了屋顶。冷风冲进他们上方的裂缝。苏珊娜和埃蒂搂抱在一起。杰克护着奥伊——它现在安稳地仰卧着，粗硬的短尾巴欢快地摇来摆去——同时抬头望着被侵入的狂风吹得四处飞扬的鸟屎。罗兰镇定如常，安静地开始摆放他们微薄的晚餐。

“你怎么想，罗兰？”埃蒂问。

“我想，这栋石屋如果还能挺住一个小时，我们就能安心了。天会继续冷下去，但天黑下来后，风会减弱一点。明天，见了天光，风还会再弱一点，到了后天，基本上就不会有风了，也会暖和起来。和暴冰煞来之前的那种热不一样——那是不正常的燥热，我们都明白。”

他对他们露出一个似笑非笑的表情，在他那张脸上看起来很奇怪，因为他通常没有表情，近乎肃穆。

“更何况，我们还有一团旺火——虽然不足以暖一整个大厅，但我们靠近壁炉就还好。还有时间休息一下。我们这一路，经历了不少波折，不是吗？”

“是啊，”杰克应声，“太多波折了。”

“前头还有更多困难在等着我们，对此我毫不怀疑。危险，劳作，悲伤。或许，还会有死亡。所以，现在我们坐在炉火边，好像回到了古老的岁月，应该好好享用可堪慰藉的一切。”他细细打量他们，仍然带着不易察觉的笑意。火光把他的轮廓映照得很奇特，一半明亮如获青春，一半黑暗如坠苍老。“我们是卡-泰特。我们是一也是众。因有温暖、庇护和彼此的陪伴，我们得以抵御风暴，因此而感恩。其他人或许没有我们这么幸运。”

“但愿他们也有好运。”苏珊娜说，她心里想的是毕克斯。

“来吧，”罗兰说，“吃饭。”

他们凑在一起，安心地围坐在晚餐旁，吃下首领为他们摆好的食物。

17

那晚，苏珊娜睡了一两个小时就被梦惊醒了——她梦到不知为什么，自己被迫要吃某种生了虫的恶心食物。外面的狂风仍在怒吼，尽管现在听起来不那么穷凶极恶了。有时候，风声仿佛完全消停了，接着又卷土重来，寒流在屋檐下呼号而过，那是带着冰屑撞击声的长啸，吹得石屋也颤抖，仿佛一把老骨头苟延残喘。扣死的门闩在风中震动，有节奏地敲响门板，但和他们头顶的天花板一样，木闩和锈螺丝似乎都还撑得住。她不禁去想，如果木闩烂透了，和他们在古克井边找到的水桶把手那样无声粉碎，他们会有怎样的下场？

罗兰醒着，坐在火边。杰克靠着他。奥伊在他俩当中，睡得正香，一只爪子搭在鼻头。苏珊娜过去，和他们坐在一起。炉火有点弱了，但靠近了之后，她还是觉得脸庞和手臂得到了温暖。她取了一根木柴，想把它一折为二，又怕吵醒埃蒂，便把它整个儿扔进了壁炉。火星猛蹿，升上烟囱，有风回火时，火星便回旋飞舞。

其实她不用那么多虑，因为火星还在飞旋，便有一只手按住了她的后颈，就搁在发际线之下。她不用看也知道，也不管触摸的是哪个部位，她都会知道那是他。她没有转身，抬手握住那只手，把它带到自己的唇边，亲吻了掌心。白色的掌心。尽管一路走来朝夕相伴缱绻如此之久，有时候她还是很难相信这是真的。但就是真的。

至少我不用带他回家见父母，她心里说。

“睡不着吗，宝贝儿？”

“有点。还好吧。我做了个滑稽的怪梦。”

“是风吹来了梦，”罗兰说道，“蓟犁人都会这样对你说的。但我很爱听风声。一直都爱。风声会纾缓我的心，让我想起旧日时光。”

他转走了视线，仿佛说这么多心里话让他难堪。

“谁也睡不着，”杰克说，“那就给我们讲个故事吧。”

罗兰凝望了一会儿炉火，继而看了看杰克。枪侠又微笑了，但这次，他的眼神很飘渺。壁炉里，有个树瘤在火中爆裂了。石墙外，风声更狂了，似乎是因为闯不进来而在发怒。埃蒂环抱着苏珊娜的腰，她把头靠在他肩窝里。

“你想听什么故事，杰克，艾默之子？”

“随便，”杰克顿了一下，“只要是旧日时光的都行。”

罗兰看了看埃蒂和苏珊娜，问道：“你们呢？你们想听吗？”

“当然，请讲。”苏珊娜说。

埃蒂点点头：“没错。如果你想说，那就是了。”

罗兰思忖片刻。“我倒是可以给你们讲一两个故事，反正离天亮还要很久，而且，只要我们想睡，明天白天也可以睡。这些故事互为表里，但是风能把它们吹透，反而是件好事。只要人们能在天寒地冻的世界里找到一个温暖的角落，那就没什么比得上大风之夜的故事。”

他捡起一条折断的木嵌板，翻了翻炉火中的余烬，然后把它也扔进火里。“我有一个真实的故事，是我和昔日的卡-泰特，杰米·德卡力，亲身经历过的。另一个叫《穿过锁孔的风》，是我小时候母亲读给我听的。古老的故事会很有用，你们知道吗，看到奥伊那样嗅着空气时，我就该想起这则故事的，但那是很久很久以前的故事了，”他叹了一声，“早已逝去的年代。”

火光没有照到的黑暗里，风声再起，如突兀的嚎叫。罗兰等风声轻了些，便开始讲。埃蒂、苏珊娜和杰克听着，全神贯注地听了一整夜。在那个漫长、惊心动魄的夜里，刺德城、滴答老人、单轨火车布莱因、翡翠宫殿……所有那些都被遗忘了。甚至，黑暗塔也被些许遗忘了。只有罗兰的声音，音调起起伏伏。

像风声一样，起起伏伏。

“我母亲死了，如你们所知，那是我亲手造成的；之后没多久……”

皮　人

（第一部分）

我母亲死了，如你们所知，那是我亲手造成的；之后没多久，我父亲——斯蒂文，贵人亨利之子——召我去他在宫殿北翼的书房。那是一个又冷又小的房间。我记得风在窗缝外打旋儿。我记得那几排高高的书架，隔板都被压弯了，那些书曾经值好多钱，但从没人去读。反正，他没有读过。我还记得，他穿着黑衣领的丧服。我的衣领也是黑的。蓟犁的每一个人都穿戴同样的黑衣领，或在袖子上绑一条黑带。妇人们用黑色发网。要等佳碧艾拉·德鄯入土六个月，服丧才能结束。

我以拳抵额，向他致敬。他埋首在看书桌上的文件，没有抬头看我，但我知道他看得到。我父亲看得到一切，看得清清楚楚。我等着。风在窗外飞啸，白嘴鸦在院落里聒噪。他签了很多次名字。壁炉洞里黑漆漆的。他很少叫人点燃炉火，哪怕是在最冷的日子里。

终于，他抬起头了。

“柯特怎么样，罗兰？你的导师情况如何？你肯定最清楚，因为据我所知，你大部分时间都耗在他的小屋里，伺候他的饮食起居。”

“有些日子里，他能认出我，”我说，“但大多数时日是不能的。他的一只眼睛能看到一点，但另一只……”我没必要说完。另一只眼睛没了。我的猎鹰，大卫，在我的成人仪式中叼走了那只眼睛。一报还一报，柯特取走了大卫的性命，但那是他生命里最后一次杀戮。

“我知道他另一只眼睛怎样了。你当真伺服他吃喝？”

“是的，父亲，我伺服。”

“你有没有清理他的秽物？”

我站在他的桌前，像一个受惩的小学生被叫到了校长面前，我的感受确实如此。只不过，有多少受惩的学生害死了亲生母亲？

“回答我，罗兰。我是你的首领，也是你的父亲，我要你回答我。”

“有时候。”这并不完全是谎言。有时候我每天会帮他换三四次弄脏的垫布，有时候，遇到状况好的时候，一天只用换一次，甚至一次也不用。如果有我帮忙，他可以自己如厕。前提是他记得自己必须排泄。

“他没有可以使唤的仆人吗？”

“我把他们支走了。”

他带着莫大的好奇盯着我看。我试图在他的表情里找到轻蔑——我有点想看到——但真的吃不准。“我把你培养成枪侠，难道是为了让你当上仆人，去伺候一个瘫痪在床的老人吗？”

听了这话，我感到怒气顶上胸口。柯特秉承艾尔德的传统，以枪侠的方式栽培了一大批男孩。至于那些不中用的少年，他会在战斗中打败他们，再发配他们手无寸铁地去西部，除了头脑，再无武器可用。在克雷西亚、甚至更僻远之处的那些无主之国，许多被流放的男孩投奔到了好人法僧的麾下。日后，他将推翻我父亲的江山，以及我父亲的血脉所代表的一切。是法僧把他们武装起来的，没错。他有枪支，也有谋略。

“你会把他扔在粪堆里吗，父亲？他忠心效力了这么多年，难道这就是给他的奖赏吗？接下去是谁？范内？”

“你知道，我不是这个意思。但木已成舟，罗兰，这你也是知道的。而且，你不是出于爱才去服侍他的。你都明白。”

“我服侍他是出于尊重！”

“如果仅仅是出于敬意，我想你会去看望他，给他读书——因为你读得很好，你母亲经常这么说，在这件事上她说得很对——但你不会去给他端屎端尿、给他换床单。你是为了母亲之死而故意让自己吃苦受罪，而那并不是你的错。”

我心里有数，这话一点不假，但心里的另一个执念却拒绝相信这种说法。对她的死亡的宣告是很简单的：“佳碧艾拉·德鄯，阿藤之女，被魔鬼附身以致灵魂备受折磨而死。”每当贵族世家有人自杀，人们总是用这套说辞，她的死讯也是这样被广而告之的。没人质疑，甚至那些投诚效忠法僧的人也接受了这种说法，不管是私下里还是公开的。因为大家都知道了——天晓得他们是怎么知道的，反正不是我或是我的朋友们透露的——她已成了宫廷魔法师、我父亲的首席幕僚马藤·布罗德克洛克的枕边人，但马藤逃到西部去了，独自一人。

“罗兰，仔细听我说。我知道你觉得母亲背叛了你。我也一样。我知道你心里有点恨她。我心里也有一点恨她。但我们同样也很爱她，至今仍是爱的。你从眉脊泗带回的小玩意儿有毒，你被下毒了，被那巫婆戏弄了。若是只有一样东西，绝不至于有这样的结局，但粉红玻璃球和巫婆加在一起……唉。”

“蕤。”我感到眼泪开始刺痛眼睛，但我想忍住。我不会在父亲面前落泪。再也不会了。“库斯的蕤。”

“是的，是她，黑心肠的婊子。是她杀死了你母亲，罗兰。她把你变成了一把枪……然后亲自扣动了扳机。”

我一言不发。

他肯定看出我的悲伤了，因为他又低头去翻看文件，在这儿、那儿签名。好半天，终于再次抬起头来。“这阵子，必须让仆人们照看柯特了。我要派你和一名伙伴去德巴利亚。”

“什么？去萨罗尼？”

他笑了。“你母亲待过的度假地？”

“是的。”

“不是那儿，绝对不是。萨罗尼，开什么玩笑。那些女人都是黑奴。要是你胆敢从她们那神圣的门口走过，她们能活剥了你的皮。住在那儿的姐妹们宁愿要根长棍子，也不要男人。”

我不知道他在说什么——你得记住，我那时候还很年轻，虽然经历了不少，但对许多事还是一无所知。“我不确定自己的状态适合接受一项新任务，父亲，更别说是正式的使命了。”

他冷淡地看着我。“你是不是适合接受任务，由我来做主。何况，这和你在眉脊泗招惹的那些麻烦事完全不同。或许会有险情，说不定还要拔枪，但说到底只是一件要办的事儿。一部分原因在于，让那些有所犹疑的人们看到：光明族依然强健、真诚，但更主要的原因是，不能让错误有立足之地。此外，正如我前面说的，我不会派你一个人去的。”

“谁会和我同行？库斯伯特还是阿兰？”

“都不是。我在这里的工作需要‘笑孩’和‘雷脚’。你带杰米·德卡力去。”

我想了一下，倒也愿意和‘红掌’杰米一起骑行。当然，我更愿意和库斯伯特或阿兰一起走。这一点，父亲显然很清楚。

“你打算不持异议就出发呢，还是决定在我忙于公务的这一天继续烦我？”

"我去。"事实上，能早点逃离这个地方最好，离开这些阴森的房间、窃窃私语的阴谋和无处不在的紧迫感：混乱的无主状态即将到来，什么都阻止不了黑暗的逼近。世界将继续，但蓟犁不会再与之共进。那个闪闪发亮的美丽泡沫很快就将破灭。

"好。你是个好儿子，罗兰。我或许从来没有告诉你，但这是真的。我对你没有成见。完全没有。"

我低下了头。等这场会面彻底结束，我会去找个地方放松心情，但现在还不是时候。决不能在他面前有所松懈。

"女人堂——也就是萨罗尼，或者随便叫什么——再往下十到十二轮，就是德巴利亚城，盐碱地平原的尽头。德巴利亚城一点也不安宁。那是在铁路末端的一个尘土飞扬、走兽恶臭的小城，把牲口和盐块运往南方、东方和北方——唯独不运给混蛋法僧策划谋反的地方。最近，那儿的游牧民日渐减少，我相信，德巴利亚很快就会变得枯竭、荒芜，像中世界其他地域那样，但眼下还是挺热闹的，酒徒、嫖客、赌客和骗子大行其道。虽然很难置信，但那儿还剩了几个好人。其中之一就是最高治安官，休·皮维。你和德卡力要向他汇报情况。我会给你一道信符，你要把信符和枪给他看。到这里为止，我说的你都明白了吗？"

"明白，父亲，"我说，"那儿的情况有多糟，竟能引起枪侠们的注意？"我微微笑了一下，自从母亲死后我极少露出笑容。"甚至像我们这样的娃娃枪侠？"

"根据我得到的报告，"他拿起几份文件，朝我晃了晃，"那儿有个皮人在活动。对此我有所怀疑，但毋庸置疑的是，那里的百姓已经吓坏了。"

"我不知道那是什么。"我说。

"皮人，就是某种变形人，古老的传说里提到过。你离开时记得去找范内。他一直在搜集相关资料。"

"好的。"

"完成这项使命吧，找到这个穿着兽皮到处乱晃的疯子——说不定就是这么回事儿——但不要耽搁太久。比这严峻得多的事将一触即发，局势变得恶劣之前，我会召你和你的伙伴回来的。"

两天后，我和杰米牵着各自的马，上了为我们特别预备的双马厩火车。以前，西线车程长达千余轮，能到达墨海呐沙漠，但在蓟犁没落的前几年，西线列车的末站是德巴利亚，不再往下走了。过了德巴利亚，很多铁轨都被洪水和地震毁坏了。还有几段被强盗、土匪和自称"陆盗"的流窜犯侵占了，那些地方乱战凶残，无法无天。我们把那块遥远凶蛮的西部称作"外世界"，最适合图谋不轨的约翰·法僧。毕竟，他自己也是一个陆盗。自命有权称霸一方的大盗。

那辆火车比玩具蒸汽机大不了多少，蓟犁人调侃地称之为"小玩意儿"，看到它喷着蒸汽过桥向宫殿西部而去都一笑置之。我们骑马去还能快点，但火车更省力，而且，车厢里那些灰扑扑的座椅可以折叠成床，我们觉得这还挺不赖的。不过，等我们打算躺下睡觉时，才发现那勉强凑合的床根本不好使。当火车遇到一次剧烈的颠簸时，杰米被直接颠下了床，掉在了地板上。要是库斯伯特在，准会大笑一通，而阿兰会大骂一通，但红掌杰米只是爬起来，伸了伸腿脚，继续倒头睡觉。

第一天我们几乎没说几句话，只是望着窗外的蓟犁风景，云母石做的窗玻璃上有波纹形的纹路，绿油油的田地森林渐渐变成灰蒙蒙的矮树林、几个半死不活的牧场和牧人的木屋。还经过了几个小村庄，村民——很多是变异人——打着哈欠看“小玩意儿”呼哧呼哧地缓慢驶过。只有几个人指了指额头中央，好像在示意那儿有一只无形的眼睛。那个手势是说，他们是好人法僧的人。在蓟犁，这种人会因不忠而被投入大牢，但那已是远离蓟犁的偏远地带了。我很沮丧，以前总以为人们理所当然是效忠我父亲的，没想到所谓的忠诚是这么薄弱，这么快就动摇了。

第一天，火车开到了阿藤的蜂堡——我母亲家族有些人仍住在那里——有个胖男人朝我们的火车扔了一块石头。石头砸到装载马匹的车门，弹了出去，我听到我们的马受惊而嘶叫。胖男人看到我们在看他，咧嘴一笑，用两只手抓了抓裆部，然后大摇大摆地走了。

“有些人在贫瘠之地也吃得不错啊。”杰米说，我们正望着他肥硕的屁股蛋儿在打了补丁的裤子里蹦上蹦下。

第二天早餐时，仆人们把冷冰冰的粥和牛奶端到我们面前，杰米又说：“我觉得，你最好告诉我这是怎么回事儿。”

“你能先告诉我一些事吗？如果你明白的话。”

“好的。”

“我父亲说，德巴利亚度假地的女人们宁可要一根长棍子，也不要男人。你明白他是什么意思吗？”

杰米一言不发地瞪了我一会儿，好像在确认我不是在耍他，最后，终于忍不住咧开了嘴。这个动作在杰米身上的意义，相当于别人捧腹大笑、满地打滚——库斯伯特肯定会这样的。“那一定就是低等人村庄里的妓女说的‘鸡巴棍’。明白吗？”

“当真？她们……怎么？互相使用吗？”

“人们说是这么说，但闲话总归是闲话。关于女人，你懂得比我多，罗兰；我从没有睡过女人。但也无所谓。我想，那是早晚的事。跟我说说德巴利亚的情况吧。”

“据说，有个皮人四处横行，吓坏了良民。说不定，恶民也吓得够呛。”

“变成某种动物的人？”

就这件事来说，事实还要再复杂一点，但他说中要点了。风刮得很猛，几把盐碱粒被风抛掷在车皮上。一阵恶毒的狂风过去后，小火车突然倾斜了。我们吃完的粥碗在桌上滑动起来，在它们掉落之前被我们不假思索地接住了——要是我们连这种小事都做不到，那就根本没资格配枪。这倒不是说杰米很喜欢枪。如果让他选（并且给予充分的时间去选择），他要么选弓，要么选十字弩。

“我父亲不相信有这种事，”我说，“但范内信。他——”

就在那时，我们被惯性抛出，冲落到前头的座位里。刚才从座位中间的过道里走来的老仆人收走了我们的杯碗，直接被甩到了门口，落在车厢和他那间小厨房的中间，他的门牙飞出了口，又嵌在了他的膝头，这让我俩都怔住了。

杰米连忙跑到过道里——现在的过道倾斜得很厉害——在老仆人身边跪下。我紧跟其后，见杰米拔出了那几颗牙，原来，那是用漆木做的假牙，用细小得几乎看不到的箍夹精巧地排列在一起。

“先生，您还好吧？”杰米问。

老人慢慢地站起来，接过他的假牙，塞回了上牙床里的空洞。“我还好，但这个脏婊子又出轨了。我再也不跑德巴利亚了，我还有个老婆呢。她是个老叨唠鬼，我下决心要比她活得长。你们哪，年轻人，最好去看看你们的马。要是运气好，两匹马就不会缺胳膊断腿啦。”

马腿都没断。但它们很紧张，原地踏步，急不可耐地想离开狭窄封闭的车厢。我们放下栏板，牵着它们跨过两节车厢间的钩连栏，它们低垂着头站在木栏上，在西部沙尘飞扬的燥热空气里，迅疾扇动着双耳。然后，我们回到乘客车厢，把随身装备收拾好。火车司机是个宽肩膀、罗圈腿的粗壮汉子，他和老仆人一起走下了车厢，直到走到我们跟前才指了指前方，我们都看得很分明。

“走到那头的山脊，就是德巴利亚城的主路——看到那块路标了吗？你可以在女人窝里逗留个把钟头，但别费事问那些臭婆娘要什么东西，因为你要了也白要，”他压低了嗓门说，“她们吃男人，大伙儿都这么说。小伙子们，那可不是随便说说的，她们……吃……男人。”

我觉得，和这种说法相比，皮人的传说倒更可信了，但我什么也没说。很显然，司机刚刚也被晃得不轻，他的一只手和杰米的手一样红彤彤的。不过，司机的红是摩擦生热导致的，很快就会褪去。而杰米的手，直到他入土，都会是红色的，看上去就像在血水里浸过。

“她们可能会招呼你，或是承诺你这个那个的。她们甚至会把奶头露给你看，因为她们明白年轻人无法忍住不去看那种东西。但你甭去管。承诺什么的，左耳进右耳出；奶头什么的，眼不见为净。你们就径直进城里去。骑马的话，用不了一小时。我们得找一伙儿工人来，把这辆破婊子车扶正。铁轨还好，我检查过了，只是被该死的盐碱尘土蒙上了，别的没事儿。我估摸着你们没法给现金让人过来，但如果你们能写字——我觉得像你们这样的绅士小伙儿肯定会写——你们可以给他们写一张预付书、打个白条什么的……”

“我们有钱币，”我说，“足够雇用一队工人了。”

火车司机听了这话，眼睛都瞪圆了。要是我告诉他，我贴身背心的内袋里藏了父亲给我的二十个金币，他的眼珠子恐怕都要弹出来了。

“那牛呢？因为我们需要牛来拉车，如果他们有牛就最好，没有牛，马也行。”

“我们会去车马行问问，看他们有什么牲口可以用。”说完，我翻身上马。杰米把他的弓箭绑在马鞍边，再走到另一边，把十字弩收进他父亲为他特制的皮鞘里。

“别让我们困在这儿，年轻的先生们，”司机说，“我们没有马，也没有武器。”

“我们不会忘了你们的，”我说，“待在车里就好。就算今天找不到工人，我们也会叫辆马车送你们进城的。”

“谢谢您了。记住，离那些女人们远点！她们……吃……男人！”

那天很热。因为马被关了好久，想活动一下筋骨，我们就让马撒欢跑了一会儿，然后才让它们慢慢走。

“范内。”杰米说。

“什么？”

“火车脱轨前，你说你父亲不相信有皮人，但范内信。”

“他是看了最高治安官皮维送来的报告才这么说的，你很难不相信。你知道的，他每堂课都起码说一遍：‘事实开口，智者聆听。’二十三个死者制造了一堆事实证据。提醒你注意的是，他们都不是死于枪伤或刀伤，而是被撕成了碎片。”

杰米哼了一声。

“有两起是灭门案，还是大家族，全死了。家里被翻得乱七八糟，溅得到处都是血。四肢被扯下来再拖走，有些人的残肢找得到——被吃了一部分，还有些索性找不到了。在其中一个惨遭血洗的农场里，皮维治安官和他的副手发现最年幼的男孩的头卡在篱笆墙头，脑壳被砸扁了，脑浆被掏空了。”

“有目击证人吗？”

“有几个。有个牧羊人带着走失的羊羔回家时，看到他的伙伴遭到了袭击。这个幸存者是在临近的山头看到现场的，他带的两条狗冲下山坡，想去帮助另一位主人，也都被撕烂了。那东西爬上山坡，想去追他，却被他的羊群吸引了，于是，这个幸运的牧羊人捡了一条命，逃跑了。他说，那是一只狼，但像人一样直立着。还有个赌徒的女人。那赌徒在当地一个矿井里要老千，被逮住了。村里人罚了他俩一笔钱，叫他们当夜离开村镇，否则就会被鞭笞。他们遭到袭击时，是在盐矿边的一个小村里。男子奋力反抗。这给了女人时间逃跑。她躲在岩石堆里，一直到那个东西离去才出来。她说，那是头狮子。”

“用后腿直立？”

“就算是，她也没有停下来细看。最后的证人是两个牛仔。当时，他们在德巴利亚河边扎营露宿，旁边是一对度蜜月的曼尼族夫妇，不过牛仔们听到他们的呼叫声才知道有对夫妻住在近旁。他们飞奔过去，看到凶手叼着女人的小腿跑了。那不是个人，但他们发誓说自己看到、并确信它是像人一样直立行走的。”

杰米俯下身，上半身歇在马脖子上，吐了一口唾沫，说道：“不可能。”

“范内说这是可能的。他说以前也有过这种事，尽管这些年没发生过。他相信那是某种突破了既定规则的变异人。”

“所有证人看到的动物都不一样？”

“是啊。根据那两个牛仔的描绘，很像是老虎，身上有条纹。”

“狮子和老虎到处跑，好像流动马戏团里训练有素的野兽而且是在沙土横飞的这里。你确信我们没有被人耍着玩儿吗？”

我还不够老道，不能确定这种事，但也足以知道时局不济，不至于为了恶作剧就派遣两个年轻枪侠大老远的来西部的德巴利亚。这倒不是说，斯蒂文·德鄯在时局安稳的时候是个喜欢瞎胡闹的人。

“我只是把范内告诉我的情况转告给你。牛仔把那对曼尼夫妇的遗骸拖在老雪橇后面，进了城。他们一辈子都没听说过‘老虎’这种动物，但他们描述的确实是老虎。证词就在这里，说他们看到了绿眼睛什么的，”我从背心内袋里掏出范内给我的那两张带着折痕的纸，“想看看吗？”

“我不是个爱看字儿的主儿，”杰米说，“你知道的。”

“是啊，那也好。但记住我的话。他们所说的，和老故事里的插图一模一样，讲的是困在暴冰煞里的男孩。”

“什么老故事？”

“‘勇者心’提姆的故事——《穿过锁孔的风》。没关系。这不重要。我知道那两个牛仔可能喝醉了，他们只要靠近有酒水供应的小村镇就准保喝个大醉，不过，如果证词不假，范内说那个生物应该既可在人形和兽形间转换，又可以变成不同的兽体。”

“你说有二十三个死者。啊呀呀。”

一阵大风吹来，卷起前路的盐碱。马受惊了，我们掀起围巾，捂住了口鼻。

“好热啊！”杰米说，“还有这该死的尘土。”

好像突然意识到自己的闲话太多了，他就此沉默了。我是无所谓的，因为还有好多事要思考。

走了不到一小时，我们就到了山腰，可以俯瞰到一片晶晶亮的白色女人堂。这是一片男爵领地大小的居所。住户的尽头，顺着一条细细的溪流而下的，是一大片绿油油的果园，似乎还有一个葡萄藤架。一看到这情景，我的口水都冒出来了。上次吃葡萄时，我还是个嘴上没毛的小男孩呢。

围墙很高，为了防范窃贼，墙头插了些碎玻璃，在日光下反照出晃眼的白光，但木门大敞着，好像在发出邀请。门前，有个女人坐在一张看似王座的椅子里，身穿一袭白色平纹细布裙，白绸兜帽像海鸥双翼似的笼在她头上。走近了再看，我发现那把宝座是铁木所制。显然，除了金属椅，再没有别的座椅能够承担她的体重了。那是我有生以来见过的最庞大的女巨人，简直可以匹配传说中的不法之徒大卫·奎克。

她的腿上堆满了针线活。大概是在织一条毯子吧，但搁在那样雄壮的桶形身躯、足以给两个孩童遮阳蔽日的庞阔胸部之前，好像比手帕大不了多少。她看到了我们，放下手里的活计，站了起来，身高足有六英尺半，甚至再高点。山谷里的风减弱了，但依然可以掀动她颀长大腿边的裙裾。布料迎风招展，猎猎作响，让人想到鼓满风的船帆。我记得司机说她们吃男人，但她把巨大的拳头抵在宽阔的额前，并用另一只手轻轻提起裙角，向我们施了个地道的屈膝礼，我还是忍不住勒马停步。

“尊敬的枪侠，向你们致敬。”她高声说道。那是一把浑厚的嗓音，但也不太像男子的中音。“我代表萨罗尼以及居住此地的众女子向你们问好。祝你们天长夜爽，万寿无疆。”

我们也将拳抵触眉头，更慷慨地祝福她。

“你们是从内世界来的吗？我看得出来，对于这片地儿来说，你们的衣裳还不够脏。不过很快就会脏透了，只要你们住个一天半夜的。”说完，她朗声大笑，笑声不亚于一阵远雷。

“我们是从内世界来的。”我来回答，因为很明显，杰米是不会张口的。平日里他就不多言，眼下索性紧闭双唇，一声不吭。她的身影映在身后的水洗白色的围墙上，仿佛高耸的珀斯王。

“你们是为了皮人而来的吗？”

“是的，”我说，“你们是否见过他？还是道听途说的？若非亲眼所见，请容我们道谢后继续前行。”

“不是‘他’，少年，千万别说那是个人。”

我仅用目光作答。她虽然站着，却几乎能平视我的眼睛，而我还坐在马鞍上。我的马“小乔”可是匹高头大马。

“是‘它’，地狱深沟里来的恶魔，”她接着说道，“我能确信，如同确信你们俩是艾尔德光明族的枪侠。它可能曾经是人类，但现在绝不是了。没错，是我亲眼所见，看着它行凶作恶。如果你们原地等待，不挪窝，你们也能亲眼看到它造的孽。”

她没等我作答，转身走进敞开的大门。裹在白棉布裙里走动的她，真像顶风逆行的单桅帆船。我瞧了瞧杰米。他耸耸肩，点点头。不管怎么说，我们就是为这事儿来的，如果火车司机不得不等一会儿才能把“小玩意儿”扳回正轨，那就让他等吧。

“**爱伦！**”她的喊声俨然是用足底气的，我们仿佛听到女人对着电子扩音器嚎叫。“**克莱米！布里安娜！拿吃的来！要肉、面包和麦芽酒——要纯酿的，不要烈性的！搬张桌子出来，别忘了桌布！马上把福尔图纳带出来！赶紧的！都给我赶**

紧呐！”

都吩咐完了，她回到我们面前，小心地提起裙摆，以免蹭到套在她那双巨足上的小黑船边的盐碱尘粒。

“女士，感谢您乐善好施，但我们真的必须——”

“你们必须吃，这就是你们必须做的事，”她说，“我们就在路边搭个餐桌，万一你们倒胃口也好办。因为我很清楚，蓟犁那些人是怎么说我们的，我们都清楚。只要女人胆敢自己过活，男人们就会说同一套闲话，我懂。这会让他们怀疑自个儿的家伙还有没有用。”

“我们没有听说——”

她大笑起来，胸部起伏如波涛汹涌。“年轻的枪侠先生，你真有礼貌，也非常机灵，但我吃过的盐多过你嚼过的饭。我们不会吃了你们。”她的双眼炯炯闪亮，和她的鞋一样是纯黑色的。“尽管你们吃起来一定很美味，我觉得——可能两个都是。我是萨罗尼修道院的院长艾菲琳娜，赞美上帝和基督耶稣。”

“蓟犁的罗兰，”我说，“这位杰米也是从蓟犁来的。”

杰米在他的马鞍上行了鞠躬礼。

她又向我们行了一次屈膝礼，这一次，她低下了头，丝绸兜帽像窗帘似的笼住她的脸庞。她起身时，一位娇小的女子从敞开的大门里快步走出来。也许她和普通女人一样，并不见得身材娇小，只是因为站在艾菲琳娜身边才显得又矮又弱。她的长袍不是白色细棉布，而是灰色粗棉布做的；她的双臂交叉在勉强隆起的胸前，双手完全被长长的袖筒遮住了。她的长袍不带兜帽，但我们依然只能看到半张脸，另一边遮掩在厚厚的绷带下面。她也行了屈膝礼，继而蜷身躲到了院长规模可观的阴影里。

“抬起你的头，福尔图纳，对这两位年轻的绅士要礼数周到。”

终于，她抬起眼来，我这才明白她为什么始终低垂着头。绷带无法完全遮掩鼻子上的伤口：右边的鼻翼缺失了一大半，现在，鼻峰右侧是开放的，血红色的皮肉尚未愈合。

“向你们致敬，”她轻声说道，“祝你们天长夜爽，万寿无疆。”

“也愿您福寿双全。”杰米说道，我还看到她没绑绷带的那只眼睛向他投去悲哀的一瞥，仿佛在说，这样还有什么福寿可言呢。

“把那件事告诉他们，”艾菲琳娜说，“你记得多少就说多少。我知道那只是一瞬间的事儿。”

“我必须说吗，嬷嬷？”

“必须。他们来，就是为了处理这件事。”

福尔图纳心存疑虑地凝视我们，其实，不过是匆忙闪躲的一瞥，视线又很快移到艾菲琳娜身上。“他们行吗？他们看起来好年轻啊。”

她意识到自己失言了，脸上登时泛出一片红晕，这，我们是看得到的。她有点站不稳，艾菲琳娜伸手揽住了她。显而易见，她伤得很重，身体根本没有痊愈，涌上她脸颊的鲜血本应流向她体内更需要血气的地方。我想，主要是绷带下的那部分吧，况且，她穿的长袍那么宽大，根本看不出来还有哪里受了伤。

“福尔，也许他们再过一两年才需要每周刮一次胡子，但他们是枪侠。要是他们都没法让这座受了诅咒的小城拨乱反正，那世上就没人能够了。而且，这也是为你好。恐惧像毒虫，趁它还没在你心里滋生壮大，要赶紧一吐为快。好了，快讲吧。”

她讲了。在她讲述的时候，萨罗尼修道院的其他修女们鱼贯而出，两人搬来桌子，更多人端来食物和饮料，摆满了餐桌。吃食比我们在“小玩意儿”上的任何一餐都要好，色香味俱全，然而，福尔图纳讲完那个短小却可怕的事件后，我感觉一点儿都不饿了。从杰米的表情来看，他也没了胃口。

事情发生在黄昏，两星期零一天之前。她和另一个名叫德洛莉丝的姑娘出去关大门，顺便为晚上的家务事提桶水。福尔图纳提着水桶，也因此逃过一劫。就在德洛莉丝把大门合拢时，一头野兽猛然把门撞开，抓牢她，张开长长的下巴，把她的脑袋咬了下来。福尔图纳说，她看得很清楚，因为天空中的商月升得老高。那东西比男人高大，浑身上下没有皮毛，而是覆着鳞片，身后的长尾巴拖在地面上：黄色的眼睛里有一条细缝般的深色瞳仁，在扁平的脑袋上闪着光：那张大嘴好比陷阱，嵌满利牙，每一颗都有人手那么长。它把仍然扭曲颤抖着的残肢吐弃在院落的石子地上、继而挪动粗短的腿脚朝井边的福尔图纳而去时，那些牙还滴着德洛莉丝的鲜血。

“我转身想跑……它逮住了我……之后我就不记得了。”

“我记得，”艾菲琳娜冷酷地接下去说，“我听到尖叫声，抄起我们的枪就跑出来了。那是把长枪，枪托的顶端挂了一只铃铛。枪是什么时候上膛的，谁也记不得了，但我们从没开过火。我只知道一点：它很可能在我手里膛炸。可我看到那东西在撕咬可怜的福尔的脸啊，咬完脸还咬别的地方。开枪的时候，我压根儿没想过有危险。也完全没想过，这一枪可能也会伤及她，可怜的姑娘。”

“我真希望那一枪能把我打死，”福尔图纳说，“天啊，我真想一死了之。”她坐在桌边的一把椅子上，双手捂住脸孔，哭了起来。至少，仅剩的那只眼睛在流泪。

“千万别这么说，”艾菲琳娜对她说着，轻轻抚摸没有绷带的那半边头发，“这是渎神的。”

“你打中了吗？”我问道。

“打是打到了。我们那杆老枪开火了，有颗子弹——大概还不止一颗——掀掉了它脑袋上的鳞片和几个疙瘩。黑乎乎的东西飞了出来。后来，我们在圆石子地上看到了，碰也没碰，直接用沙子盖没了，万一那东西有毒呢，我们生怕毒会钻进皮肤。那个胆小鬼扔下她，我觉得它恨不得立刻冲我扑来。所以，我再次举枪瞄准，尽管那种老枪一次只能开一次火，再往枪筒里装填火药才能打第二枪。我对它说，你来呀！还告诉它，我会等它靠近，让我瞄个准，打个正着。”她向后退了一步，往尘土里吐了一口唾沫。“它一定是有脑子的，或类似的东西，即便它脱离人形了也一样，因为它听了我的话就逃跑了。但是，跑出围墙之前，还在我视野里的时候，它转过身来看了看我，好像是要记住我。好，那就牢牢记住我吧。我没有多余的枪弹了，除非有游贩到此，还恰好有子弹出售，但我还有这个。”

她把裙子拉上膝盖，让我们看到一把屠夫刀，插在生皮刀鞘里，绑在她腿肚子的外侧。

“就让它来找艾菲琳娜吧！我是罗莎娜之女。”

“你刚才说，你还看到了别的什么。”我问。

她用那双黑漆漆的眼睛审度我，然后转身对修女们说：“克莱米，布里安娜，上菜吧。福尔图纳，你可以告退了，要保证请求上帝的宽恕，原谅你的渎神之语，还要感恩天父让你的心仍在跳动。”

艾菲琳娜拉住我的胳膊，带我走进大门，引我走到井边，也就是不幸的福尔图纳被袭击的地方。在那儿，只有我和她两个人。

“我看到了它的鞭，”她用低沉的声音说，“像弯刀那样又长又弯，抽动着，充胀了血一样的黑色东西……反正，是为了那种事儿的充血。那是为了杀死她，就像杀死德洛莉丝那样，没错，但也意味着它还要干她。就在她死的时候，它还要干她。”

我和杰米跟她们一起用餐，就连福尔图纳也吃了一点儿。接着，我们上马，前往城区。但在我们动身前，艾菲琳娜站在我的马边，又和我对话。

“等你们在这儿的公事忙完了，记得过来再看看我。我有东西给你。”

“女士，敢问是什么？”

她摇了摇头，说：“现在还不是时候。但等脏事儿处理干净了，记得过来。”她握住我的手，抬到她的唇边，亲吻了一下。“我知道你是谁，难道你母亲的容颜没有刻画在你的脸上吗？来找我，罗兰，佳碧艾拉之子。别食言。”

就这样，她转身离去，我还来不及说一句话，她已大步流星走进了大门。

德巴利亚的主路很宽阔，虽然铺了石板，但石块纷纷碎裂，下面的硬土地时不时露出来，不用很多年，这条路就将重归土路。商家鳞次栉比，从几家酒吧里传出的声响来看，生意还不错。但是，我们只见到几匹马和骡子拴在系留柱上；在世界的这个角落，牲口是用来买卖和吃的，不是用来骑乘的。

有个女人从商铺里走出来，臂弯里搭了一只篮子，她看到我俩便直勾勾地瞪起来。然后，她跑进屋去，又出来几个男人。等我们到达最高治安官的办公室时，街道两边看热闹的人都快排成队了。那是一栋附盖在石狱旁的小木屋。

“你们是来干掉皮人的吗？”抱着篮子的女人喊了一句。

“那两个半大小毛孩连一瓶黑麦酒都干不掉。”站在快乐汉咖啡餐馆前面的男人回了一嗓子。听到这种玩笑话，大伙儿哄堂大笑，还有人窃窃私语。

“现在这小镇可够热闹了。”杰米说着，下了马，转身望了望那四五十个男女——他们都放下活计（还有乐子），专门出来看我们的热闹。

“日落后就不一样了，”我说，“那是皮人这种生物出来掠食的时候。反正，范内是这么说的。”

我们走进了警局。休·皮维顶着大肚子，留着长长的白头发、蔫蔫吧吧的胡须。他的皱纹十分深刻，有一张饱经忧患的脸孔。他一见我俩佩的枪，登时放松了下来。他也注意到了我们连胡子都没长出来，便又好像没那么轻松了。他正在写什么，此刻抹净笔尖，站了起来，伸出手。在这个男人面前，以拳叩额的做法是行不通了。

我们分别和他握手，作了自我介绍，他说：“我没有小瞧你们的意思，年轻人，但我还指望看到斯蒂文·德鄯本人呢。要不然就是彼得·麦克范睿。”

“麦克范睿三年前去世了。”我说。

皮维似乎很吃惊。“当真？他可是个利落的好枪手啊！非常利落。”

“他死于高烧。”很可能被下毒了，但这事儿就没必要让德巴利亚的最高治安官知道了。“说到斯蒂文，他无暇脱身，这才派我前来。我是他的儿子。”

“是的，是的，久仰您的大名，还有您在眉脊泗立下的功勋。别看我们这儿偏远，消息还是通的。有嘀嗒发报机，甚至还有一台叮铃话机。”他指了指安在墙上的新发明，下方的砖墙上写着一条警告：**未经允许，切勿触碰**。“以前，它能直通蓟犁，但这些日子以来，只能通到南部的萨利伍德、北部的杰斐逊、还有山脚下的村庄——小德巴利亚。我们甚至还有几盏路灯能亮呢——不是煤气灯，也不是煤油灯，而是货真价实的晶闪灯呢！镇民们觉得，灯光能把那怪兽赶跑。”他叹了一声，又说道：“我可没那种信心。这事儿很难办啊，年轻人。有时候，我觉得这世界已经乱套了。”

“是乱套了，”我说，“但是，治安官，还有重新理顺的机会。”

“如您所言就好了，”他清了清嗓子，“那么，千万别以为我有所不敬，我知道你们自称为何人，但我收到了信符的承诺。如果你们带了，我就将收下，因为信符对我意义非凡。”

我打开挂袋，取出父亲交给我的东西：一只小木盒，盒盖上盖着父亲姓氏的缩写，D 框绕着 S。皮维接过去，被胡须掩住的嘴角露出一丝几乎看不出来的笑意。在我看来，那是一种若有所忆的微笑，那让他突然年轻了好几岁。

“你看过里面的东西了吗？”

“没有。”父亲没有让我看。

皮维打开盒子朝里看，再看看我和杰米。“很久以前，我还只是个副官，斯蒂夫·德鄯让我和当时的治安官带领一支七人的小分队去抵抗黑鸦帮。你父亲跟你说过黑鸦吗？”

我摇摇头。

“不是皮人，但一样是脏活儿。他们走到哪里就抢到哪里，不只是在德巴利亚为所欲为，沿着这一路的农场都遭了殃。还有火车，但凡他们听到风声，只要火车上有值得抢的他们就劫车。但他们的主要勾当是绑票，要赎金。孬种才犯那种罪，不过赏金很高。我听说法僧也好这口。

“有一次，他们劫走了一个农场主的妻子，贝琳达·杜林。刚过一天，你爸爸就到了镇上。劫匪一走，贝琳达的丈夫就解开了绑缚他的绳索，用叮铃话机发出了信号。黑鸦不知道有这种装置，所以自取灭亡。在世界的这一边有枪侠执行使命，帮助是很大的；在那个年代里，他们有一种神出鬼没的绝技，不管何时何地，哪里需要他们，他们就会现身。”

他抬起眼帘，看着我们说道：“说不定，他们至今仍有绝技在身呢。总之，我们赶到那个牧场的时候，罪行刚刚发生没多久。在某些地方，任何人都会迷路的——你知道吗，那几乎就是在最北的北部了——但你父亲有一双不轻信的眼睛，你也一样。那儿连只老鹰都没有；鹿，秃鹰，什么都没有。”

我知道父亲眼神犀利过人，还有擅长追踪觅迹的天赋。我也很清楚，这久远的往事或许和我们即将要做的事毫无干系，我本该催他长话短说，尽快出发。但父亲从来不谈自己的年轻时代，我想听完这则故事。我很想、很想听。结果，与我的第一反应大相径庭的是：这段往事和我们在德巴利亚的差事将有千丝万缕的关联。

“他们留下的踪迹指向矿山——德巴利亚的当地人管它叫盐屋。那时候，矿山已经不开工了；那是二十年前新沉物被找到之前的事啦。”

“沉物？”杰米问。

“矿藏，”我说，“他说的是一座新发掘的矿藏。”

“是，你说的没错。但那时候整片矿山都被荒弃了，正是黑鸦帮那种恶徒的最佳藏身地。平地上不见了踪迹，足迹穿过了一片高高的石林，在低洁地再次出现。低洁地，就是盐屋下方位于山脚的牧草地。最近，有个牧羊人就是在低洁地被杀的，凶手看起来很像——”

“狼，”我说，“这我们知道。请继续。”

“消息挺灵通的呀？好吧，那就最好了。我刚刚说到哪儿了？啊，想起来了——照现在的说法，那些山石算是在伏河谷。那并不是河谷，我估计人们只是喜欢这么说罢了。足迹就是朝那儿去的，但德鄯想绕道周边地带，从东面进去。从高洁地进去。当时的治安官叫皮·安德森，他压根儿不想绕道走。他急得就像盯牢虫子的鸟儿，恨不得立刻扑上去。他说，绕道走的话指不定要三天，到那时，那个妇人可能都死透了，黑鸦帮也可能窜到别的地方去了。他说他决定走捷径，要是没人想和他同行，他就一个人去。他对你爸爸说：‘除非你以蓟犁的名义命令我不可以那么做’。

“‘想也别想，’德鄯这么回答他，‘保卫德巴利亚是你的职责；我也有我的职责。’

“小分队跟他走了。小伙子，我跟着你爸。治安官安德森坐在马鞍上对着我说：‘我希望他们在那些牧场里招个人，休吉，因为你肩挂警徽的日子到此为止了。你不用跟我干了。’

“这就是他对我说的最后一句话。他们策马远去。蓟犁的斯蒂文蹲在地上，我有样学样，也蹲在地上。就那样过了个把钟头——指不定时间更长些——我对他说：‘我以为我们要四处转转的……除非你也不想让我跟你干了。’

“他说：‘不，副官，你受雇于谁，与我无关。’

“‘那我们在等什么呢？’

“‘枪声。’他说完还不到五分钟，我们真的听到了枪声。

枪声和呼喊声。但没有持续很久。黑鸦料到我们会来——他们精明着呢，可能我们的靴子或马鞍反射了阳光，那就足以引起他们的注意，让他们有了防备。他们从高处的岩石堆俯冲而下，阻截了安德森和他的小分队。那年头，枪比现在更多，黑鸦帮攒了不少好家伙，甚至还有一两架快枪呢。

“所以我们绕道而行，对不？只花了两天，因为斯蒂文·德鄯分分秒秒都不浪费。到了第三天，我们在山坡下扎营，一起来就往上攀。你们不知道、也没道理会知道的是，那时候的盐屋只是悬崖上的一排山洞。住在里面的不止是挖矿工，还有他们的家人。隧道一直通到山后的平地。但我刚才说过了，当时那一整片地都被荒废了。但是，我们看到一个山洞的通风口里冒出了烟雾，那就好比是马戏团外面站着一个畸形人，招呼你进去看表演，知道不？

“斯蒂文说话了：‘时候到了。一旦他们觉得毫无隐患了，就会痛饮一番，好好喝它几晚。死睡几夜。你要和我同行吗？’

“‘没错，枪侠，我跟你去。’我这么说。”

皮维说到这儿，下意识挺直了背，看起来年轻多了。

“我们趁着夜色悄悄挺进到最后五六十码，你爸爸拔出了枪，以防他们设了夜哨。确实有，但只是个小伙子，而且很快就睡着了。德鄯把枪放回枪套，只用一块石头当武器就镇住了他。后来，我看到那个小伙子站在活门板盖上，眼泪流个不停，裤裆里一塌糊涂，脖子上套了一根绳子。他还不到十四岁，但就像其他黑鸦一样折磨杜林太太——也就是那被绑架的妇人，记得不？她都能当他的奶奶啦。看着那条绳索结束了他的哭泣，我连一滴眼泪都不会掉。这地界的人有句俗话：你拿的盐巴就得你付钱。

“枪侠悄悄走进去，我紧跟在后。他们都躺在地上，横七竖八，像狗一样打着呼噜。天啊，孩子们，他们简直就是狗。贝琳达·杜林被绑在一根柱子上。她看到了我们，眼睛都瞪圆了。斯蒂文·德鄯指了指她，又指了指自己，然后把两只手拢在一起，又指了指她。他是在说，你平安了。我永远不会忘记，她对他点了点头时露出的那种感激之情，她是在说，她明白了。你平安了——年轻人啊，我们从小到大都生活在平安的世界里，但那个老世界现在就快消失了。

“接着，德鄯说道：‘醒醒吧，黑鸦阿兰，否则只能闭着眼睛走到路尽头的空无境。醒醒，全都给我醒过来。’

“他们醒来了。他根本就没打算活捉他们——我得让你们明白，让那些人活下去就是在发疯——但他更不愿意在他们睡着的时候向他们开枪。他们多多少少是清醒过来了，但也没醒多久。斯蒂文拔枪的速度那么快，我根本没看到他的手动过。天呀，里面好像装着闪电。那些左轮手枪的檀香木大手柄这一秒钟还在他体侧，下一秒钟就连连发射，枪声好像挨近你的雷鸣，震耳欲聋。但那也没让我迟疑，我也拔出自己的枪。那把老枪管手枪是我爷爷留给我的，好歹也撂倒了两个家伙。是我有生以来杀死的头两个人。说来也悲伤，从那以后，又杀了很多个。

“第一波猛射后，只有黑鸦老爹一个人还活着，也就是黑鸦阿兰。他很老了，因为中风或别的什么原因，半边脸狰狞纠结成一团，但他依然很灵活，动起来和魔鬼一样快。他还穿着内衣裤，枪塞在铺盖卷另一头的一只靴套里。他一把抓过枪，转向我们。斯蒂文朝他开枪了，但这老混蛋竟然躲过了第一发。真是很激烈，不过……”

想当年，皮维大概比眼下站在他面前的两个愣头小伙大不了多少，现在，他掀起靠铰链灵巧开合的小盒子，对着里面的东西沉思片刻，然后抬头看向我，若有所思的笑意依然浮现在他的嘴角。“罗兰，你可曾看到你父亲手臂上有一个疤？就在这儿？”他指了指肘弯上方、臂肌开始的地方。

我父亲的身体好比一幅疤痕的地图，也是我了如指掌的一张图。臂弯内侧的这个伤疤深深凹陷，和治安官皮维笑起来时胡须都遮不住的酒窝有点像。

“黑鸦老爹的最后一枪打中了墙，就在绑女人的柱子上方，然后反弹了回来。”他把木盒转过去，让我看。盒子里有块压扁的小金属块，很大一块，很大的口径。“我用剥皮刀把这东西从你爸爸的手臂上挖了出来，给了他。他谢过我，还说有朝一日应该还给我。瞧，这不来了。德鄯说了，卡[①]是一个轮。”

“这事你曾经讲过吗？”我问，“因为我从没听说过。”

“我把子弹从亚瑟嫡系传人的血肉里挖出来这事？艾尔德的艾尔德？没有，从没讲过，直到今天。就算讲了，谁会信呢？”

“我会信的，”我说，“还要感谢你。这子弹很可能会毒死他的。”

“不会，不会，”皮维不禁笑出声来，“不会毒死他。艾尔德的血太强大了。如果当时我太胆怯……或是觉得太恶心……他肯定会亲自动手的。虽然多亏了他事情才办成，但他把捣毁黑鸦帮的功劳都让给我了，从那以后，我一直都是治安官。但也当不了多久了。皮人这桩事让我心力交瘁，不想再干了。看了太多血溅满地的场面，对秘密再也没胃口了。”

---

① “卡”是“黑暗塔”系列中的特有词汇，大意相当于“命运”。

“谁会接替你？”我问。

他好像被问住了，露出惊讶的神情。“大概不会有人接手。矿场再挖个几年，又会被挖空了，这一次是真到头了，铁路线也不会再继续运营了。这两样都没了，德巴利亚就彻底玩完了，虽然在你爷爷的年代里这儿算是一个不错的小城市。我敢肯定，下次你们再走这条路，就只能看到那个母鸡窝，不会有别的了。”

杰米似乎有点困惑：“与此同时怎么办？”

“就让农场主、流浪汉、老鸨和赌棍们自生自灭去吧。这不是我的事儿，反正也管不了多久了。但不管用什么法子，这事儿不处理干净，我是不会走的。”

我说道：“皮人攻击了萨罗尼的一个女子。她的容貌和身体都被毁得很厉害。”

“去过了，你们？”

“那些女人都吓坏了。”我细细回顾了一下，又想起那把刀——绑在小桦树干似的大粗腿上。“除了修道院长，她还好。”

他咯咯笑起来：“艾菲琳娜。那家伙敢把唾沫吐在魔鬼的脸上。就算他把她掠走，带去尼斯神的长眠之境，她也会在一个月内统治那个地界的。”

我又说道：“皮人保持人形时，有可能是谁——关于这个你有什么想法吗？如果有，我请求你告诉我们。就像我父亲当年对治安官安德森所说的，说到底，这并不是我们的职责。”

“如果你希望得到一个名字，那我可说不上来，但我可以给你些别的东西。跟我来。”

他带我们走过办公桌后面的拱廊，走进了 T 字形的石狱。我数了数，长条形的主廊上共有八间牢房，左右两翼的小过道上还有十几间小牢房。除了一间小牢房里关了一个躺在稻草床铺上、在午后黄昏里打呼噜的醉汉，别的牢房都是空的。这间牢房的门是开着的。

“以前哪，这些牢房每个周末都关满了人，”皮维说道，“全都是醉醺醺的牛仔或农场里的长工，你知道不？现在呢，大多数人到了晚上都闭门不出，甚至周五、周六都是。谁也不想醉醺醺地回家时遇到皮人。”

“盐矿的人呢？”杰米问道，“你也把他们关起来吗？”

“不太抓他们，因为他们在小德巴利亚有自己的酒吧。有两家。都是些恶心的地方。这儿的妓女在快乐汉、倒霉运或彼德维这类酒吧里混到年纪太大或是脏病缠身，实在揽不到客人了，就去小德巴利亚找最后的活路。只要盐矿工在白瞎酒吧喝得烂醉，只要女人有个逼就行，根本不管她们有没有鼻子。”

“不错。”杰米喃喃应声。

皮维打开一间大牢房。“来吧，小伙子们。我没有纸，但还有些粉笔，这儿的墙倒也挺光溜儿。而且，也很隐秘，只要那儿的盐巴佬山姆睡不醒就好。老实说，他不到天黑几乎不可能醒来。”

他从斜纹裤袋里掏出一段颇为挺括的粉笔，在墙上画了一只长方形的盒子，盒盖上有很多锯齿状的缺口，看起来像一排倒V字。

“整个德巴利亚都在这儿了，”皮维说道，“这儿，是你们过来时走的铁路线。”他画上了一组斜线，这让我突然想起了那个火车司机和伺候我们吃喝的老仆人。

“‘小玩意儿’脱轨了，”我说道，“你能不能派些人过去，把火车拖回轨道？我们有钱，可以雇人工，我和杰米也很愿意去帮忙。”

“今天不行。”皮维心不在焉地答道。他正在研究自己画的地图。“司机还留在那儿，对不？”

“是的。除了他，还有一个人。”

“我会让科林和维卡驾一辆马车过去的。科林是我最好的副手——另外两个就不中用了——维卡是他的儿子。他们会在天黑前把他们接回来。还有时间，因为这里的白昼终年都很长。眼下，小伙子们，要注意了。这儿是铁路，这儿是萨罗尼，也就是那个可怜的姑娘遭到攻击的地方。在主路上，看到没？”他画了一个小方块，代表萨罗尼，再在方块里画了一个X。修道院以北，笔直向上直到地图的锯齿边，他又画了一个X。“这是牧羊人杨·卡利被杀的地方。”

接着，他在这个X的左侧差不多持平的高度——也就是说，锯齿之下——画了第三个X。

“奥罗拉农场。七口人遇害。”

向左、再高点，他用粉笔画出了第四个X。

“这儿是高洁地的廷伯史密斯农场。九口人遇害。就是在这儿，我们发现了小男孩的脑袋卡在了木杆上。旁边满是足印。”

“狼的足印？”我问。

他摇摇头：“不是，类似大猫的足迹。一开始是。后来变得像马蹄，之后我们就找不到新的足迹了。再后来……”他脸色阴郁地看了看我们，“足迹一开始很大，简直像巨人的脚印，但慢慢地越变越小，直到缩回了正常人的脚印。不管怎么样，我们跟到硬土路时就没辙了。枪侠，也许你父亲就不会跟丢。”

他继续在地图上标注，标完了之后，他退回几步，以便我们更清楚地看到全景。

“据我所知，你们应该是智勇双全的。那么，能看出什么端倪来吗？”

杰米向前一步，站在几排简易床之间（这个牢房肯定能关很多人，关进来的时候大概都是烂醉如泥的），他的指尖顺着地图的锯齿边缘逡巡片刻，粉笔印有点模糊了。“盐屋一直绵延到这一带吗？所有这些小山丘里都有？”

“是啊。人们都把这些山丘叫做盐丘。”

“小德巴利亚在哪里？”

皮维在盐矿镇上又画了一个小方块，靠近那个妇人和赌徒被杀的X地点，代表小德巴利亚的位置。

杰米细细审视了地图，然后点点头。“在我看来，皮人可能是个矿工。你是不是也有这种想法？”

“是的，一个盐矿工，哪怕还有几个盐矿工被撕烂了。这是说得通的——就算是这么离谱的事也能说得通。新矿比老矿深得多，每个人都知道，地底里有恶魔。指不定哪个矿工撞上了魔鬼，唤醒了它，搞出了这么多恶形恶状。”

“地下还有很多先人留下的遗迹，”我说，“并不都是危险的，但有一些是。也许那些老古董里的什么……杰米，怎么说来着？”

“人造品。”他答。

“对，就是那种玩意儿。也许这事要归咎于某一样人造品。如果我们能活捉那家伙，说不定能告诉我们真相。”

“不是没可能的！”皮维闷声闷气地插了一句。

我觉得是有机会的。如果我们能辨认出他是谁，在白天接近他，就完全有可能活捉他。

“那儿一共有多少盐矿工？”我问。

“没以前那么多了，因为现在只有一口矿井在挖，知道不？要我说……不到两百人吧。”

我和杰米对视了一眼，看到他眼底泄露了取乐的味道。他说：“罗兰，别烦恼，我肯定我们能在丰收汐之前见到所有人。动作快点就行。”

他故意夸夸其谈，但我仍然清楚地意识到，我们得在德巴利亚待几星期了。我们或许见到皮人却不一定能认出来，因为他可能是个撒谎高手，也可能毫无愧疚，因而无意遮掩：白昼的他可能真的不知道晚上的自己干了什么。我真希望库斯伯特在这儿，他最擅长在看似不相关的事件里找到蛛丝马迹；我也希望阿兰在这儿，他最会琢磨别人的心思。但杰米也不赖。不管怎么说，我自己能看到的、昭然若揭的线索，他也都看到了。尤其在某一点上，我完全同意治安官皮维：我恨透了秘密。在我这漫长的一生里，这一点从未改变。我也不擅长揭示秘密，我的头脑从不会往那条路转。

等我们走回了办公室，我说道：“治安官，我有一些问题必须要问你。第一，如果我们对您坦诚，您是否也能向我们坦言不讳？第二——”

“第二，我能否信任你、指望你完成自己的职责；第三，我能否找到帮手和援助。皮维说，是的，是的，是的。看在众神的分上，伙计们，现在让你们的脑子开动起来吧，因为自从这东西在萨罗尼出现已有两个多星期了，那一次它没有吃完大餐。用不了多久，它就会重返那里。”

“它只会在夜里潜行，”杰米说，“你有把握吗？”

“有。”

“月亮对这件事有影响吗？”我问，“因为我父亲的顾问——也曾是我们的老师——说以前的传说里有过……”

“我听过那些传说，先生，但在这件事上，他们说错了。

至少，对这个特殊的生物而言，月亮没有影响。它夜袭时，有时是满月——在萨罗尼现身那次就是商月，它满身覆着鳞片和疙瘩，活像盐沼长滩里的鳄鱼；但在廷伯史密斯农场出现时是暗月。我不想这么说，但不得不说实话。我还想结束这档子事，再也别从灌木丛里拣出某人的肠子，或是把小孩的脑袋从篱笆杆上拽下来。你们是被派来帮助我们的，我满心希望你们能帮得到……尽管我自己也有点怀疑。”

当我问皮维，德巴利亚有没有体面的旅店或民宿时，他忍不住笑起来。

“最后一家民宿是寡妇布雷丽开的。两年前，她在自家外屋守着柜台，有个烂醉的牛仔流浪汉企图当场强奸她。不过，她倒一直挺机敏的。她瞧出他眼里有那个意思，就在围裙下藏了一把刀，这才走进外屋。割断了他的喉咙，她确实割了。当时我们的法官是斯崔宁·伯迪恩，后来不干了，决定去新月地区养马，试试运气。伯迪恩法官没用五分钟就宣判她自卫杀人，无罪释放，但这位女士觉得实在受够德巴利亚了，便坐火车回了蓟犁，我敢说她现在还住在蓟犁呢。她离开后的第二天，一些醉鬼放火烧了那房子。旅店倒是还开着，美景酒店。景色根本不美，小伙子们，床上的跳蚤比癞蛤蟆的疙瘩还多呢。要是没有亚瑟·艾尔德的全套盔甲护身，打死我都不睡那种床。”

所以，我们在德巴利亚的第一夜就是在那间关醉鬼的大牢房里过的，头顶上就是皮维用粉笔画的地图。盐巴佬山姆被释放了，整个石头监狱里只有我们俩。外面刮起了强风，把地面上的盐碱块吹向小镇的西边。屋檐下传来呜咽的风声，又让我想起了往事，在我还是个“小玩意儿”的时候，她总给我念故事书——勇敢的提姆在暴冰煞中，不得不面对新迦南地北面的巨木林。想到那个男孩独自一人在那些巨木参天的森林里，我总是胆战心惊；而提姆的勇敢无畏也总能让我热血沸腾。我们一辈子都忘不了童年听到的故事。

德巴利亚的风很暖，不像暴冰煞这么寒冷。一阵格外强悍的大风刮过，撞上石狱的外墙，把盐碱沙砾从铁栏窗的缝隙里吹进来，就在这时，杰米开口了。由他主动开始一场对谈，这是很罕见的事。

“罗兰，我讨厌这声音。简直要逼我整宿睡不着。”

我倒是挺喜欢的；风声总能让我想起美妙的岁月、遥远的地方。不过我承认，要是没有这些沙砾就好了。

“我们该怎样找到那东西，杰米？但愿你有主意了，因为我还没想出来。”

“我们必须要和盐矿工们谈谈。以此为开端。说不定有人会看到谁身上带着血迹偷偷摸摸回到盐巴佬的住宿地。偷偷摸摸、赤身裸体地回来。因为他不可能衣衫齐整，除非他在变身之前就全脱了。”

那让我有了一点希望。如果我们要搜寻的人知道自己是什么，他或许能在即将变身前脱下衣服，藏好，等夜袭结束了再回去穿衣服。但如果他不知道……

这好比是细小的线头，只要你够谨慎，不打草惊蛇，顺势摸索，就能扯出一整匹布来。

“晚安，罗兰。”

“晚安，杰米。”

我闭上眼睛，想起了母亲。那一年我时常想起她，但只有那一次，我想到的不是她的死状，而是在我童年时代的她，坐在我的床上，倚在我身边，给我念故事书，卧室里有彩色玻璃窗，她是那么美。“瞧啊，罗兰，”她总说，“这儿有好多貉獭坐成一排，嗅着空气。它们知道，是不是？”

“是的，”我会这样应答，“貉獭都知道。”

“它们知道什么呀？”这么逗我的女人将在日后被我亲手杀死，“亲爱的宝贝，它们知道什么呀？”

“它们知道暴冰煞要来了。”我答。故事讲到这里，我的眼皮总会越来越沉，不出几分钟，我就会在她音乐般的嗓音中安然睡去。

就和现在一样，我沉入梦乡，窗外有风，阵阵大风猎猎呼响。

一线晨曦伴随着尖噪的呼喊声，我醒来了。**叮！叮！叮铃铃！**

杰米还平躺着，两腿张开，打着鼾。我从枪套里拔出一支左轮枪，迈过敞开的牢门，脚步还有点不稳，但直奔那蛮横的声响而去。那是治安官皮维引以为豪的叮铃话机。他不在，没人接听；他回家睡觉去了，整间办公室里空无一人。

几乎赤裸着胸膛，周身上下只有睡觉时穿着的内衣裤——因为牢房里很闷热——手里还有一支枪，我就这样站在那里，把球形的听筒从墙上取下来，将狭窄的一头贴在耳边，再凑近话筒，“喂？你好？”

“你他妈是谁？”传来一声咆哮般的嘶吼，震得我耳膜生疼，连脑仁都疼。蓟犁有话机，大约还有一百台能用，但没有哪台的声音如此清晰。我赶忙把听筒挪开，皱起半边脸，却还能听到里面传出的声音。

“喂？喂？众神诅咒这该死的破玩意儿！有人吗？”

“我听到你了，”我说，“小声点儿，看在你父亲的分上。”

“你是谁？”声量降低了不少，我又得把听筒凑近耳朵。但还是不敢太近；我不想犯两次同样的错。

“我是个副官。”对这个世界来说，我和杰米·德卡力来自最遥远的地方，但最简单的说法总是最有效的。我明白，和话机里恐慌的人对话时，简明扼要才是最好的。

“治安官皮维呢？”

“在家陪老婆呢。我估计现在还不到五点吧。请告诉我，你是谁，在哪里说话，还有，发生了什么事。”

“我是杰斐逊的甘菲德。我——”

“杰斐逊？”我听到身后有脚步声，便侧过身子，稍稍提起了枪口。还好，是杰米，头发睡得像刺猬，都尖尖长长地竖起来了。他也握着他的枪，并且穿好了牛仔衣裤，但还是光着脚。

“杰斐逊农场，你个狗日的白痴！你得让治安官过来，带上话机。都死了。杰斐逊，他家里人，孩子们，崽子们。哪里哪里都是血！”

“多少人？”我问。

“大概得有十五个人。指不定有二十呢。谁知道？”杰斐逊的甘菲德开始抽泣，“他们全都死无全尸啊。不管是谁下的毒手，只留下两条狗在这里，罗斯和莫斯。它们在场。我们不得不开枪打死它们。它俩踩在血泊里吃人脑。”

骑马跑了十轮，向北直奔盐矿山。和我们同行的是治安官皮维、好副官科林·弗莱伊、弗莱伊之子维卡。火车司机——原来他叫作特拉维斯——也跟着我们，因为他要在弗莱伊家过夜。我们策马扬鞭急行一路，到了杰斐逊农场的时候，天光还是大亮的。无论如何，风是在我们身后吹了，刮得越来越厉害。

皮维认为甘菲德是个浪仔——没有和哪家农场有长期劳作约定的流浪牛仔。有些浪仔沦落成了亡命之徒，但大多数都还挺老实，只不过没法在一个地方安顿下来罢了。我们骑马越过宽大的牲口门，门上横挂着桦木条拼出的**杰斐逊**三个大字，这时才看到还有两个牛仔和甘菲德在一起，他们应该是他的同伴。他们三人在可抬升的马栏前挤作一团，所站的位置靠近大宅。简陋的工棚就在大约向北半英里之外的小山丘顶。从这个距离看过去，只有两样东西显得不正常：工棚的南门是敞开的，被盐碱风吹得左右摇摆；还有两条大黑狗，陈尸在泥土地上。

我们下了马，治安官皮维和那三个人握了握手，他们看到我们好像格外激动。“啊呀，比尔·甘菲德，你好哇，浪仔。”

三人中个子最高的那人摘下了帽子，将帽檐抵在衬衫前襟上。“我不再是浪仔了。说不定还是，我也说不清。我在杰斐逊待了很久了，不管谁在话机里问，我都说是杰斐逊的甘菲德，因为我上个月才刚签约。老甘菲德亲自监督，看我把名字签在了墙上，但现在他和别人一样，都死透了。”

他干咽了一下，喉结剧烈地上下耸动。他脸颊上的胡楂看起来很黑，因为他的皮肤非常白。他的衬衫前襟上有半干的呕吐物。

“他的老婆和几个女儿也去了空无境。一瞧长头发和她们的……那个……就知道是她们了……唉，老天爷呀，你见到那种场面，真巴不得自个儿是个瞎子。”他抬起帽子遮住了脸，忍不住抽泣起来。

甘菲德的一个同伴说道：“治安官，这两位是枪侠吗？瞧他们嫩的，手都端不起枪，是不是？”

“别管那些了，”皮维答道，“跟我说说，你们怎么会在这儿的？”

甘菲德放下了帽子，双眼都哭红了，仍在流泪不止。“我们仨在洁地扎营。我们要把走失的牲口追回来，所以要扎营守夜。后来，我们听到了叫喊声，声音是从东边来的。我们都很累，睡得很沉，但那声音把我们都惊醒了。接着就听到枪声，两三声吧。枪声止了，又传来叫喊声。还有什么东西——很大的东西——在大声咆哮。”

有一个人插了一句：“听起来像是熊。”

“不，不是熊，”另一个人抢白道，“根本不是。”

甘菲德接着说道：“不管那是什么，反正我们知道它是从农场里跑出来的。离我们的营地大概四轮远，顶多六轮，但那声音一直传到了洁地，知道吗？我们赶紧上马，但我比他们俩到得早，因为我已经签了约定，他们不过是帮工的浪仔。”

“我不是很明白。”我说。

甘菲德转向我说道：“我有一匹农场的马，对不？很棒的马。斯尼普和阿恩只有骡子。骡子要赶进畜栏，和别的牲口关在一起。”他指了指马棚。就在那时，一阵大风横扫而来，扬起了畜栏前的尘土，所有牲口像海浪一般一齐退散开去。

“它们还是惊魂未定呢。”科林·弗莱伊说道。

火车司机特拉维斯遥望工棚，喃喃念道：“岂止是它们。”

等到杰斐逊农场最新晋的雇工甘菲德赶回农场大宅时，哭喊声已消停了。野兽的咆哮也听不到了，但还有吼声在继续叫嚣。那是两条狗在争夺残尸。甘菲德当然知道孰轻孰重，便越过工棚而不入——两条狗在里面嘶叫争扯——直奔大宅而去。前门大敞着，客厅和厨房里都有煤油灯亮着，但没人应答他的呼叫。

他在厨房里找到了杰斐逊夫人，她的尸体倒在桌子下面，被啃掉一半的脑袋反转朝上地靠在食品柜门上。踪迹径直走出了前拱门，那扇门被风撞得砰砰响。有些是人的脚印，有些好像是巨熊的足迹。熊的踪迹都是血淋淋的。

“我把煤油灯吹灭，放在水槽边上，本来它就该在那儿的，然后循着那些踪迹走到了屋外。两个姑娘倒在大宅和谷仓中间的泥地上。姐妹俩，一个比另一个多跑了三四十步，但都死了，睡衣被撕烂了，背也被撕开了，沿着脊椎被划开了。”甘菲德缓慢地摇摇头，那双大眼睛噙满了泪水，直勾勾地盯着治安官皮维的脸孔。“我绝对不想看到能下那种手的爪子。此生都决不想，决不。我已经看过它们能干什么了，那就够了。”

“工棚呢？”皮维问。

“哦，我接着就去工棚了。你们可以自己去看。还有些女工，我发现的时候她们都死了。我不想带你们去了。斯尼普和阿恩大概——”

“我不去。”斯尼普说。

“我也不去，”阿恩说，“我会在梦里再看到那场面的，那就太够了，这次就免了吧。”

“我认为我们也不需要向导了，”皮维说，“你们三个就在这儿待着吧。”

治安官皮维迈步朝大宅走去，弗莱伊和司机特拉维斯紧紧跟在他身后。杰米搭住皮维的肩膀，当最高治安官扭头看着他时，杰米几乎带着歉意的口吻说道：“小心别碰乱足迹。它们很重要。”

皮维点点头：“好，我们会留意的，尤其是那些能告诉我们那东西往哪儿去的踪迹。”

女士们的情形确如甘菲德先生所言。我见过鲜血四溅的场面——说起来，在眉脊泗和蓟犁都没少见——但我从没见过这种阵势，杰米也没有。他和甘菲德一样脸孔煞白，我只希望他别晕过去而辱没他父亲的声名。其实我没必要操那份心，很快，他就在厨房地板上跪下来，检查一些由血迹勾勒出的动物足印。

“这些真的是熊爪印，”他说，“但以前从没见过这么大的熊，罗兰，甚至在无尽森林里也没见过。”

“小伙计，昨儿晚上这儿就有一头大熊。”特拉维斯说道，他一边看着农场夫人的残尸一边直发抖，哪怕她和不幸的女儿们一样已被盖上了从楼上拿下来的毯子。“回去后我会很高兴的，在蓟犁，这种事儿只是传说。”

“这些踪迹还说明了什么？”我问杰米，“还有吗？”

“有。它先去了工棚，那儿的……食物……最多。工棚里的嘈杂声应该会吵醒大宅里的四个人……治安官，是不是只有四人？”

“嗯，”皮维答，“他家有两个儿子，但我猜想，杰斐逊应该派他们去蓟犁参加竞卖了。等他们回家来，肯定会悲痛欲绝的。”

“农场主没有顾上家里的女眷，而是直接跑去工棚。甘菲德和两个同伴听到的枪声一定是他打的。”

“更可能是击中他的枪声。”维卡·弗莱伊说道。他的父亲在他肩头打了一拳，让他别乱说话。

“然后，那东西就跟到了这里，”杰米接着说，“那时候，杰斐逊夫人和两个女儿应该在厨房里，我是这样想的，而且，我认为夫人肯定让两个女儿快跑。”

“嗯，”皮维说，“而且她会竭尽全力阻止那东西追出去，拖延时间，让两个姑娘尽量跑远些。从痕迹上来说应该是这么回事儿。但那不管用。如果她们是在宅子的门口——如果她们看到那东西有多大——她肯定就不会那么想了，那么，我们就会发现她们三个都陈尸尘埃里了。”他长叹一声。“来吧，小伙子们，我们去看看工棚里的情形。再等也等不出什么好场面。”

“我想我还是和那几个浪仔留在马棚那儿吧，”特拉维斯说，“我已经看够了。”

“我也可以在那儿等吗，爸？”维卡·弗莱伊脱口而出。

科林看了看儿子顾虑重重的脸色，便应允了他；还吻了一下他的脸颊，再让他出门去。

工棚前十英尺左右，泥土就都浸透了鲜血，被靴印和动物的爪印乱踏成血色烂泥。附近的杂草丛里，还有一支老掉牙的短管四发滑膛枪，枪柄被折向了一边。杰米指了指乱成一团的脚印，再指向老枪，最后指向敞开的工棚大门。接着，他扬了扬眉，无声地问我是否看到了。我看得很分明。

“就是在这里——那东西，该说是熊形的皮人，撞见了农场主，”我说，“农场主连发了几弹，然后就扔掉了枪……”

“不，”杰米打断了我，“是那东西把枪从他手里夺走的，所以枪柄是弯的。也许杰斐逊转身想跑，也许他傻站在原地。不管怎样，结果都不妙。他的足迹到这里就消失了，所以，那东西逮住了他，把他扔进了那扇门，甩到了工棚里。然后，它才去了大宅。”

“这么说，我们是在逆向跟踪。”皮维说。

杰米点点头：“很快就要正向跟踪了。”

那东西把工棚活生生变成了屠宰场。算到最后，那屠夫的杰作竟然多达十八人：十六个帮工，一个厨师——他倚在他的炉灶旁死去，雇主给的围裙上溅满了血，像尸衣一样倒翻在他脸上——还有杰斐逊先生，他被撕扯得四肢俱断，被拽下来的脑袋瞪着房梁，似乎在恐怖地咧嘴笑，只露出了上齿。科林·弗莱伊在一张床铺下面找到了农场主那截被皮人扯掉的下巴。有个帮工把马鞍当盾牌，试图去抵挡一下，但只如螳臂当车：那东西用利爪把马鞍一劈为二。倒霉的牛仔到死都还用一只手攥着鞍桥。他没有脸孔了，那东西从他的头颅上啃下了脸皮。

“罗兰，”杰米叫了一声，喉咙仿佛被扼得只剩了一条细缝，“我们必须找到这东西。必须。”

“我们去看看向外走的踪迹，趁着风还没有把足印吹平。”我如此应答。

我们让皮维和其他人等在工棚外，绕着大宅审视了一圈，再回到被盖上毯子的两个姑娘的陈尸处。之后的踪迹开始模糊，边缘变得含糊，但无疑还是爪印，任何人都能轻易辨认出来，哪怕他没有幸运地师从蓟犁的柯特。留下那种足迹的东西肯定至少有八百磅重。

“瞧这儿，”杰米在一枚足印旁蹲下身，“足前部的印记是不是更深？它在跑。”

“而且是后腿，”我说，“像人一样。”

足迹继续，越过水泵屋，小屋倾斜得很厉害，好像那东西经过时穷凶极恶地给了它一记重击。循着踪迹，我们上了一条朝北的上坡路。小路通向一栋没有油漆的长屋，看起来要么是放马具的，要么是打铁用的。小屋以北大约二十轮，就是盐矿山下山石嶙峋的荒地。我们看得到很多地洞通向挖空了的盐矿，洞口洞开，活像没了眼球的眼窝。

“我们可能要放弃追踪，”我说，“我们已经知道了足迹的去向——上山，通往盐巴佬住的地方。”

“还不行，”杰米说，“罗兰，瞧这儿。你没见过这种事儿吧。”

足迹变了，爪印渐渐收缩变形，显现出巨大蹄子的轮廓，边缘弯曲，没有打过掌。

“它失去了熊的形状，”我说，“又变成了……什么？公牛？”

“我觉得是，”杰米说，“我们再往前走一点吧。我有个主意。”

我俩走近长屋时，牛蹄印又变成了爪印。公牛化身为某种巨型大猫。起初，这些踪迹都很大，然后渐渐变小，好像那东西的体型在缩水，好像一边跑一边从狮子退变成美洲狮。足迹偏离了小路，落在了通向马具房的泥路上。我们发现一大片杂草被推倒了。折断的茎秆上血迹斑斑。

“它跌倒了，”杰米说，“我认为它是跌倒了……然后是一阵翻滚。”他蹲在被压平的杂草堆里，抬头对我说道，露出了沉思的表情。“我认为它当时很痛苦。”

“好，”我说，“现在看看那边。”我指向遍布马蹄印的小路。还有一些别的迹象。

光脚的足印，走向长屋的门口，又回到锈迹斑斑的铁轨上。

杰米转向我，眼睛都瞪圆了。我伸出食指竖在嘴唇上，提醒他不要出声，同时抽出了一支左轮。杰米也掏出了枪，我们慢慢移步靠近长屋。我用手势吩咐他绕到远处的那侧。他点头示意，和我分道而行，跑向左侧。

我站在敞开的房门前，举起枪，要留出些时间给杰米绕到长屋的尽头。我没有听到什么声音。我估摸着他应该到位了，便弯下腰，用没有拿枪的那只手捡起一块大石头，扔进门里。石头砰地落地，然后在木头堆里滚了几下。还是没有声音。我快步向前，猫低身子，枪随时可以开火。

屋里好像没有人，但光影憧憧，一开始很难确定有什么。这时候都这么热，日正中午时这里将无异于烤炉。我看到两边的马棚里都是空的，塞满了陈锈马掌和马钉的抽屉边靠着一只小煅烧炉，盛着护马掌润滑油的水罐里蒙着灰尘，打过烙印的铁块装在锡桶里，还有很多破烂马具摞成一堆，要么得修，要么得扔。几条长凳上有很多挂钩，分类吊挂着好些工具，但大多数都和马掌、马钉一样锈得不成样了。灰泥马槽的上方安置了一根基柱和几个木钩。马槽里的水有阵子没换了，我的眼睛渐渐适应了昏暗的光线，已经能看到水面上浮着几缕干草。根据我的观察，这里以前不只是个马房，或许也曾被当做不正式的兽医站使用，农场里的牲口都能在此得到医护。从长屋的一头牵进马匹，处理好伤患，再从另一头被牵出去。但这里看似年久失修，早已废弃不用了。

那东西的踪迹到了长屋中央的走道时已变成了人的脚印，长长的走道通向另一头的几扇门，全都敞开着。我跟着那足迹向外走。“杰米？是我。看在你父亲的分上，别开枪。”

我迈出了长屋。杰米已经把枪收进枪套了，正用手指着一大堆马粪。“罗兰，他知道自己是什么玩意儿。”

“你看一堆马粪就知道了？”

“确实如此，我就是知道了。”

他没有对我解释什么，但只需几秒，我自己也看出了端倪。农场里的人大概更喜欢用靠近大宅的那间马房，这个马房显然已经空置很久了，但这堆马粪是新鲜的。“如果他是骑马来的，那他来的时候就是人。”

“是的。而且走的时候也是人。”

我蹲下来，琢磨了片刻。杰米卷了一根烟，递给我。我仰起头时，看到他在微笑。

“罗兰，你知道这意味着什么吗？”

“两百个盐巴佬，或多或少。”我说。我或许反应有点慢，但最终总会想明白的。

“是的。”

“盐巴佬，记住了，不是帮工或长工。通常，他们是挖地的，不是骑马的。”

“你说得没错。”

“你认为，有多少盐巴佬能有马？又有几个懂得怎样骑马？”

他笑得更分明了。“我认为，大概顶多二三十个。”

“那就比两百个好多了，”我说，“总算不要大海捞针。我们这就上山……”

我的话没有说完，因为就在那时，呻吟声出现了。竟是从我刚刚检查、认定空无一人的马房里传来的。我真庆幸当时柯特不在现场，因为他肯定会狠狠掴我一掌，把我打趴下；至少在他年轻气盛的时候，他是会那样做的。

我和杰米都惊住了，呆呆地对视一眼，便直奔马房里。呻吟声没有消停，但整个马房看起来还像先前一样，空无一人。接着，那一大堆陈旧的马具起伏不定，好像破裂的马颈轭、勒马带、系肚带和缰绳突然开始呼吸了。纠缠如乱麻的细皮带左摇右晃，兀自扭动，然后，一个男孩仿佛破壳而出。白金色的头发胡乱刺棱着，牛仔裤配破衬衫，潦草地搭挂在身上，敞着怀，没系扣。他看起来没有受伤，但在阴影里看不清。

“它走了吗？”他用颤抖的声音发问，“求求你，先生们，说它走了。告诉我，它走了。”

“它走了。”我说。

他这才迈步，走出那堆乱麻，但一条皮绳缠住了他的腿，他一个趔趄。我扶稳了他，也看到了他的那双眼，明亮的蓝色眸子，吓得魂不附体，抬起眼帘盯着我的脸。

随后他就昏过去了。

我把他抱到马槽边。杰米扯下头上的绑头巾，浸了浸水，擦拭男孩一条灰一条土的脏脸蛋。他大概有十一岁，也可能再小一两岁。他太瘦小了，很难说准年纪。他看看我，又看看杰米，再看向我。“你们是谁？”他问，“你们不是农场的人。”

“我们是农场的朋友，”我说，“你是谁？”

“比尔·斯崔特，”他答，“长工们都叫我小比尔。”

“是吗？那你的父亲是老比尔？”

他站了起来，捡起杰米的绑头巾，在马槽里浸了水，拧干，以免水滴流到他瘦巴巴的胸脯上。“不，老比尔是我爷爷，两年前去了空无境。我爸么，他就叫比尔。”提到父亲的名字仿佛触动了什么，他睁大了眼睛，突然抓住我的胳膊。“他没死，对不对？说他没死，先生！”

杰米和我对视一眼，结果让男孩更恐慌了。

“说他没死呀！请告诉我爸爸没有死！”他哭了起来。

“别哭，先定定心，”我说，“你爸爸是干什么的？长工吗？”

“不，不是的，他是厨子。告诉我，他没死！”

但他已经知道父亲不在了。我读得懂他的眼神，清清楚楚，正如我看得到厨子死在了工棚里，溅血的围裙盖住了他的脸。

大宅边有一棵大柳树，我们就在那儿细问小比尔·斯崔特。只有我、杰米和治安官皮维。我们让其余的人在工棚外的庇荫处等候，因为我们都觉得，人太多的话，男孩被围在当中肯定会惊惶的。万一他太慌了，就不能一五一十把详情告诉我们，而我们迫切需要知道一切细节。

“我爸说夜里会有点热，就叫我去畜栏那边的牧草场，可以头顶星星睡觉，”小比尔这样对我们说，“他说那就凉快多了，我会睡得更好。但我知道是为什么。埃尔罗德不知从哪里搞到了一瓶酒——又来了——他喝多了。”

“你说的是埃尔罗德·纳特？”皮维问道。

“是的，就是他。他是个小工头。”

“我太知道他了，”皮维对我们说，“我起码关了他七八回！杰斐逊留着他，只是因为他骑马和套马的功夫了得，但他一沾酒就成了恶棍。是不是这么回事儿，小比尔？”

小比尔迫不及待地点点头，又揉了揉进了灰的眼睛；他的长发里依然沾满了破旧马具堆里的尘埃。“是的，先生，而且他总能找到办法捉弄我。我父亲是知道的。”

“捉弄厨师的小跟班儿？”皮维问道。我知道他是好心接茬，但也真希望他不要用过去式，那等于在强调：*都过去了，再也不会有厨师父亲和小跟班儿了*。

不过，小男孩似乎没有注意到皮维的用语。“是工棚里的小孩，不是厨子的跟班，”他转向我和杰米，“我负责整理床铺，绕绳索，系铺盖卷，擦马鞍，等天黑下来、马都进棚了，我还要把大门都关好。小布拉道克教过我怎么做套马索，我套起马来也不赖。罗斯科在教我用弓箭。'叠步'弗雷迪还说今年秋天教我打烙印。"

"真棒。"我说着，拍了拍喉头。

这让他笑起来。"他们都是好人，大多数人都是。"就如刚才微笑乍现，此刻笑容倏忽而逝，就像阳光隐到了云里。"除了埃尔罗德。他清醒的时候只是脾气暴，但一喝酒就爱戏弄别人。很恶毒的，但愿你明白。"

"我明白。"我说。

"嗯，甚至会扭你的手指头，或是拽着头发把你在工棚地板上拖来拖去——如果你不笑，不表现得那是个玩笑的话，他的嘴脸就更难看了。所以，只要我爸叫我出去睡觉，我就拿起毯子和篷盖，出去睡觉。我爸说过，聪明人一点就通。"

"篷盖是什么？"杰米问治安官。

"有点像帆布雨篷，"皮维说，"挡不了雨，但不会让你被露水淋湿。"

"你去哪里睡觉了？"我问那孩子。

他指了指畜栏后面。风起尘涌，关在栏里的马匹依然一惊一乍的。我们头顶和身边的柳枝在风中飒飒舞摆，听起来很舒服，看起来也养眼。"我猜想，我的毯子和篷盖还搁在那儿呢。"

我望向他指示的方位，再望向我们找到他时的旧马房，又看了看工棚。这三个地点恰好构成一个三角形，每一边都差不多有四分之一英里，畜栏正好在三角形的中心点。

"你露宿在那里，又怎么会跑到马房、躲在马具堆里呢，比尔？"皮维问。

男孩盯着他看了很久，始终一言不发。接着，泪水又开始滚落。他用手指捂住脸蛋，不想让我们看到。"我不记得了，"他说，"我什么都不记得了。"他似乎没有刻意垂下双手；那双手好像是自动掉落到了他膝头，仿佛变得太沉重，他根本无力支撑。“我想要我爸爸。”

杰米站起来，走开了，双手深深地插在屁股口袋里。我很想说些什么安慰话，但就是说不出口。你们必须记住，虽然我和杰米都持枪在手，但那些枪都不是我们父辈持有的大枪。在遇到苏珊·德尔伽朵、爱上她又失去她之后，我再也不会像之前那么青涩了，但我还是太稚嫩，不知道怎样告诉这个男孩：他父亲已经惨死在怪物的爪下，死无全尸。所以我用目光向治安官皮维求救。我向真正的成年人看去。

皮维摘下帽子，平放在旁边的草地上。接着，他把男孩的双手握在掌心里。“孩子，”他说，“我要告诉你一个很糟糕的消息。我希望你先深呼吸，要像男子汉那样。”

可是，小比尔·斯崔特只有九或十岁，顶多十一岁，他根本做不到像男子汉那样。他开始哭号。哭声一响，我仿佛又看到母亲死后惨白的脸孔，清晰得就像她躺在我身边、就在这棵柳树下，这让我实在无法忍受。我觉得自己像个懦夫，但这依然无法阻止我起身走远。

那孩子哭到睡着，也可能是哭昏过去了。杰米把他抱进大宅，放在楼上卧室里的一张床上。以前，他只是工棚厨子的儿子，但现在，大宅再也没有主人会睡在这里了。治安官皮维用叮铃话机接通了办公室，那两个“不中用的”副官奉命守在那儿等他的吩咐。很快，德巴利亚的殡葬人——如果这里有这种职业的话——就会派来几辆运尸马车，抬走所有的尸首。

治安官皮维走进杰斐逊先生的小办公室，一屁股坐进带滚轮的椅子里。“接下去怎么办，小伙子们？”他问我们，“我琢磨着，该去找盐巴佬了……而且，我认为你们想在这阵风变成风沙热风暴之前赶到那里。显然是应该这么做。”他叹了一声。“那个男孩对你们没什么用，这是一定的了。不管他看到了什么，一定是邪恶之极，把他的脑瓜都洗空了。”

杰米开口了：“罗兰有一种办法……”

“我不确定接下去做什么，”我打断了他，“我想和我的同伴再商讨一下。我们可能要出去再走走，回马房长屋那边再看看。”

“足迹现在应该已经被吹没影儿了，”皮维说，“但走走也好，说不定对你们有好处。”他摇了摇头。“把实情告诉那孩子确实太难了。太难开口了。”

“您处理得很妥当。”我说。

“你觉得还妥当吗？是吗？好吧，谢谢你。可怜的小东西。他可以和我、还有我老婆一起住一阵子，等我们帮他想一条以后的出路再说。如果真的有好处，你们就出去走走、聊聊吧。我就在这儿坐一会儿，我自个儿也得缓缓神。眼下用不着着急；那个天煞的鬼东西昨晚吃饱了，暂时不会出来猎食了，好歹会再等一阵子。”

我和杰米绕着畜栏和工棚走了两大圈，边走边谈；大风猎猎不减，刮打我们的裤腿，把我们的头发狠狠地往后吹。

“罗兰，所有的事真的都从他的记忆里被抹除了吗？”

“你怎么想？”我问。

“没有，”他说，“因为他问的第一句话就是：‘它走了吗？’”

“而且，他早已知道自己的父亲死了。甚至就在他连连追问我们的时候，答案也写在他的眼神里了。”

杰米没有应答，埋下头，默默地走了一会儿。我们用绑头巾遮住口鼻，因为风里的沙砾太厉害了。杰米那条浸过马槽水的绑头巾还是湿的。终于，他开口了："我刚想告诉治安官你有办法唤回深藏的事——埋藏在人脑里的回忆——你就打断了我的话。"

"他不需要知道，因为，那也不总是有用的。"

那对苏珊·德尔伽朵是有用的，在眉脊泗，但是，那个女巫，蕤，试图封存在苏珊意识浅层的事，苏珊却无比渴望要告诉我；在头脑意识的浅层部位，我们都能十分确切地听到自己的所思所想。她想告诉我，因为我们相爱了。

"但你愿意试一下吗？你愿意的，对吗？"

我没有回答他，直到我们走回畜栏，开始绕第二圈的时候，我才终于理清了思绪。我说过，对我来说，思考清楚始终是件慢活儿。

"盐巴佬已经不住在矿区了；他们有自己的露营地，就在小德巴利亚以西几轮的地方。我们骑马过来的路上，科林·弗莱伊跟我说过。我想让你和皮维、弗莱伊父子去那里。甘菲德也行，只要他愿意去。他那两个同伴——甘菲德的跟班——可以留在这里等候运尸队。"

"你的意思是，要带那个男孩回镇上？"

"是的。就我们俩。但我让你们去，并不是为了支开你们。如果你们跑得够快，他们还有备用的马匹，你或许还能发现哪匹马刚跑完长途。"

他可能露出了微笑，虽然被绑头巾挡住了。"对此我表示怀疑。"

我也不确定。要不是有这种大风——皮维说的"风沙热风暴"——说不定还能发现一些端倪。但这种强风会吹干马身上的汗迹，哪怕它刚刚狠狠地跑了一段长路。杰米可能会发现某匹马比别的马更脏，身上有更多尘土，尾巴里夹着牛蒡叶或几根杂草，但如果我们对皮人的分析是正确的——他知道自己的身份——他肯定一回去就给马彻底梳洗、刷毛，从马蹄到马鬃，一丝不苟。

“说不定有人看到他骑马回去。”

“话是没错……除非他先去了小德巴利亚，梳洗干净，再回到盐巴佬的露营地。要是聪明人，就该这么做。”

“就算他是聪明人，你和治安官也应该可以发现他们拥有几匹马。”

“即便他们自己没有马，也能知道有几个人会骑马，”杰米说，“是的，这事儿我们能查出来。”

“把那些人召集起来，”我对他说，“或者，你能聚到多少就算多少，把他们带回镇上。若有谁不从，就要提醒他们：他们可以帮助我们抓住那个怪物，就是它把德巴利亚、小德巴利亚……乃至整个地区搅得鸡犬不宁。你甚至无需告诉他们，如果有谁始终不配合，谁的嫌疑就更大；最笨的笨蛋都懂这一点。”

杰米点头示意，刚巧一阵猛烈的大风横扫而来，他立刻抓紧了栏杆。我也顺势转侧身子，面对他。

“还有一点。你要客客气气地扮红脸，让科林的儿子维卡扮黑脸，听命于你。他们肯定觉得，毛孩子准是信口开河，哪怕大人叫他别说大话——尤其是有人不让他说大话的时候——他还是会满嘴跑舌头。”

杰米等了一会儿，但我很肯定，他那困惑的眼神已说明他猜到我要说什么了。他从没单独做过这种事，就算想过也没有试过。正因为如此，父亲才会让我负责此事。并非因为我在眉脊泗的表现很好——实话说，真的不好；也不是因为我是他的亲儿子——不过，从某种角度看，我觉得这也算得上是原因。

我的头脑和他的一样：冷酷无情。

“你要告诉那些懂马的盐巴佬，有目击证人看到了农场屠杀案的真凶。你要说，你不能告诉他们那个人是谁——当然不能说——但他看到了皮人的人形真相。”

“罗兰，你还无法确定小比尔当真见到了他。就算他看到了，或许也没看清脸。他是躲在一堆破烂马具后头的，看在你父亲的分上。”

“这是事实，但皮人未必知道事实。皮人所知的只是：可能真有人看到了他，因为他离开农场时已变回了人形。”

我继续往前走，杰米跟在我身边。

“等你说完，就轮到维卡上场了。他要隔在你和人群中间，悄悄对某个人说——这个人最好是另一个大男孩儿，和他年龄差不多大——幸存者是厨子的儿子，有名有姓，叫比尔·斯崔特。”

“那男孩刚刚死了爹，你还想用他当诱饵。”

“不一定会走到那个地步的。如果这种说辞钻进了某人的耳朵，我们要找的人就会迫不及待冲到镇上。那时候，你就知道了。就算我们弄错了，皮人不是盐巴佬，那也没什么损失。你知道，我们是可能想错的。”

“万一我们想得没错，但那家伙死不承认，坚决不露面呢？”

“那就把他们全都关到牢里去。我会让那男孩待在一间牢房里——上锁的牢房，你应该明白——你就让那些懂得骑马的盐巴佬从牢门口走过去，一个接一个。我会想办法，让小比尔一言不发，直到他们都走过去。你说得对，即便我可以帮他记起昨晚发生的某些事情，他也不一定能指认出皮人。但我们要找的人并不会知道这些。”

“这太冒险了，”杰米说，“对那男孩来说有危险。”

“危险不大。”我说。“那时候将是白天，皮人是在人形里。而且，杰米……”我抓紧他的胳膊，“我也会在牢房里的。那个混蛋胆敢对那男孩下手，先得过了我这关。”

皮维比杰米更喜欢我的计划。我并不惊讶。毕竟，这是他管辖的镇子，而小比尔对他来说又算得了什么呢？只不过，是个死厨子的儿子。要干大事，何必在意卒子。

前往盐巴佬镇区的小分队起程后，我叫醒了男孩，告诉他我们要去德巴利亚。他什么也没问就同意了。他依然神思恍惚，茫然惶惑。时不时地，他还要用拳头去揉眼睛。当我们走出大宅、往畜栏走去时，他又问了我一次，他爸爸真的死了吗？我告诉他，这是真的。他垂头长叹一声，双手垂在膝头。我等了一会儿，让他缓缓神，接着问他是否愿意让我给他备马鞍。

“骑米粒儿就行，我可以给它上鞍座的。我喂养它，它是我的好朋友。别人都说骡子笨，但米粒儿很聪明。”

“那让我瞧瞧，你能不能不被它踢就放好鞍座。”我说。

他确实可以，而且动作很机灵。他翻身上了骡子，就说“我准备好了”。他甚至企图对我笑笑。真让人不忍心看。对于即将执行的计划，我真的很抱歉，但我只能去想抛在我们身后的惨烈的屠杀现场、福尔图纳修女被残毁的脸，那会让我牢记身负的使命。

“它会被大风吓到吗？”我朝那头匀称漂亮的小骡子点点头，问他。小比尔坐在米粒儿的背上，两条腿都快蹭到地面了。再过一年，他就没法再骑这头小骡子了，但那时候他说不定都不在德巴利亚了，不过是另一个飘荡在消逝中的世界里的流浪儿。米粒儿注定会留在记忆里。

“米粒儿不会的，”他答，“它和单峰骆驼一样结实。”

“是吗？单峰骆驼是什么？”

“我也不知道，只是我爸这么说过。有一次我问他，他说他也不知道。”

“好吧，我们走吧，”我说，“快点儿赶回镇上，就能少吃点风沙。”不过，我已打定主意，在回到镇上之前停留一下。趁我们两人独处的时候，我有东西给他看。

在农场到镇子的中途，我发现了一间废弃的牧羊人棚屋，便提议我们在里面歇歇脚，吃点东西。比尔·斯崔特十分乐意地同意了。他失去了父亲和每一个他从小认识的人，但总归是个发育中的小孩，从昨天晚餐到现在他是粒米未进。

我们在背风处拴好坐骑，进了棚屋，坐在地板上，背靠着墙壁。我的马鞍挂袋里有包在树叶里的牛肉干。肉很咸，好在我的水袋是满的。小男孩一口气吃了六七块牛肉干，狼吞虎咽，用水往下灌。

强劲的大风震得小棚屋直打颤。米粒儿很不满意地叫了几声，然后就安静下来了。

“等到天黑，就会变成风沙热风暴了，”小比尔说，“你就等着瞧好吧。”

“我喜欢风声，”我说，“那让我想起小时候我妈妈读给我的一个故事，《穿过锁孔的风》。你知道这故事吗？”

小比尔摇摇头，道：“先生，你真的是枪侠吗？说真的哦？”

“我是。”

“可以让我握握你的枪吗？”

“那可不行，”我说，“但如果你想，可以看看这个。”我从腰带里掏出一颗子弹，递给他。

他翻来覆去地看，从黄铜底到铅弹头，看得相当仔细。“众神啊，好重呢！还这么长！我敢打赌，谁要是被这颗玩意儿打中，肯定立马趴下了。”

“是的。子弹是危险的东西，但也很漂亮。你想不想看我用它玩个小把戏？”

“当然想。”

我取回子弹，让它在我的指关节间翻动，手指随之波浪般地起伏。小比尔瞪大了眼睛，“你怎么做到的？”

“和任何人做任何事一样，”我说，“勤学苦练。”

“你能教我怎么玩儿吗？”

“只要你仔细看，自己就能看明白，”我说，“就这样……这样就看不出来了。”我的手指波动得飞快，都快看不清子弹的模样了；我在心里想着苏珊·德尔伽朵，恐怕我每次玩这个把戏都会想到她。“瞧，它又回来了。”

子弹飞速地舞动……慢下来……再快起来。

“比尔，要目不转睛地盯着它看，琢磨我是怎么把它变没的。不要移开视线，”我压低了嗓音，变成了催人入眠的呢喃，“看着它……看着它……看着它。你感觉困了吗？”

“有点。”他的眼皮缓慢地往下沉，又抬了起来。“昨晚我没睡多久。”

“还没困吗？看它怎么动。它慢下来了。它又不见了……瞧，它又快起来了。”

子弹来来回回地翻动如飞舞。风在吹，催眠着我，恰如我在催眠着他。

“比尔，如果想睡就睡吧。听着风声睡吧。但也要听着我的声音。”

“我听着呢，枪侠。”他的眼睛又闭上了，这一次没有再睁开。他的双手了无生气地垂在膝头，十指交叉。“我听着你的声音。”

“你还是能看到子弹，对不对？即便眼睛闭上，也看得到。”

“是的……但现在子弹更大了呢。闪闪发光，好像金子。”

“是吗？”

“是的……”

“再睡一会儿，比尔，但要听着我的声音。”

“我听着。”

“我想要你把思绪转回昨晚。思绪，视觉，听觉，全都回到昨晚。你愿意这么做吗？”

他皱起了眉头。“我不想。”

“不要紧的。一切都已经发生了，更何况，有我陪着你。”

“你陪着我。你有枪。”

“我有枪。只要你听着我的声音，什么危险都不会有，因为我们在一起。我会保证你的安全。你明白吗？”

“明白。”

“你爸爸叫你到星星下睡觉，是吗？”

“是的。晚上会有点热。”

“但那不是真正的原因，是吗？”

“不是。其实是因为埃尔罗德。有一次他拽着工棚里养的猫，死拽尾巴，猫再也没回来。有时候他也拽我，拽我的头发，还唱‘爱上杰妮的小男孩’。我爸爸拿他没办法，因为埃尔罗德比他壮。而且，他靴子里藏着一把刀。他可以用刀。但他用刀砍也砍不死野兽，不是吗？”相交的十指拧动起来，“埃尔罗德死了，我挺高兴的。但别的人也死了，我很难过……还有我爸，我不知道没了他怎么活……但我很高兴埃尔罗德死了。他不会再戏弄我了。他不会再吓唬我了。我明白，唉。”

所以，他知道的确实更多，比他的意识让他记住的更多。

“现在，你在外面的牧草地。”

“在牧草地。”

“裹着你的毯子和绷盖。”

“是篷盖。”

“你的毯子和篷盖。你醒着，或许看着头顶的星星，古老星和古母星……”

“不是，不是的，睡着了，”比尔说道，“但尖叫声把我惊醒了。尖叫声是从工棚里传来的。还有打斗的动静。很多东西打碎了。还有什么东西在咆哮。”

“你怎么办，比尔？”

“我下坡去了。我很害怕……但我爸还在那儿呢。我从工棚最远的玻璃窗往里瞧。那是油纸蒙的，但我透过油纸窗布也看得清清楚楚。但看到的事情我根本不想看。因为我看到了……看……先生，我可以醒过来吗？”

“还不行。记住，我陪着你呢。”

“你带枪了，先生？”他浑身发抖。

“我带了。为了保护你。你看到了什么？”

“血。野兽。”

“是什么野兽，你说得出来吗？”

“熊。好高大的一只熊，脑袋都顶到天花板了。它在工棚的正中央……在床铺中间，你知道不，它用后腿站着……抓住你……它抓住人，用长长的大爪子把他们撕开再撕开。”泪水从他紧闭的双眼里流淌下来，浸湿了他的脸颊。“最后一个是埃尔罗德。他往后门跑……柴火堆就在后门外，你知道不……等他明白过来，知道自己来不及打开门冲出去它就会扑过来，他就转身想和它拼命。他有刀。他去刺它……”

慢慢地，男孩的右手抬起来了，好像在水里划动。右手捏成了一个拳头。他用拳头来演示刺的动作。

“那只熊抓住他的手臂，一下就扯断了。埃尔罗德惨叫。听起来就像我以前看到过的一匹马，它掉进地洞里，折了一条腿，就发出那样的惨叫。那东西……抬起前臂，照着埃尔罗德的脸就是一下子。血飞出来了。皮肉连着筋骨弹开来，好像崩了的弦。埃尔罗德靠着后门倒下来，慢慢滑到了地板上。那只熊又抓起他，举到很高，咬进他的脖子，发出那种声音……先生，它把埃尔罗德的脑袋咬下来了。我现在好想醒过来，先生。”

“很快就好了。然后你怎么做的？”

“我跑了。我本想跑去大宅的，可是，杰斐逊先生……他……他……”

“他怎么了？”

“他朝我开枪！我觉得他不是成心的。我想，他只是瞥到我跑出来，就以为……我听到子弹擦着我飞过去。咻——的一声！那该有多近啊！所以我掉头往畜栏跑。我从木杆中间穿过去。就在我翻过木栏的时候，又听到两声枪响。然后又是惨叫声。我没有回头看，但我知道，那是杰斐逊先生在叫。”

这些事，我们已从踪迹和残尸上分析出来了：那东西如何从工棚冲出去的，如何夺走只能连发四发子弹的手枪、折弯了枪柄，又如何剖开了农场主的肚子，把他扔进工棚里，和他的雇工们死成一堆。杰斐逊误打的那一枪给了小比尔逃生的机会，救了他一命。若非如此，他一定会径直跑到大宅去，和杰斐逊家的女眷们一样被残忍地屠杀。

“你走进了旧马房，我们找到你的地方。”

“是的，我去了，躲在了马具堆下面。但那时候我听到它……来了。”

他的思绪又回到了现场，记忆返真了，他的言语也变得更缓慢了。抽泣声不断，话语也变得断断续续。我知道这样做对他是一种伤害，回忆可怕的事总是伤人的，但我要狠下心继续问。我必须这样做，因为在废弃的马房里发生的事非常关键，小比尔是唯一在场的人。他再次想逃开正面直视的回忆，用“那时”而非“这时”的口吻来讲述。这意味着他正试图从催眠状态中挣扎出来，于是，我把他唤入更深的境界。到最后，我得到了所有我想要的信息。

当那东西喘着粗气、咕咕哝哝地靠近时，他感受到的只有惊恐。呼吸声在隐约变化，含糊地变成猫的嘶叫声。小比尔说，他听到它吼起来的时候尿裤子了。他实在忍不住。他等着，心想那只大猫肯定会过来的，会顺着尿的味道闻到他在哪里，但那只大猫却没有走近他。只有沉默……沉默……继而又是一番嘶吼。

“一开始，那只大猫在尖声叫，然后变成了人的叫声。先是很尖细，像女人在叫，可是很快就低沉下去了，变成了男人的声音。它叫啊叫啊，那让我也想叫。我那时候还以为……”

“我以为，”我说，“比尔，应该说我以为，因为你就在现场，事情正在发生。只不过，有我在保护你。我的枪就在手边。”

“我以为我的脑袋要裂开了。然后，那声音就停止了……它进来了。”

“它走过中间的走道，走向那一边的房门，对吗？”

他却摇摇头。“不是走，是拖着脚步在蹭，跌跌撞撞地，好像它受伤了。它就那样从我身边过去了。是他。现在是他。他差点儿就摔倒了，但抓住了畜栏的栏杆，这才站稳。然后他继续走。现在他好一点了。”

“不那么虚弱了？”

“是的。”

“你看到他的脸了吗？”我心想，恐怕自己早就猜到答案了。

“没有。只看到他的脚，透过旧马具的缝隙看到的。月亮很高，我看得很清楚。”

或许是这样的，但我很确信：我们无法靠脚来指认谁是皮人。就在我准备开口将他唤醒时，他却又说起来。

“他的脚脖子上有一条链子。”

我倾身向前，好像他能看到我似的……如果他沉睡得够深，说不定真的能看到我，哪怕眼睛是闭着的。“什么样的链子？是金属的吗，像脚镣？”

“我不知道脚镣是什么样的。”

“像不像系马带？你知道吗，马铃绳？”

“不，不。像在埃尔罗德胳膊上的那种，不过埃尔罗德的是一个裸体女人的图案，而且印记很淡，看不太清楚的。”

“比尔，你说的是刺青吗？”

男孩在被催眠后的沉睡中露出了微笑。“对啦，是叫刺青。但那不是图片，只是一道绕着脚踝的蓝环。在他皮肤上的蓝环。”

我不禁在心里说，我们逮住你了。你还不知道吧，皮人先生，但我们抓到你的把柄了。

“先生，我现在可以醒来吗？我好想醒过来。”

“还看到什么吗？”

"白印子？"他好像在问自己。

"什么白印子？"

他慢慢地摇摇头，我决定不再深究。他已经说得够多了。

"跟着我的声音醒来吧。醒来的时候，昨晚发生的一切都不会出现了，因为那已经过去了。来吧，比尔，现在醒来吧。"

"我醒来了。"他的眼珠在闭合的眼皮后面转动起来。

"你很安全。农场里发生的一切都过去了。是不是？"

"是的……"

"我们在哪里？"

"在德巴利亚主路上。我们要进镇。我只去过镇上一次。我爸给我买了糖果。"

"我也会给你买的，"我说，"奖励你做了这么多，杰斐逊家的小比尔。现在，睁开你的眼睛。"

他睁开眼，但一开始他只是茫然于我不顾。等他的双眼重新清亮起来，他犹疑地朝我笑了笑。"我睡着了。"

"是的。现在我们要赶去镇上了，趁大风还没有变成风暴。你能赶路吗，比尔？"

"可以，"他说着便起身，又说道，"我梦到了糖果。"

我们到镇上的时候，那两个不中用的副官仍在治安官办公室里，胖的那个戴着一顶镶着花哨的响尾蛇饰带的黑色高帽，正舒坦地坐在皮维的办公桌边。他瞥见我带着几把枪，立刻匆忙地站起来。

"你就是枪侠吧？"他说，"万分荣幸见到你，另一位呢？"

我护着小比尔走过拱廊，径直走进牢房，没有回答他。男孩好奇地打量小牢房，但并不害怕。醉鬼盐巴佬山姆早走了，但留下了一股酒臭味。

另一个副官在我身后问道：“小先生，你以为你是谁啊？”

“别管我的事，”我说，“回办公室去，给我这些牢房的锁匙圈。麻烦你动作快一点。”

小牢房里的简易床铺上都没有床垫，所以，我带着小比尔去了我和杰米前一晚睡的牢房，也就是专门关闹事的醉鬼的地方。我把两张铺有干草的小床推到一起，让男孩睡得更宽敞些，因为我太了解他刚刚经历了什么，理应得到最好的关怀。这时候，比尔仰起小脑袋看墙上用粉笔画的地图。

“先生，这是什么？”

“别管那个，”我说，“现在，听我说。我要把你锁在里面，但你不用害怕，因为你没有干坏事。这只是为了保证你的安全。我要去处理一点事，忙完了就会过来陪你。”

“把我们两个都锁在里面，”他说，“你最好把我们两个都锁在屋里。以免它回来。”

“现在你记起来了？”

“一点点，”他垂下眼帘，说道，“一开始不是人……后来才是人。它杀死了我爸，”他把掌根抵在眼窝上擦了擦，“可怜的爸爸。”

黑帽副官带着锁匙圈来了。另一个紧跟在其后。两人都呆呆地盯着男孩看，活像马戏团里的双头山羊。

我接下锁匙。“好。那就回办公室去吧，你们两个都是。”

“小子，你还真敢发号施令啊。”黑帽副官说道，另一个也拼命点头——他个子小小，下巴外凸。

“快去，”我说，“这个男孩需要好好休息。”

他们把我从头到脚打量了一番才离去。这么做很对。事实上，这是唯一正确的做法。只是我的心情实在不好。

男孩一直捂着双眼，直到他们的脚步声消失在拱廊尽头，他才放下手。“先生，你会抓住他吗？”

“会。”

“那么，你会杀死他吗？”

“你希望我杀死他吗？”

他想了想，点点头：“想。因为他对我爸、杰斐逊先生还有所有人下了毒手。甚至埃尔罗德也算。”

我把牢门关上，找到了配对的锁匙，转动锁柄。我把锁匙圈套在自己的手腕上，因为太大了，口袋里放不下。“小比尔，我向你保证，以我父亲之名发誓此言不虚。我不会杀了他，但你会亲眼看到他被绞死，我会亲手给你面包屑，让你洒在他的尸脚下。”

办公室里，两个不中用的副官瞅着我，一脸的警觉和厌恶。我根本无所谓。先把锁匙圈挂在叮铃话机旁的吊钩上，再说道：“我一小时内就回来，说不定不用那么久。这段时间里，谁也不能进牢房。包括你俩。”

“嘴上没毛，口气倒挺蛮横。”凸下巴的副官阴阳怪气地说。

“这件事可别搞砸，”我说，“那可不太明智。你们听明白了吗？”

黑帽子点点头：“但我们会告诉治安官你怎样对待我们的。”

“悉听尊便，只要他回来时你们还有嘴巴可以告状。”我撂下这句就出门去了。

风越来越猛烈了，盐碱沙砾如云如浪地翻滚在各式小楼房之间，家家户户的门面都有点虚张声势。德巴利亚的主路上除了我，就只有几匹马拴在柱子上，每一匹都用屁股顶着风，垂头丧气的。我决不会这样对待自己的马，就算是那男孩骑的小母骡米粒儿也不会，我把它们送去主路尽头的车马行，那儿的马夫见我从贴身背心里掏了块金币又掰给他一半，乐滋滋地把它们牵走了。

对于我的第一个问题，他的回答是否定的：德巴利亚镇上没有珠宝钟表匠，他这辈子都没在镇上见过这一行。但对于第二个问题，他的回答是肯定的：他指了指对街的铁匠铺。铁匠正站在铺子门口，插满工具的皮围裙被风吹起了边角。我走过街，他握拳触额向我致敬："您好。"

我回了礼，告诉他我的要求——范内告诉我，我或许会需要的。铁匠听得很仔细，然后接过我递给他的子弹。正是我催眠小比尔用的那一颗。铁匠把它对着光研究了一番。"填了多少火药，你说得上来不？"

我当然可以。"五十七份。"

"那么多？众神啊！你扣下扳机的时候枪膛不会炸么？真是奇迹啊！"

我父亲那些枪里的子弹填的火药高达七十六份，但我没有告诉他，说了他也不会信。那些枪，或许有朝一日会成为我的。"先生，我的要求你能办到吗？"

"我想可以。"他思忖片刻，点点头。"是可以。但今天不行。我不喜欢在大风天把铁匠铺烧得热腾腾的。但凡有点飞灰余烬，就可能把整个镇子烧掉。打我小时起，这镇上就没有灭火队啦。"

我取出金币袋，在掌心里摆了两块，又琢磨了一下，加上了第三块。铁匠目瞪口呆，无比惊讶。眼前的钱，他干两年的活也不一定赚得到。

“必须今天交货。”我说。

他笑了，咧着嘴，姜黄色的胡须里突然露出了白得不可思议的门牙。“诱人的魔鬼啊，别离我而去！有这么多钱，你让我把蓟犁烧成废墟我都敢。太阳下山前，你来取货。”

“我三点前就要货。”

“没错，我说的就是三点。分秒不差。”

“好。那我再问问你，镇上哪家饭馆的炖肉最好？”

“只有两家还行，都好不到哪儿去，绝不会让你怀念妈妈做的布丁；但也不至于太离谱，不会毒死你。蕾西小馆大概好一点。”

这已能满足我的要求了，我相信，对比尔·斯崔特这样正在长身体的男孩来说，每天吃饱比吃得好更重要。我去了顶着大风仍在营业的蕾西小馆。等到天黑，就会变成风沙热风暴了，我想起小比尔说过的话，现在看来，他说得一点儿没错。他经受了一番折磨，需要时间休息。既然我已经掌握了脚踝刺青的线索，或许可以不再麻烦他了……但皮人不会知道这一切。在牢房里，小比尔是安全的。至少，这是我的愿望和计划。

我敢说，这份炖肉不是用盐调味的，而是风里的盐碱沙砾，但那孩子狼吞虎咽地吃光了他那份，我把自己那份拨出来后，他也吃光了。我们用小锡杯喝咖啡，咖啡是一个不中用的副官煮的。我们盘腿坐在地板上，就在牢房里吃完了这一餐。我一直在留意叮铃话机有没有响，但一直没动静。我也不觉意外。就算杰米和最高治安官已经赶到目的地，大风也可能刮断了话机线。

“你一定很了解这种风沙热风暴吧？”我问小比尔。

“哦，是的，”他说，“现在就是热风暴的季节。长工们讨厌热风暴，雇工们就更恨它了，因为他们要在山里干活，只能在野外露营。到了晚上，他们连篝火都不能生，当然啦，那都是因为——”

“因为有飞灰。”我想起了铁匠的话。

“你说得一点儿不错。炖肉都没了，是不是？”

“是的，但还有一样好东西。”

我递给他一个小包。他往里一瞧就乐了。“糖果！糖果卷和巧克力棒！”他把小包打开，“给，你吃第一块。”

我挑了一根巧克力棒，把小包推给他：“剩下的都归你，只要你别吃得肚子疼就行。”

“不会的！”话音刚落，他就埋头吃起来。看他这样，我很高兴。第三块糖果卷塞进嘴里后，他的腮帮子都鼓起来了，活像嘴里塞了坚果的小松鼠。他就在那时候问道：“先生，爸爸没了，我该怎么办？”

“我不知道，不过，如神许意，必将有水。”我已经知道哪里会有神之水了。如果我们了结了皮人，那位名叫艾菲琳娜的魁梧女子必会好好回报我们，我在想，比尔·斯崔特会不会是她收留的第一个流浪儿呢？

我把话题转回热风暴：“这风会强到什么程度？”

“今晚会有很强的风，可能过了午夜吧。但到了明天中午，风应该就消停了。”

“你知道盐巴佬住在哪里吗？”

“嗯，我去过。一次是跟我爸去看赛马，有时候赛马会在那儿办；还有一次是跟一些长工去找迷途的牲口。盐巴佬们把那些牲口藏起来了，我们花了好大一笔钱才把杰斐逊农场的牲口赎回来。”

“我的同伴、治安官皮维和另外几个人去那里了。你觉得他们天黑前能赶回来吗？”

我以为他一定会说赶不回来，谁知，他言之凿凿，让我吃了一惊。“从盐巴佬村过来都是下山路，而且都在小德巴利亚的这一边，所以，我觉得他们回得来。骑得快点就行。”

虽然我还不至于盲信一个小男孩，但这话让我很欣慰，庆幸我刚才敦促铁匠要十万火急地赶工。

“小比尔，听我说。我希望他们回来的时候能带来一些盐巴佬。也许只有七八个人，也可能有二十多人。我和杰米会押送他们从这间牢房前走过去，让你看清楚，但你不需要害怕，因为这间牢房的门将锁住。你也不需要说什么，光看就行。”

“莫非你觉得我可以认出杀死我爸的人？我认不出。我甚至不记得有没有看到他。”

“你可能都不用把他们一个一个都看遍。”我确实这样认为。我们会让他们三个一组，在治安官办公室里把裤腿卷起来。一旦发现谁的脚踝上有蓝环图样的刺青，我们就能锁定他了。说是“他”，其实并不是一个人。他不能再算人类了。不是真正的人类。

“先生，你想再来一根巧克力棒吗？还剩三根，我真的吃不下了。”

“那就留着待会儿吃。”我说着，站了起来。

他的脸色一沉：“你会回来吗？我不想独自待在这里。”

“是的，我会回来，”我迈出去，锁上门，再从栅栏间把锁匙扔给他，“我回来，你要放我进去哦。”

胖胖的黑帽副官叫斯特罗瑟。下巴外凸的那位叫匹肯。他们看我的眼神是谨慎而怀疑的，我认为这两种情绪的组合很好，完全是他们的品性使然。我可以和谨慎又怀疑的人打交道。

“我要问问你们，如果说谁的脚踝上有蓝环图案的刺青，你们会想到什么？”

他们对视了一眼，然后，黑帽副官斯特罗瑟答道：“刑栏。”

“刑栏是什么？”且不说意思，光是这个说法就让我不喜欢。

“比利刑栏，”匹肯瞪着我说道，好像我是彻头彻尾的白痴，“你不知道这个？你还算枪侠？”

“比利镇在西边，对吗？”我又问。

“那都是过去的事儿啦，”斯特罗瑟说，“现在该说是比利鬼镇。五年前，那儿被土匪洗劫一空。有人说是约翰·法僧的人干的，我不信。坚决不信。不过是些普普通通的歹徒。以前，那儿有个民兵前哨站——早在还有民兵组织的年代——比利刑栏就是他们的据点。以前，巡回法官总是把窃贼、杀人犯和赌场老千们送到那儿去。”

“还有女巫和术士。”匹肯好像在自言自语，带着一种缅怀美好往昔的神情，那时候，铁路发达，列车准点，叮铃话机响个不停，传来四面八方的消息。“黑魔法师。”

“还有一次，他们逮住个食人魔，”斯特罗瑟说，“他把自个儿的老婆吃了。”这段回忆让他像个傻瓜一样咯咯笑起来，我不知道是吃人的事，还是吃人者和被吃者的关系让他觉得这么好笑。

“被吊死啦，那家伙。”匹肯接茬说道。他咬下一大口炖肉，用那模样特殊的下巴不停地咀嚼。他好像仍然沉浸在对美好往事的追忆里。“那些日子里，好多人在比利刑栏被吊死了。我跟着我爸我妈去看过好多次。我妈总会包好午餐拿过去吃。”他慢慢地点着头，若有所思的样子。“啊呀，好多好多啊。好多乡亲都来看热闹。有人摆起小摊卖东西，还有些聪明人占尽天时地利，玩点儿杂耍什么的来揽钱。有时候，还会在深坑里斗狗呢。不过，绞刑总归是真正的重头戏。”他咯咯地笑起来。“我记得还有一次，有个人吊在半空跳了一段地道的考玛辣舞，因为绳子掉下去时没有折断那家伙的……”

“这和蓝环刺青有什么关系？”

“噢！”斯特罗瑟好像恍然大悟，这才想起最初的话题。“任何人只要在比利刑栏里待过，就会有这么一个刺青，你明白不。不过，我记不清那是为了惩罚还是为了标记——万一他们从劳工队里逃跑了，凭这个记号就能认出来。十年前，刑栏关闭了，这套事儿也终止了。所以土匪才能畅通无阻地洗劫那地方——你明白了吧，民兵队走了，刑栏关了。现如今，我们只能自个儿对付那些坏蛋和人渣了。”他把我上上下下打量一番，毫不掩饰最粗鲁、最鄙夷的表情。“这些日子以来，我们很少得到蓟犁的援助。没有。反倒是约翰·法僧更愿意帮忙，有些人会派一队人马往西去找他求助。”也许他从我的眼神里看出了什么端倪，因为他在椅子里突然挺直了腰背，又说道，“当然，不是我。我决不会那么做。我坚信正直的法律和艾尔德的传人。”

“我们都信。”匹肯也连忙附和，点头如捣蒜。

“你们愿不愿意猜猜，有多少盐矿工可能在比利刑栏里服过刑——在刑栏没有关闭之前？”我问。

斯特罗瑟仔细想了片刻，说道："哦，大概会有几个。要我说，十个盐巴佬里不会超过四个旧刑犯。"

多年后，我会学会抑制自己的表情，但当时的我还年轻，他一定是看出了我流露出了沮丧之情，这让他微笑起来。我觉得，他根本猜不到这种嗤笑差一点就让他饱受折磨。我刚刚过了难挨的两天，还有那男孩的遭遇沉沉地压在我心头。

"你以为会是哪种人愿意在暗无天日的地洞里挖盐矿石？就为了那几个可怜巴巴的薪水？"斯特罗瑟问我，"模范市民？"

看起来，小比尔到底还是要看几个盐巴佬了。只能希望，我们要找的那个家伙完全不知道男孩只看到了蓝环刺青。

我回到牢房时，小比尔正躺在小床上，我以为他睡着了，但他一听到我的脚步声就坐起来了。两只眼睛红通通的，脸颊湿湿的。原来他没有睡，而是在恸哭。我进了门后，在他身边坐下，伸手揽住他的肩膀。这对我来说是有点别扭的——我知道什么是安慰和同情，但从来不善于安慰别人。不过，我很明白失去父母是什么感觉。在这一点上，小比尔和小罗兰可以惺惺相惜。

"你的糖果吃光了吗？"我问。

"剩下的不想吃了。"他说着，叹了口气。

外面起了一阵大风，呼呼猎猎，简直能把房子吹歪，过了一会儿才平息。

"我讨厌这声音。"他说，和杰米·德卡力说的一模一样。我不禁笑了笑。"也讨厌待在这里。好像我犯了什么事儿。"

"你没有。"我说。

"也许没有，但感觉我好像已经在这儿待了一辈子了。被关起来了。万一他们天黑前赶不回来，我就还得在这儿关下去，是不是？”

“我会陪你的，”我说，“要是那两个副官有扑克牌，我们可以玩儿‘杰克跳出来’。”

“小屁孩儿才玩那个。”他愁眉苦脸地说。

“那就玩‘看我的’，或是打一圈‘逃得快’。这些你会玩儿吗？”

他摇摇头，稍微有点脸红了，眼里又涌上了泪水。

“我来教你吧。我们可以玩‘火柴杆’。”

“我宁可听你讲故事，我们在牧羊人棚屋里你说起过的。我不记得名字了。”

“叫《穿过锁孔的风》，”我说，“但那是个很长的故事，比尔。”

“我们有的是时间，不是吗？”

我没法否认这一点。“这个故事还有点吓人呢。那些情节对我这样的男孩来说没问题——当时的我坐在床上，妈妈就在身边——但你刚刚遭遇了那些事……”

“没关系，”他说，“故事能让人忘忧。只要是好故事都行。这是个好故事吗？”

“是的。我一直这么认为。”

“那就讲吧，”他微微一笑，“还剩下三根巧克力棒呢，我可以给你吃两根哦！”

“三根都是你的，不过我得先卷根烟。”我要想一想，故事该怎样开头。“你知道吗，故事总是这样开头的：‘很久很久以前，你爷爷的爷爷还没出生的时候……’”

“都这样的。反正，我爸讲给我听的故事都是这样开头的。但后来，他说我长大了，不能再听故事了。”

“比尔，不管你几岁，听故事都不晚。不管你是男子汉还是小男孩，小姑娘还是老妇人，都可以听故事。我们就是为故事活的。”

“你这么想吗？”

“是的。”

我取出自己的烟草和卷纸。我卷得很慢，那时候我算是这方面的新手。等我卷好了自己喜欢的烟——模样是锥形的，一头粗，渐渐细到尖，再在墙上擦着了火柴。比尔盘腿坐在床上的干草垫上。他拿了一根巧克力棒，在手指间搓动着，有点像我卷烟时的动作，然后把它塞进了嘴里。

我讲得很慢，笨嘴笨舌的，因为讲故事对当时的我来说也算一门新技艺，完全不够熟练，不过，我没花多少时间就学会了这件事。我必须会讲故事。所有的枪侠都得会。因此，我讲着讲着，就越来越流利、越来越轻松了。因为我的耳畔仿佛响起了母亲的声音：升降，起伏，停顿，仿佛她在借我的口讲故事。

我看得出来，这故事一下子就让他入迷了，这让我深感欣慰——仿佛再次催眠了他，但这一次是更好的催眠方式。更诚善的一种方式。当然，最美妙的是听到了我母亲的声音。好像我再次拥有了她，自我心深处再次浮现。这当然会让我心痛，但我已经发现了，最美好的事往往都会让人心痛的。你不会想到那么美好的事也会带来伤痛，但就如古话说的——世界倾斜，总有终点。

“很久很久以前，你爷爷的爷爷还没有出生的时候，在一片名叫‘无尽森林’的荒野尽头，住着一家人，小男孩叫提姆，他的妈妈叫内尔，他的爸爸叫老罗斯。虽然生活清贫，但一家三口幸福无忧……”

穿过锁孔的风

“很久很久以前，你爷爷的爷爷还没有出生的时候，在一片名叫‘无尽森林’的荒野尽头，住着一家人，小男孩叫提姆，他的妈妈叫内尔，他的爸爸叫老罗斯。虽然生活清贫，但一家三口幸福无忧……”

“我只有四样东西可以传给你，”老罗斯对儿子说，“但四样就够了。乖儿子，你可以一样一样数出来吗？”

提姆都数过千百遍了，可是，怎么讲都讲不厌。“你的斧头，你的幸运币，你的田垄，你的家——和中世界的国王和枪侠的家一样舒服。”他会停顿一下，再说一句，“还有我妈妈。加起来一共五样。”

老罗斯一定会哈哈大笑，亲吻躺在床上的男孩的额头，因为他们总是在睡觉前玩这种问答游戏。这时候，内尔总会倚在门口，等着亲吻丈夫的额头。老罗斯会说：“是啊，我们可不能把妈妈忘了，因为没有她就一无所有了。”

就这样，提姆会欣然入睡，知道自己有人爱，也知道自己在这个世界上有一个家，他会听着夜风呼出奇特的哨声，悄悄吹过小木屋，还带着无尽森林里花木的甜香气息，有点酸，但仍然是让人愉悦的，然而，铁木香气更深沉的森林深处只有勇敢的人才敢去。

那是美好的岁月，但我们都知道——太多的人间故事、童话寓言都已告诉了我们——好景不常在。

提姆十一岁那年，有一天，老罗斯和他的搭档老凯斯把马车赶上了大道，通向森林深处的铁木道。除了星期天，他们每天早上都这样去开工；到了星期天，树村的人全休息。然而，这一天，只有老凯斯回来了，浑身上下黑黢黢的，好像沾上了煤灰，短上衣也被熏黑了。自家缝的长裤的左裤筒上还破了个洞，泛着泡泡的鲜红血水从破洞里渗出来。他瘫软在马车的座位里，虚弱得都不能坐直了。

内尔·罗斯走到家门口，哭着问道："老罗斯呢？我的丈夫呢？"

老凯斯的脑袋慢慢地摇，摇到左，摇到右。黑灰从他的头发里散洒下来，落在他的肩头。他只说了一个字，但这足以让提姆的膝盖骨发软，也让他的母亲抖得像个筛子。

他说的是：龙。

活在今日的人都没有见过无尽森林这样的地方，因为世界如轮，滚滚向前。无尽森林是黑暗的，遍布危险。树村的伐木工们都知道，在花木林的尽头会耸起阴森的铁木林，却压根儿不知道铁木林十轮之外住着什么动物、长着什么植物。尽管如此，他们比中世界的任何人都清楚无尽森林的恐怖。大深谷里神秘莫测，到处都是奇株、怪兽、恶臭的魔沼……据说，还有先古留下的东西，常常能让人一命呜呼。

树村的人都很惧怕无尽森林，也有充分的理由去怕；老罗斯不是第一个深入铁木道、并且一去不返的伐木工。但是，他们也都深爱这片林子，因有铁木，他们才能供养全家老小的衣食住行。他们明白——虽然谁也不敢声张——森林是活的；和所有活物一样，森林也要吃。

假想你是一只鸟，飞翔在一片广袤的荒野之上。俯瞰之下，这儿仿佛一条巨大的绿裙子，绿得很深，几乎像黑色了。就在裙裾边，有一条淡绿色的饰带，那儿就是花木林。树村就在花木林以下，北部领地尽头的边缘地带。树村是当时文明国家版图上最末的那个小村落。有一次，提姆问父亲："文明"是什么意思?

"税。"老罗斯这样回答，继而朗声大笑——当然，不是因为这话好笑。

大多数伐木工走到花木林就不敢再往深里走了。即便是花木林，险情也会随时发生。毒蛇最可怕，但还有一种和狗一样大的毒鼠，叫作锥齿猥。很多年来，很多人死在花木林里，但总体来说，花木林是值得冒险的。花木，是一种纹理细腻的漂亮木材，不仅颜色金灿灿的，还轻盈至极，简直能浮在半空。用花木能打造出适合内河湖泊的上好船只，但不适合航海，但凡有点中等力道的风，花木船就会被吹得散架。

要造航海船，就得用铁木。这片领地里有个叫霍迪亚克的买家，每年两次来树村的锯木厂高价收购铁木。是铁木，让无尽森林有了深墨绿色的光辉，也只有最勇敢的伐木工才敢去寻找铁木，因为铁木道是一条当之无愧的险途——你要记住，这条小径只不过是刻在无尽森林里的一道不起眼的细痕——相比之下，花木林里的毒蛇、锥齿猥和变异蜂都好像不值一提了。

至于铁木林之险……那就比方说，龙。

所以，提姆·罗斯十一岁就没了爹。也没了斧头和幸运币——它一直挂在老罗斯壮实的颈项间的银链上。很快，村里的田垄也会没了，唯一的家也岌岌可危了。因为在那个时候，每当翻土节到来，康文纳特大人就会来。他总带着一卷羊皮书，村里人的名字都被写在里面，每户人家都有一个相应的数字，意味着税金的多少。一般人家要缴四块、六块或八块银币，拥有土地的大户人家甚至缴一枚金币。如果你缴得起税，当然一切都好。但如果你缴不起，田垄就会被没收，人也会被赶出这片领地。想申诉也没门儿。

提姆会去寡妇斯迈克家上半天课，她在家开私塾，学生们用食物抵交学费，通常是蔬菜，有时会有一点肉。很久以前，她曾是很远的领地里的一名贵妇（孩子们的家长都这么说，其实谁也不知道真相），后来，她得了血疮，半张脸都毁了（孩子们私下里都这么说，其实谁也没有当真见过那张脸）。现在，她戴着面纱，教一些小男孩——甚至还有几个小姑娘——读读写写，再操练一种叫做“算式”的、有点深奥的学问。

这个聪明的女人挺吓人的，一句废话都没有，好像每天都在忙碌不休。虽然她总戴着面纱，小孩子们却总会喜欢上她，他们幻想的种种恐怖也仅限于面纱之后。但是，她会偶尔浑身战栗，哭喊着说自己头痛欲裂，必须躺一会儿。碰到这种情况，她会让孩子们回家去，还经常指令他们告诉自己的父母：她无怨无悔，尤其是那英俊的王子也未曾让她悔恨。

喷火的龙把老罗斯烧成了灰之后，大约过了一个月，斯迈克夫人又神游般地病发了一次。提姆回到自己的小木屋——它有个好听的名字：佳景小屋，从厨房的窗户里望进去，看到母亲正俯身在桌上哭泣。

他抛下了石板，上面还写着算式题呢（长除法，一开始他还挺犯懵的，后来发现不过是逆向的乘法罢了），立刻奔向她的身边。她抬头看到他，还想挤出一个笑容。扬起的嘴角和泪涟涟的双眼很不相称，这让提姆也想哭了。那分明是绝境里的女人的表情。

“妈妈，怎么了？出什么事了？”

“只是想念你爸爸了。有时候我真的好想他。你怎么这么早就回家了？”

他想把斯迈克夫人的事讲给她听，但当他看到扎着细绳的皮袋，就讲不出话来了。她用胳膊压住它，好像要藏起来，不想让他看到，但也知道他已经发现了，又用胳膊一揽，让小皮袋从桌子上掉落到自己的膝头。

提姆已经不再是傻乎乎的小男孩了，于是，他决定先去泡茶，什么也不说。她喝了一口加了糖的茶——哪怕糖罐里没剩多少了，他还硬要给她加糖——多少平缓了一点，这时候，他才追问她出了什么状况。

“我不知道你在说什么。”

“为什么你刚才要数我们的钱？”

“也没剩多少钱可以数了，”她说，“收割季一过，收税人就会来，如果我没猜错，他甚至不会等到篝火的余烬凉透，那该怎么办？今年，他要六块银币，说不定是八块呢，大伙儿都说税金又涨了，大概离这儿很远的什么地方又开战了，旗帜飘扬，兵士出征，唉，蠢透了的战争，好极了。”

“我们有多少钱？”

“四块多，五块不到。我们没有牲口可以卖，自从你爸没了，我们连一块铁木都没有了。我们该怎么办呀？”她又哭了起来，“我们到底能怎么办呢？”

提姆和她一样恐慌，但既然家里没有男人安慰她，他只能忍住自己的泪，抱住她，尽可能地哄她不要哭。

“要是他的斧头和幸运币还在，我还可以拿去卖给德斯垂。”最后，她这样说道。

斧头和幸运币都不在了，夺走它们那位欢快又善良的主人的熊熊大火也将它们烧尽了。就算它们不在了，提姆听到这种话还是很骇然："绝对不可以！"

"唉。保住他的田、他的家，是的，我会的。这些都是他真正在乎的，还有你和我。但是，如果他还能说话，他一定会说：'内尔，去卖吧，不要紧的！'因为德斯垂的铜币不够精美。"她又叹了一声。"可是，收税人明年还会来……明年的明年也会来……"她把脸埋在双手的掌心里，"哦，提姆，我们会被赶出领地的，我实在想不出有什么办法能改变这种局面。你呢？"

如果能给她一个答案，提姆愿意付出自己的一切（其实也只有极少极少的财产）。但他给不出。他只能问，康文纳特大人什么时候到树村来？他会骑着高头黑马，光是那副马鞍就价值连城，就算老罗斯冒着生命危险在那条美其名曰"铁木道"的林中小径里苦干二十五年也不一定赚得到。

她伸出四支手指："天气好的话，再过四周。"然后，再伸出四支手指。"天气糟的话，再过八周，而且，他已经到中部的农场村庄了。我们顶多还有八周的时限，到时候……"

"他来之前会出现转机的，"提姆说，"爸爸以前总是说，森林必会施予爱森林的人。"

"我只看到森林夺人命。"内尔说着，再一次捂住了泪眼。他想去揽住她的肩膀，她却摇了摇头。

提姆拖着沉重的脚步，出去拿他的石板。他从没觉得如此悲伤，又如此害怕。*一定会发生什么事，改变这种局面的。*他心想，*求求你了，发生什么能改变现状的事吧。*

有时，心愿会成真——这莫过于祈愿的最糟之处。

那一年，树村大丰收，内尔知道这是大好事，但在她眼里，硕果累累的土地竟会意味着苦涩。明年，她和小提姆就可能和那些背着粗布麻袋四海为家的人一样，远远地离开无尽森林，这让仲夏的美景也不忍卒睹了。森林是一个险恶的地方，还夺走了她的男人，但也是她这辈子唯一懂得、也习惯了的地方。到了夜里，风从北方吹来，像个情人那样溜进她家敞开的窗户，带着既苦又甜的特殊气息，闻起来既像鲜血又像草莓。睡着后，她还时常梦见幽深的森林，森木倾斜高耸，神秘小径纠结，在阳光漫射下泛着古老的铜绿色光泽。

老一辈人有一句古话：北风吹起，森林气息，预示未来。内尔不知道这会不会是真的，抑或只是炉火边的闲话，但她确实知道：无尽森林的气味是生命的气味，也是死亡的气味。她也知道，提姆深爱这片森林，和他死去的父亲一个样。她自己呢，岂不是也一样爱着吗，哪怕那种爱有时也是违心的。

从前，她私心里一直很怕儿子长大，等他够高、够壮了，就会跟着父亲走向危机四伏的林中小径，然而，现在的她却无比难过地发现：这一天再也不会到来了。斯迈克夫人和她的算式教学都很不错，但内尔很清楚儿子衷心想要什么，她真的很恨那条龙，恨它夺走了提姆的心愿。或许，那是一条母龙，纯粹是为了保护龙蛋才下了毒手，但即便如此，内尔也照样恨它。她巴不得那条黄瞳仁的贱龙吞下自己的火焰，古老的传说里说过，龙有时真的会吞火，然后自爆而亡。

提姆提早回家、并发现母亲独自哭泣的那天之后，没过几日，老凯尔就来拜访内尔了。提姆找到了一份零工：给农场主德斯垂割两个星期的干草，所以，那天下午，内尔独自一人跪在花园里除草。当她看到先夫的好朋友、好搭档，便站起身来，把脏手在粗麻布围裙上抹了抹，她曾笑称这条围裙就是她的婚裙。

她一眼就发现他把双手洗得干干净净，胡须也仔细地修过了，这就足以暗示他拜访的目的。很久以前，内尔·罗伯特森、杰克·罗斯和伯恩·凯尔是儿时好友，一起长大，亲密无间。小朋友做朋友，不同姓但同心，村里人看到他们三个在一起时常常这么说，那时候，他们真的是形影不离。

变成少男少女之后，两个男孩都很喜欢她。她当然也爱他们俩，但更为老罗斯痴狂，她嫁给了他，上了他的床（至于两件事的前后次序，没人知道，也没人在乎）。老凯尔接受了这个事实，就和别的男人一样。婚礼上，他站在罗斯的身边；等牧师宣告礼成，他们走下教堂的长廊时，他又为他们绕上丝带。等凯尔在教堂门边为他们摘下丝带（虽然人们总说：丝带从不曾真正掉下来），他亲吻了新婚夫妇两人，祝愿他们天长夜爽直到白头。

凯尔到花园里找内尔的那个下午很热，他却穿着细平布的短外套。他从口袋里掏出一段丝带，丝带打了一个松松的结——她已经猜到他会这么做的。女人是心里有数的。哪怕结婚已久，女人也总是明白的，更何况，凯尔从没变过心。

“你愿意吗？”他问，“如果你愿意，我会把自己的住处卖给老德斯垂——他想要那间屋，因为刚好邻近他东边的田地——留下这间屋。康文纳特大人要来了，内丽，他会向你伸手的。家里没个男人，你可怎么填满那只手？”

“我没办法，你知道的。”她说。

“那就告诉我——我们可不可以结绳？”

她的手在自己的婚裙上紧张地抹啊抹，其实手早就抹干净了，就像用溪水洗过一样。“我……我得考虑一下。”

“要考虑什么？”他取出自己的绑头巾——叠得方方正正

地收在口袋里，而不是像普通伐木工那样松松垮垮地系在脖子上——擦了擦额头。“要么你愿意，我们就像以前那样在树村生活下去，孩子还小，砍不了木头，但将来我可以给孩子找些贴补家用的活儿干；要么你不愿意，你和儿子就会流离失所。我可以和你分享一切，但我给不了更多，哪怕我很想给也给不出。你知道的，我只有一个小屋可以卖。”

她心想，他打算买下我，填补床上另一边的空缺，也就是米莉森特留下的位子。但这个念头好像有点不光彩，毕竟，在他还没成人的时候她就认识他了，而且，这么多年来，他一直和她深爱的丈夫在幽暗危险的林木里并肩劳作——就快走到铁木道的尽头了。老一辈人总是说：一个观望，一个砍伐；同心协力，永不分离。现在，杰克·罗斯不在了，伯恩·凯尔来请求她和自己同心协力。这是很自然的事。

然而，她还是很犹豫。

“明天这时候再来吧，如果你的心愿没变的话，”内尔对他说，“到时候我会给你答复的。”

他不喜欢这种回应；她看得出来他不喜欢；她认得出那种眼神，当她还是个天真烂漫的小姑娘时，身边总有两个不分上下的男孩，她的所有朋友都很嫉妒她，那时候，她就曾瞥见过他有这种眼神。哪怕他表现得像个天使，伸出援手，想帮她——当然，还有提姆——脱离老罗斯的去世带来的艰难窘境，但那眼神透露的端倪让她有所犹疑。

他垂下了眼眸，不再凝视她，也许，他看出了她在观察自己。他低头凝视了半晌，重新抬起头时展露了微笑。这让他仿佛重回年轻岁月，还是那么帅气……但无论如何也没杰克·罗斯那么帅。

“好吧，那就明天。但不能再晚了。我亲爱的人，西方有句古谚，说的是：‘他人好意莫迟疑，珍贵宝物如有翼，欲施不求便飞离’。”

她在小溪边涮洗时，站定了片刻，闻着森林里甜甜酸酸的芳香，然后掉头走回屋里，躺倒在自己的床上。日头高照时，内尔·罗斯从来都不会躺倒在床，但这一天她需要思考——有太多眼前的事要想，还有很多陈年往事要回想：那时候，这两个年轻的伐木工争求她的亲吻。

那时候，就算她喜欢伯恩·凯尔（那时候的他还不是老凯尔，尽管他的父亲已不在人世了，在森林里被负痖或别的什么噩梦似的怪物杀死了）比喜欢杰克·罗斯更多，她也不确定该不该和他牵丝带。凯尔清醒的时候很爱爽朗地大笑，人很幽默，也像沙漏般持稳，但他喝醉了就会变得怒气冲冲，动不动就挥拳头。更糟的是，那时候的他酗酒，十天里有八天会醉。等到罗斯和内尔结婚之后，他索性越喝越多，越醉越久，常常是在牢房里宿醉醒来。

杰克忍了一段时日，直到那次——凯尔酩酊大醉，昏过去之前，把酒吧砸了个稀巴烂——内尔才敦促丈夫：该管管他了。老罗斯老大不情愿地答应了。他把老朋友、好搭档从牢房里捞出来——这种事已经不知道多少回了，但那一次，他没有像以往那样只是让凯尔跳到溪水里、头脑清醒了才上岸，而是开诚布公地和凯尔谈了谈。

“伯恩，仔细听我说。自打我们会走路就是好朋友了，长大了又一起肩并肩穿过花木林、踏入铁木林。你是我的左臂，我是你的右膀。你清醒的时候，我没有别人再可信赖。但你只要黄汤下肚，就还不如烂泥可靠。如果不能仰仗你，我就不能独自进林，我拥有的一切——我俩拥有的一切——就会朝不保夕。我实在不想撂下你，再去找个新搭档，但今天我要把话说在前头：我有个老婆，马上还会有个孩子，必须做的事，我会义不容辞地做。”

凯尔继续喝酒，喝醉了继续打架，就这样又过了几个月，好像要故意为难他的老朋友（以及老朋友的新老婆）。就在老罗斯忍无可忍、决定撕破脸的时候，奇迹发生了，确切地说，是由一个娇小的人儿带来的，她叫米莉森特·雷德豪斯。伯恩·凯尔不肯为老罗斯做的事，却为了米莉而做到了。六个季节之后，她死于难产（婴孩也随之而去——接生婆曾把实情告诉内尔，那可怜的小女人咽气后，脸蛋上因为生产而涨起的红晕还没消尽，婴儿就没气了），罗斯又开始担心了。

“这下，他又会酗酒了，天知道他会变成什么模样。”

但是，老凯尔没有喝，要是有事刚好走近基缇酒吧，他就索性走到街对面去。他说，那是米莉的遗愿，若有违背，便是对她美好记忆的侮辱。他说：“再喝一杯我就死。”

他信守了诺言……但内尔时常觉得他在看自己。甚至该说是，看得太频繁了。对她，他从没有过亲密的举止，更谈不上冒犯，顶多不过是收割节庆时吻一下脸颊，但她感受得到他的目光。不是男人看朋友、或朋友之妻的目光，更像是男人看女人的那种眼神。

提姆在太阳下山前一个小时赶回了家，浑身汗津津的，每一寸裸露在外的皮肤上都粘着干草屑，但他很开心。农场主德斯垂开了酬金单，可以当作钱在村里的店铺里买东西用，今天的报酬很公道，好心的德斯垂夫人还多给了他一袋自家种的甜椒和小番茄。内尔接过酬金单和蔬果袋，谢过他，亲吻他，再给了他一个粑粑客，让他下坡去洗个泉水澡。

他站在凉凉的泉水里，雾气缭绕、如梦幻般的广袤田野铺展在他眼前，那是通往内世界和蓟犁的方向。无边无际的森林离他大约还不足一轮远。他爸爸以前说过，即便是正午，森林里也是昏暗的。想到了爸爸，一天挣到一个成年人的工钱（至少差得不多）带来的快乐就像漏洞粮袋里的粮食，慢慢地流失殆尽。悲伤时常袭来，这总能让他惊讶。他在一块大石头上坐了片刻，抱着双腿，头枕在胳膊上。就在森林的边缘被龙夺了性命，这简直是稀罕的事，太不公平了，但以前也确实有过。他爸爸不是第一个这样死的人，也不会是最后一个。

远处，传来了他妈妈的喊声，那声音飘荡在田野里，呼唤他回家吃一顿像样的晚餐。提姆用欢快的声音回应了她，然后，在石头上跪坐起身，将凉水扑在双眼上，虽然没有哭，但眼睛有点肿。他飞快地穿好衣服，一路小跑上了坡。黄昏已至，妈妈已经点起了灯，灯光在她拾掇得齐齐整整的小花园里洒下一片长长的光影，仿佛也在召唤他；提姆又累又愉快——小孩子们的心情就像多变的天，一会儿阴一会儿晴——迫不及待地奔回温暖的家园。

晚餐做好了，他们面对面坐着，中间搁着几碟小菜。内尔开口了："提姆，我有话要说，是作为母亲对儿子讲的……也不止如此。你已经长大了，可以干一点活儿了，很快就不再是小孩了——我真不希望你这么快长大——所以，有些事应该让你知道。"

"是和康文纳特大人有关吗，妈妈？"

"不完全是，但我……我想的不只是这事。"她差点儿脱口而出的是"我怕的"，而不是"我想的"，但这是为什么呢？很难下定决心，这件事太重大，太难决定，但究竟要怕什么呢？

她把儿子引向起居室——那么小，却很温馨，以前，老罗斯站在起居室的中央，伸出双臂就几乎能碰到两边的墙了——双双坐在没有点火的壁炉前（那是个温暖的满土夜），她一五一十地讲了老凯尔和自己之间发生的事。提姆仔细地听着，很是惊讶，越听越不安。

“那么，”内尔讲完了，又问道，“你怎么想？”她或许看到了他面露忧虑，不等他回答，又匆忙地说下去：“他是个好人，你爸爸把他当兄弟，而不只是干活时的搭档。我相信他会对我好，也会对你好的。”

不会的，提姆心里说，我只是个拖油瓶。他从来不拿正眼看我，除非我碰巧和爸爸在一起，或是和你在一起。

“妈妈，我没主意。”一想到老凯尔在他们家里——躺在他爸爸以前睡觉的位置——他就觉得肚子抽筋，好像晚餐吃得不舒服。事实上，晚餐时的美好感觉已经消失了。

“他把酒戒了。”她说道。现在，她好像是在自言自语，并不像是在对他讲话。“很多年前就戒了。他年轻时挺野的，但你爸爸把他调教好了。当然，还有米莉森特。”

“也许是吧，但他们两个都不在人世了，”提姆立刻指出了这一事实，“而且，妈妈，他还没有找到去铁木林的新搭档。他一个人去伐木，那真是危险得要人命。”

“时候还早，”她说，“他会找到可以搭档的人，因为他很强壮，也知道好木头去哪里找。他们刚刚搭档干活时，你爸爸就教会了他怎样在铁木道的尽头找到上等的木源。”

提姆知道这些都是真的，却不那么确定凯尔会找到新搭档。他认为，别的伐木工都尽量避开他。他们好像都若无其事，就像经验老到的伐木工会下意识地绕开一丛毒荆棘，哪怕只用眼角的余光瞥见它们罢了。

*也许是我多心了吧。*他心想。

“我没主意，”提姆再次开口，“教堂里结的丝带是不可以解开的。”

内尔神经质地笑起来。“你是在什么鬼地方听到这种话的？”

“是你说的。”提姆说。

她笑了笑。“噢，大概我是说过的。嘴巴长中间，话往两边跑。我们晚上都考虑一下吧，好好睡一觉，早上会想明白的。”

但是，谁也没睡好。提姆躺在床上，揣测老凯尔当继父会是什么样。他会对他们好吗？他会带提姆进林，手把手教他当伐木工吗？那倒还不错，他想，但他妈妈明知道这一行夺走了丈夫的命，还会愿意子承父业吗？也许，她只希望他待在无尽森林的南边，当一个农夫？

*我是挺喜欢德斯垂的，*他在心里说，*但我从没想过当一辈子农夫。无尽森林这么近，世界这么大，我可不要当农夫。*

仅仅一墙之隔，内尔也躺在床上，千头万绪越想越焦虑。想得最多的是——如果她拒绝凯尔的求婚，他们就会被赶出领地，离开他们唯一熟悉的土地和家园，那样的生活会是怎样？如果康文纳特大人骑着高头黑马来要税，他们什么也拿不出来，日子该怎么过下去？

第二天更燥热，但老凯尔依旧穿着那件细平布的短外套。他的脸庞红彤彤、油光光的。内尔迫使自己相信，她没有闻到他嘴里有酒味，就算闻到一点，也不算什么。只不过是烈一点的苹果酒，但是，哪个求婚的男人来听女人的回复前不喝几口呢？更何况，她的心意已决。反正，八九不离十了。

赶在他开口之前，她大胆地说起来。能有多大胆，她此刻就有多大胆。“我儿子提醒了我，在教堂里结的丝带是不容许解开的。”

老凯尔皱了下眉头，因为她提到了儿子和结婚丝带，她不确定是哪一样惹恼了他。“嗯，那又怎么了？”

“只有一个问题，你会好好对待我和提姆吗？”

“当然，我会尽力对你们好。”他的眉头皱得更紧了。她分不清那是生气还是困惑。她希望那只是困惑。敢在深山老林里砍伐木头、面对野兽的男人通常会在这种场合里显得束手无策，这她懂，想到老凯尔可能是慌张无措，她就不禁向他敞开心扉了。

“你保证？”她问。

眉头舒展开了。他笑起来，精心修过的黑胡须里闪过一丝白光。“当然，千真万确，老天作证。”

“那我就同意。”

于是，他们结婚了。很多故事都会在这里结尾；遗憾的是，这个故事却刚刚开始。

婚礼的迎宾台上有酒，对一个宣称戒酒的男人来说，老凯尔实在灌了不少下肚。提姆看在眼里，忧在心里，但他母亲好像根本没看到。还有一件事让提姆不安：明明是星期天，却只有寥寥几个伐木工过来庆祝。如果他是个女孩，或许还会留意到别的迹象。内尔邀请来的女宾里，很多人都难掩遗憾的表情。

那天晚上，早过了半夜的时候，他突然被一记重击声和哭喊声惊醒了，那也许是个梦，但更像是穿墙而过，从现在他母亲和老凯尔的卧房里传来的。他们真的睡在一起了，提姆始终觉得难以置信。他躺着听了一会儿，听着听着又差点儿睡着，就在那时，他听到了悄悄的抽泣声。紧随其后的，是继父压低了的粗鲁言语："你能不能安静点？又没受伤，又没有血，鸟一叫我就得早起呢。"

哭声停止了。提姆侧耳细听，但不再有说话声了。老凯尔的鼾声刚刚响起，他也睡着了。第二天早上，她在炉灶边煎鸡蛋，提姆看到她的胳膊肘内侧有一块淤青。

"没什么，"内尔看到他在看，就抢先说道，"晚上起夜时撞到了床柱。现在我不是一个人了，又得习惯在黑暗里摸着道儿走了。"

提姆心里说，没错——我怕的就是这个。

他们成婚后的第二个星期天，老凯尔带着提姆去自己的旧居，现在已经卖给秃子安德森了——他是树村的另一个大农场主。他们钻进凯尔的木车。因为没有拖运铁木的原木或木板，车尾只堆了一些锯木屑，两匹骡子脚步轻盈。当然，还有那股甜甜酸酸的气味，来自森林深处的芳香。一看望去，凯尔的老屋显得很沧桑，百叶窗紧闭，一副无人照料的模样，久未割除的野草都从破裂的木板条缝里长到门廊上了。

"我只要把自己的东西拿出来就行，剩下的都给秃子好了，爱咋咋的，"凯尔咕哝了一句，"我无所谓。"

结果，整个房子里，他只搬出了两样"自己的东西"：一只脏兮兮的旧脚凳，一只带着黄铜锁和皮带扣的大皮箱。箱子是放在卧房里的，凯尔轻柔地抚摸它，好像那是一只宠物。"不能落下它呀。无论如何都不能。这是我爹留下来的。"

提姆帮他把箱子拖到屋外，但主要要靠凯尔的力气。箱子沉得要死。把它抬上木车后，老凯尔双手搭在膝头（那条裤子刚被修补好），弯腰歇了一会儿，等脸上涨成紫红色的红晕消退，他又开始抚摸箱子，提姆还从没见过他如此轻柔地对待他妈妈呢。“我拥有的一切都在这个箱子里。至于这栋小屋，秃子付的钱是不是我该得的呢？”他挑衅地看了看提姆，好像指望他在这个问题上和自己对着干。

“我不知道，”提姆小心翼翼地答道，“村里人都说，安德森先生挺抠门儿的。”

凯尔放声大笑。“抠门儿？还有门儿吗？他都抠到骨子里去了。我得不到应有的那一份，三文不值两文就出手了，因为他知道我等不起。小子，帮我把尾板绑好，别磨磨蹭蹭的。”

提姆才没磨蹭呢。还没等凯尔绑好这边的尾板绳——那个松松垮垮的绳结准会让他爸爸嗤笑的——他就把他那边的尾板绑好了。老凯尔绑完了，又忍不住充满爱意地摸了摸大箱子，那种亲热劲儿真让人别扭。

“都在这儿了，我的一切。秃子知道我在翻土节前必须拿到银子，可不就是这么回事儿吗？都知道那个老家伙要来了，他只会伸手要钱。”他吐了口唾沫，落在磨秃了的靴子之间。“这都是你妈的错。”

“妈妈的错？为什么？难道你不想娶她吗？”

“小子，说话留点儿神。”凯尔低下头，好像很惊讶地发现自己的手变成了拳头，然后才摊开了手掌。“你太小，还不懂。等你长大了，就会发现女人会怎样占男人便宜。我们上车吧。”

他们往坐骑走去，刚走了一半，老凯尔又停下来，隔着车上的箱子盯着小男孩，说道：“我爱你妈妈，现在你知道这些就足够了。”

骡子慢慢走上了村里的大路，老凯尔叹了口气，又说道：

“我也爱你爸爸，我是多想念他呀。没有他搭档，不管是我独自在林子里，还是看着米斯蹄和比斯蹄在我前头走上小路，感觉都不一样了。”

听到这里，提姆的心软了，对这个手上青筋暴突、垮肩膀的壮汉突然有了亲近感；然而，还没等这种感觉在心里扎下根，老凯尔又说起来了。

“你在那个古怪的斯迈克老太婆那儿学了够多啦，书本啦数字啦，够了。她戴着面纱，浑身打战，我只想知道她拉完屎怎么能把自己的屁股擦干净。”

提姆的心顿时一沉。他喜欢学习，也很喜欢寡妇斯迈克——面纱、打战，她的一切他都喜欢。听到有人这么残忍、这么粗鲁地谈论她，提姆只觉得难受。“那我该干什么？和你进林吗？”他的眼前浮现出一个场景：他驾着父亲的木车，身边伴着米斯蹄和比斯蹄。那其实也不坏。不，一点儿也不坏。

凯尔爆发出一阵狂笑：“你？进林？就你这个不到十二岁的小毛孩？”

“马上就十二了，我的生日就在下个……”

“就算你二十四，也没法在铁木道上伐木，因为你随你妈，一辈子都会是个小罗斯。”说完他又哈哈大笑。这话让提姆的脸火烧火燎的。“你不行，小子。我已经跟锯木厂说好了，给你找了份差事。你是小，但堆堆木板没问题。收割季一过，第一场雪之前，你就可以开工了。”

“妈妈怎么说？”提姆拼命掩饰沮丧的口气。

“她没说什么，这种事，她能懂什么。我是她丈夫，所以我说了算。”骡子默默前行，他猛地弹了弹骡背上的缰绳。“驾！”

三天后，提姆下山去了树村的锯木厂，一起去的还有个德斯垂家的男孩——“稻草孩”威廉，有这个绰号是因为他的头发几乎淡到无色。他俩都是受雇去堆木材的，但眼下都还用不上他们，只是偶尔兼职，至少起步时是如此。提姆牵出了父亲的骡子，它也得伸伸腿脚。于是，两个男孩并排骑行。

“我还以为你说过，你继父不喝酒了。”他们经过基缇酒吧时，威廉说道。因为是中午，酒吧大门紧闭，小乐池里的钢琴也没动静。

“他是不喝了。”提姆说，但他记得婚礼迎宾台旁的那一幕。

“你当真？我大哥昨晚和几个兄弟出去喝酒，说看到一个寡妇儿子的后爹，我还以为是你继父呢，因为他们说那家伙醉得一塌糊涂，一直喝到趴在拴马栏上。”说完，威廉弹了弹他的缰绳，只要他觉得上了一匹好马，总爱这样耀武扬威的。

*真该让你走回村去，愚蠢的饭桶。*提姆在心里说。

那天晚上，妈妈的声音又惊醒他了。提姆一跃而起，分腿下床，但双脚刚落到地板上，他就僵住了。凯尔的声音很轻，但两个卧房间的墙很薄。

“蠢女人，给我闭嘴。如果你吵醒了那小子，引他到这儿来，看我怎么收拾你。”

她的哭声消停了。

“一个不留神——不过是犯了个小错。我只想跟梅隆进去喝杯姜汁啤酒，听他讲讲新找到的木源，不知道是谁在我面前放下一杯杰克螺丝。我还没意识到自己喝的是烈酒，酒已经下肚了，然后我就走了。不会再发生这种事了。你要相信我。”

提姆又躺下来，希望凯尔说的都是实话。

他仰面躺着，虽然看不到天花板，但睁着眼睛，还听到一只猫头鹰在叫，他想睡着，要不然就索性等曙光亮起。在他想来，如果女人和一个错误的男人缔结婚约，那系紧的丝带就不是婚戒，而是束缚。他只能祈祷母亲遭遇的不是束缚。他早就知道，自己不可能喜欢母亲的新丈夫，更别说去爱他了，但或许母亲可以喜欢、甚至去爱。女人是不一样的。她们的心更宽广。

这些事徘徊在提姆的脑海里，当第一缕天光染白了天空，他才算睡踏实了。那天，妈妈的双臂上都有淤青。她和老凯尔共享的那间房里的床柱好像变得过分活跃了。

满土节过去，就是翻土节，年年如此，无有特例。提姆和稻草孩威廉去锯木厂堆木材，但一星期只要去三天。领班是个正直的人，名叫鲁珀特·韦恩，他说如果这年的落雪不厚、拖来的木材够多——也就是说，像凯尔这样的伐木工能从森林里运来足够多的铁木树干，他们就能得到更多的工时。

内尔的淤青消了，笑容也重返脸庞。提姆觉得，她的笑比以前更谨慎了，但总好过没有笑容。凯尔套好了他的骡子，去了铁木道，尽管他和老罗斯看中的木源都很棒，却依然没有人和他搭档。因此，他拖回来的原木没以前多，但铁木终归是铁木，总能卖出个好价钱，起码能赚回些碎银，而不是酬金单。

有时候，提姆会琢磨——通常是在锯木厂那长长的带篷木棚里滚圆木时——如果继父在森林里撞到了毒蛇或是锥齿猥，他和母亲的日子是不是会变得更好？甚至可以是负痖——那些恶心的飞虫常常被称作“子弹鸟”。伯恩·凯尔的父亲就是被负痖的尖利鸟嘴扎透了身子才死的。

提姆会心神不宁地赶跑这些可怕的想法，惊讶于自己的内心竟有这种阴暗的角落，藏着这等黑暗的念头。提姆敢肯定地说，他爸爸将会为此羞愧。也许，爸爸现在就为他羞愧呢，因为有人说过，那些去了路尽头空无境的人们洞悉一切秘密——活着的人互相隐瞒的所有秘密。

至少，他没再闻到继父的口气里有酒味，也没再听到什么传闻——不管是稻草孩威廉还是别人，都没再讲起老基缇关门上锁时老凯尔已醉得翻江倒海。

他许下诺言，也信守了诺言。提姆在心里说。床柱也不会在妈妈的房间里到处乱晃了，因为她不再有那种淤青了。日子走上正轨了。这是值得牢记的事。

去锯木厂干活的那些日子里，等他回到家，母亲已把晚餐炖在炉灶上了。老凯尔会晚一点回来，先去小屋和谷仓间的泉水边洗净双手、双臂和脖颈上的木屑，然后再囫囵吞下他的晚餐。他的饭量大得惊人，刚要了第二碗又要第三碗，内尔都得及时地递上。干这些事时，她是一言不发的；就算她出声，她的第二任丈夫也只是含糊地闷吼一声以作答复。吃完饭，他就会进后屋待着，坐在他的大箱子上，抽烟。

提姆会在石板上做作业，因为寡妇斯迈克仍然会布置算式题给他，有时候他抬起头来，就会看到凯尔的眼神透过烟斗里喷出的烟，直勾勾地盯着他看。那种凝视会让人坐立难安，所以，提姆就把石板带出屋外，哪怕树村的天气已经变凉了，夜色每一天都比前一天来得更早。

有一天，母亲也出了屋，在门廊台阶上坐下来，把他搂在怀里。“明年你就可以回私塾上斯迈克夫人的课了，提姆，这是我给你的保证。我会说服他的。”

提姆对她笑了笑，也谢了她，但他心里一清二楚。明年，他会依然待在锯木厂，但那时候他就算大人了，不仅可以堆木材，还可以扛木板，每星期也不止干三天活，而是做满五天，甚至六天！那样一来，做算式题的时间就会更少。后年，他会一边扛木板，一边学刨木，接着就和大人们一样用摆式锯。再过几年，他就会是不折不扣的大人了，回到家的时候累得半死，就算她仍然愿意借书给他，他也没力气再读了，算式题培养出的理性思考方式也会渐渐淡化。于是，长大成人的提姆·罗斯吃饱了面包和肉就会上床打呼噜，再无别的想法。他还会开始抽烟斗，搞不好也去尝尝啤酒或烈酒的滋味。他会眼看着母亲的笑颜逐渐苍白，眼眸失去光芒。

所有这些，都要感谢伯恩·凯尔。

收割季一眨眼就过去了；猎女月渐而暗淡，又回复到了蜡白色的弓形月；翻土季的第一阵大风从西面呼啸而来。康文纳特大人好像永远也不会来了，却又突然在冷风中出现在树村里，挺坐在他的高头黑马背上，好像骷髅死神汤姆那样精瘦如骨。沉甸甸的黑披风在他身畔飘飞，好像蝙蝠的阔翼。宽边黑帽和黑袍一样黑，压在帽檐下的脸庞泛出苍白的光泽，他不停地左顾右盼，记住这里多出了一道新栅栏，那里的牲口群里多出了一两头牛。村民们心有怨怒，却不敢声张，只能交钱，交不出的话，他就会以蓟犁的名义收回你的田亩和家园。也许在古时候，有些人会私下里说这是不公平的，税金太高了，亚瑟·艾尔德早已仙去（假定他真的存在过），村里人却向康文纳特缴了十多重税——有人用银子，有人用鲜血。也许，有些人早就在盼“好人”出道了，只有好汉揭竿，才能壮起他们的胆，才能对康文纳特说出：*别再要钱了，别再得寸进尺了，世界已变样，不再如当初。*

也许会有那么一天的，但不是在这一年，也不是其后的若干年。

那天下午，天色已沉，低垂的云团颤颤巍巍掠过天空，金黄的玉米秆在内尔的小花园里哆哆嗦嗦，像嘴里的牙磕磕碰碰。就在老罗斯亲手竖起的门柱间（提姆守在一边观望，有求必应），康文纳特先生踢了踢高头黑马的肚子，黑马慢悠悠地踱步向前，庄严地迈向前门台阶，几步之后，稳稳地停在台阶前，点了点马头，弯下了马脖子。老凯尔站在门廊上，却还得仰头去看访客那张惨白的脸孔。凯尔抓着帽子，扣在胸前，稀疏的黑发在头顶飘摇（第一缕灰色已经显形，好歹，他也快四十了，很快就将老去）。内尔和提姆在他身后，相伴站在门口。她单臂搂住儿子的肩膀，手指紧紧抓住他，仿佛很担心康文纳特大人会把他偷走（或许是母亲特有的直觉）。

片刻之间，只有沉默，只听得到不受欢迎的访客的披风在风中猎猎翻飞，在屋檐下发出怪诞的回响。接着，康文纳特大人倾身向前，黑色的大眼睛好像根本不会眨动，就那样目不转睛地审视凯尔一家。提姆看到他的嘴唇红艳艳的，像妇人们用红茜草涂抹过那样。他从黑袍里取出一卷书，那可不是石板书，而是货真价实的羊皮纸书，只需轻轻一抖，就垂下来很长一段。他默默看了看，再把羊皮纸卷起来，放回黑袍的内袋里。接着，他转头去看老凯尔，这位一家之主畏缩在旁，垂头看着自己的脚。

“凯尔，是吗？”收税人的声音粗糙又沙哑，让提姆起了一身鸡皮疙瘩。他以前见过康文纳特，但离得很远；每当收税人定期巡访时，他爸爸总会提前安排好，不让提姆待在家。现在，提姆明白了原委。自己当晚肯定会做噩梦了。

“是的，凯尔。”继父的声音颤颤巍巍的，但没有不悦。他费力地抬起眼帘，说道：“欢迎您，大人。祝您天长夜……”

“行了，行了，总是这套。”康文纳特大人轻蔑地扬了扬手，打断了对方的致敬。此时，他黑色的眼神已经越过凯尔，望向他后面的人。“还有……罗斯，是吗？他们告诉我，三个罗斯现在只剩两个了，老罗斯不幸遇了难。”他的声音低沉至极，几乎听不出抑扬顿挫。提姆心想，就像在听聋子唱催眠曲。

“是这样的。”老凯尔应声答道，他使劲地干咽了一声，提姆都能听得到，然后，他开始喋喋不休地讲：“他和我正在森林里，你知道吗，就在铁木道深处，我们在那儿有一片木源——我们挑中了四五棵树，都刻上了我们的名字，以示标记，我没有改动那些标记，因为在我心里，他依然是、永远是我的搭档。那会儿，我们有点走散了，后来，我听到嘶嘶的声响。你听过就会懂，世界上只有该死的母龙吸气时才会发出那种声响，吸足了气，她就会——”

“安静！”康文纳特大人说，“我只喜欢听‘很久很久以前’开头的故事。”

凯尔又嘟囔起了别的话——大概只是恳请大人宽容大量吧——他肯定觉得说别的就会好一点。康文纳特大人抬起胳膊，搭在前鞍桥，俯身盯着他看。“我知道你把房子卖给卢本特·安德森了，凯尔先生。”

“是的，他占了我便宜，但我——”

尊贵的来访者又打断了他的话。“税金共有九块银子，或是一块铑金——我知道在你们这片儿地压根儿没有铑金，但我必须这么对你说，因为这毕竟写在最初的约法中。房屋买卖要缴一块银子，为了这栋房子——日落时让你有家归，毫无疑问，还在月升时让你的鸡巴有地儿藏——还得缴八块。”

“九块？”老凯尔倒吸一口冷气，“九块？这太——”

“太什么？”康文纳特大人用嘶哑粗粝的嗓音阻断他，“你的回答要谨慎，伯恩·凯尔，马赛厄斯之子，跛子皮特之孙。你可得加倍小心啊，因为——别看你脖颈挺粗，但我相信它可以被掐到很细。说实话，我真信。”

老凯尔的脸变得煞白……当然，终究是不如康文纳特大人那样全无血色。“这太公平了。我只是想说这个。我去拿钱。”

他走进屋子，拿来一只鹿皮钱袋。那本是老罗斯的钱袋，也是提姆的妈妈在满土节前哭泣时掩藏的那只钱袋——哪怕老罗斯不在了，那时候的日子似乎也比现在好。凯尔把钱袋递给内尔，让她数出九块宝贵的银两，倒在他手心里——简直无需细数，他们统共有的钱也不过如此，甚至要加上提姆打零工挣来的散钱。

这时候，尊贵的来访者默默地坐在高头黑马上，但当老凯尔要迈步走下台阶、把银子递给他时，康文纳特大人摇了摇头。

“你就待在那儿。我要让那男孩把钱给我，他很漂亮，我在他脸上也看得到他父亲的面容。唉，看得真清楚啊。”

提姆从老凯尔手里接过两大把银钱——那么重！耳边还响起老凯尔压到最低的嗓音：“笨头笨脑的臭小子，你给我小心点，别掉了！”

提姆走下门廊的台阶，像个在梦游的小孩。他高高地端平两只盛着银钱的手，但还没等他反应过来，康文纳特大人已经抓住他的手腕，把他拉上了马背。提姆看到那副马鞍精工细雕，鞍首、鞍桥上银纹缭绕：有星辰日月，还有冷火倾泻的银杯。与此同时，他发现两个手心的银钱都不见了。康文纳特大人拿走了钱，可提姆完全不记得他是何时拿走的。

内尔尖叫一声，想要往前跑。

“抓住她，别让她动！”康文纳特大人大吼一声，这喊声就在提姆的耳畔，他简直要怀疑这一边的耳朵要聋了。

凯尔抓住妻子的肩膀，粗暴地把她往后拽。她挣扎不得，扭倒在门廊的木板地上，长裙在她的脚踝边鼓动如风。

“妈妈！”提姆喊道。他试图跳下马鞍，但康文纳特大人轻而易举地就挟住了他。他闻到野火烤肉和陈旧汗渍的气味。“老老实实坐好，小提姆·罗斯，她没事的。瞧，她站起来时多敏捷啊。”内尔确实站了起来，他又对她说道：“女士，不要激动，我只想和他说几句话。难道我会伤害自家领土的未来纳税人吗？”

“你敢伤他一根毫毛，我就杀了你，恶魔！”她说。

凯尔朝她挥了挥拳头。“闭嘴！笨女人！”面对拳打，内尔没有退缩。她的眼里只有提姆，只看到他坐在高高的黑马上，坐在康文纳特大人的身前，黑衣人的双臂像一道箍环绕在她儿子的胸前。

康文纳特大人面带笑容地低头看着门廊里的这两人，一个依然高举拳头，另一个泪流满面。“内尔和凯尔！”他不无挑衅地叫起来，“快快乐乐凑一对儿！”

他用膝盖蹬了蹬，黑马转了一圈，慢慢踱步到了院门口，那双铁箍般的胳膊始终紧紧揽着提姆的胸膛，恶臭的呼吸喷在提姆的脸蛋上。走到门口时，他夹紧了膝盖，黑马停步了。他悄悄地在提姆的耳边——刚才的耳鸣尚未消退——说道：“小提姆，喜欢你的新爸爸吗？要说实话，但要轻轻地说。这是我们的小秘密，他们没份儿。”

提姆不想转身，不想让康文纳特大人的苍白脸孔贴得更近，但说出心声的诱惑让他欲罢不得。所以，他转过身来，贴着收税人的耳朵轻轻说道：“他喝了酒就会打我妈。”

“现在还喝吗，他？好吧，我可不觉得这有什么稀奇的。他的爸爸岂不是也打他的妈妈？孩子耳濡目染什么，长大就会有什么习性，历来如此。”

戴着手套的手将厚实的黑披风拉来，像盖上毯子那样裹住他们俩，提姆还感觉到，另一只戴着手套的手将一件小小的、硬硬的东西塞进了他的裤袋。“给你一样小礼物，小提姆。是把锁匙。你知道这把锁匙有什么特别之处吗？”

提姆摇摇头。

“这是一把魔法锁匙，可以打开任何锁，但只能用一次。用完一次之后，它就和尘土一样毫无用处了，所以，用的时候千万小心！”他大笑起来，好像刚刚讲完世界上最滑稽的笑话。他呼出的口气让提姆的肚子里翻江倒海。

“我……”他咽了一口唾沫，“我没什么锁可以开。除了酒吧间和牢房，树村里没人上锁。”

“噢，我认为你知道第三把锁在哪里。你不知道吗？”

提姆盯着康文纳特大人深不见底的黑眼睛，什么也没说。不过，这个问题似乎值得他点点头。

“你在跟我儿子说什么？”内尔在门廊里大声喊道，“恶魔！别往我儿子耳朵里灌迷魂药！”

“别理睬她，小提姆，她很快就会知道了。她看得很少，但会知道得更多。”他咧嘴笑出了声，露出了很大、很白的一排牙齿。“这个谜语给你猜！你能猜出来吗？不能吗？没关系，答案会及时出现的。”

“有时候他会打开它。”提姆悄悄地说起来，好像在梦里和人说话。“把磨刀石拿出来。因为斧头刃总要磨利的。但用完了他会把它再锁上的。晚上，他喜欢坐在上面抽烟斗，好像那就是一把椅子。”

康文纳特大人没有问“它”是什么。“他是不是每次经过都忍不住抚摸它，小提姆？就像别人抚摸最心爱的老狗那样？”

当然，他会，但提姆没有说话。他没必要说了。他觉得，在这张惨白的长脸面前，他根本无法掩藏任何秘密。谁也藏不住。

他是在戏弄我，提姆心想，我只是他在阴郁的日子里、在阴郁的村子里逗的小乐子，逗弄完了他就会拍拍屁股走人。但他是那种玩好了就把玩具砸烂的人。你只需瞧瞧他的笑容就知道了。

“后几天晚上，我会在铁木道往下一两轮的地方露营，”康文纳特大人用那没有起伏的沙哑嗓音说道，“要骑上一会儿，但我真是听累了那些必须聆听的啰嗦事儿。森林里有负痆、锥齿猥和毒蛇，但它们不啰嗦。”

你才不会累呢，决不会。提姆在心里说，别人会，你也不会。

“如果你在意，就过来看看。”这次他没有坏笑，这一次，他像个淘气的小姑娘吃吃地笑。“当然，如果你敢。但你要记住，要晚上来，因为恶婆娘的儿子只要逮着机会就在白天睡一觉。如果你胆小，那就待在这里好了。对我来说无所谓。驾！”

最后一句是对黑马说的，它又慢慢踱回了门廊，内尔十指绞缠地站在台阶上，老凯尔在她身旁怒目而视。康文纳特大人细长又强劲的十指再次攫住提姆的手腕——活像手铐——把他放下来。眨眼间，提姆双脚着地，抬头望着那张惨白的面孔、微笑着的红唇。锁匙落在他口袋的最底下，仿佛火烧火燎的。木屋顶上响起一阵隆隆的雷声，雨落下了。

“领地感谢你们。”康文纳特大人说着，戴着手套的一根手指点了点宽边帽檐。说完，他调转马头，冲进大雨里。提姆看到的最后一样物事十分怪异：沉重的黑风衣撩起来时，他瞥见一个庞大的金属物件，系在康文纳特大人的行李包最上层，看起来很像一个洗手盆。

老凯尔迈着大步下了台阶，抓牢提姆的肩膀，止不住似的摇晃他。雨水将凯尔稀疏的头发黏在脸颊上，再从他的胡须上滴下来。他和内尔滑进丝带圈时，他的胡须还是乌黑的，如今却已灰黑相间。

“他对你说了什么？是不是关于我？你胡说了些什么？说话！”

提姆什么也说不出来。他的头被摇得前后震荡，牙齿都快打战了。

内尔跑下了台阶，“住手！松开他！你保证过你决不……”

“别管闲事，臭婆娘！”他说着，侧过拳头就打了她一下。提姆的妈妈跌倒在泥泞中，暴雨已将康文纳特大人的马蹄留下的印记填平了。

“混蛋！”提姆大叫一声，“你不能打我妈妈，你再也不许打她！”

当凯尔给他也来了一记侧拳时，提姆好像没有立刻感到疼痛，只觉眼前白光一闪。白光闪退后，他才发现自己也躺在泥泞里，倒在妈妈的身边。他头晕目眩，耳内鸣响，但是，那把锁匙依然像块热炭，紧贴在他的裤袋里。

“愿死神尼斯带走你们两个！”凯尔说着，大步走进雨里。走出大门他就向右拐，朝着树村短小的大路方向而去。直奔基缇酒吧，提姆毫不怀疑这一点。整个翻土季里，他都远离酒吧，至少就提姆所知是如此，但今晚，他肯定逃不掉了。提姆看了看母亲，她的脸也浸透了雨水，湿漉漉的头发弯弯曲曲地贴在脸上，被打红了的脸颊沾了泥巴，那是一张悲伤欲绝的脸孔，他看得出来，她也明白他的去处。

提姆揽着她的腰，她搭着他的肩膀。他们互相搀扶着慢慢走上台阶，进了屋。

到了厨房餐桌边，她几乎是瘫倒在椅子里。提姆提来水壶，倒了些水在脸盆里，又浸湿了一块布，轻轻地擦拭她的脸颊，那儿已经开始肿了。她把布在脸上捂了一会儿，又一言不发地把布递给他。他想让她高兴，便把布蒙上自己的脸。真凉，捂在被拳打的悸动的地方还挺舒服的。

“这样也挺好的，你说呢？”她勉强自己用欢快的口气说道，“打完女人，扇完孩子，新丈夫跑去喝小酒。”

提姆一时无语，不知道该怎么应声。

内尔低下头，掌根抵着额头，瞪着桌子发呆。“我把事情弄得一团糟。我吓坏了，没办法动脑筋，但这不能算借口。我想，如果我们离开这里去讨生活，或许会更好的。”

离开家园？抛弃田地？难道失去爸爸的斧头和幸运币还不够吗？不过，有一件事她说对了，真是一团糟。

但我有了一把锁匙，提姆想到这里，忍不住用手指隔着裤袋去触碰它的形状。

“他去了哪里？”内尔问道。提姆知道，她问的不是伯恩·凯尔。

铁木道下去一两轮的地方。他会在那儿等我。

“我不知道，妈妈。”如果没记错，这是他有生以来第一次对妈妈撒谎。

“但我们知道伯恩去哪儿了，不是吗？”她笑了，又立刻收紧了笑容，因为一笑就疼。“他答应过米莉·雷德豪斯不再喝酒了，他也答应我了，但他太懦弱了。还是说……是因为我？是我逼得他去喝酒的，你说是吗？”

“不是这样的，妈妈。”但提姆心里不是那么确定。不是像她说的那样——她不是整日唠叨的女人，也不是没有打扫房间，或拒绝男女天黑后同房共眠的那种事——但从别的角度看，或许是和她有关。有些事神秘莫测，他很好奇：裤袋里的锁匙能不能解开谜团？为了忍住再次去摸索的冲动，他站起来，走向食品柜。“你想吃点什么？鸡蛋？你想吃的话，我可以做炒鸡蛋。”

她虚弱地笑笑。“谢谢你，乖儿子，但我不饿。我想，我还是去躺下吧。”她稍稍颤抖地站起身来。

提姆搀着她进了卧房。她脱下沾了泥巴的、白天穿的裙子，换上夜晚穿的睡袍，这段时间里，提姆望着窗外，好像外面有什么有趣的东西。当提姆转过身来时，她已经盖上被子躺好了。她拍了拍身边的床，他还小的时候，她总是这样示意他躺上来。那时候，爸爸也可能躺在她身边，穿着他那伐木工的长内衣，抽着自己卷的烟卷儿。

“我不能把他推出门了，”她说，“如果我办得到，我会的。但既然系了丝绳，这个家更像是他的，而不是我的了。对女人来说，法律可以很残忍。以前我从没想过这些，但现在……现在……”泪水又蒙上她的双眸，带出一种遥远而迷离的感觉。她很快就会睡了，这倒是件好事了。

他吻了吻她没被打出血痕的半边脸，正准备起身，她却又拉住他。“康文纳特大人对你说了什么？”

“他问我是不是喜欢继父。我不记得怎么回答他的了。我吓着了。”

“他用黑袍子裹住你的时候，我也吓坏了。我以为他想骑马把你带走呢，就像传说中的红王那样。”她闭起眼睛，又很缓慢、很缓慢地睁开来，眼神里有了一种近乎恐怖的神情。“我还记得，我还是个小丫头的时候，他到我爸爸家来——黑马，黑手套，黑披风，马鞍上有银纹。他那张惨白的脸，害我做了好多噩梦——好长的一张脸啊！提姆，你知道吗？”

他慢慢地摇摇头。

“他甚至带着同一只银盆，绑在马后头，因为那时候我也看到了。那是二十年前的事儿啦——唉，二十多年眨眼就没了——可他的模样还是没变。他根本没有老。”

她的眼睛又合上了。这一次没有再睁开，提姆轻轻地走出了卧房。

确定母亲入睡了之后，提姆往屋后的小房间走去，老凯尔的大木箱就是搁在那儿的，笨笨方方的，就在存放脏衣服的小房间外，上面盖了一条老旧的毯子。他对康文纳特大人说，他知道树村里只有两把锁，他却答说，噢，*我认为你知道第三把锁在哪里*。

他扯掉了毯子，盯着继父的木箱看。他时常抚摸它，好像它是他心爱的宠物，也时常在夜里坐在上面抽烟斗，后门开着，让烟雾散走。

提姆匆匆跑回前屋——脚上只穿着长袜，不敢吵醒他妈妈——透过前窗往外看。院子里空无一人，雨天的小路上不见老凯尔的身影。提姆只想看这个。现在，凯尔应该已经坐在基缇酒吧里了，不管有多少酒都可以灌下肚去，直喝到不省人事。

但愿有人揍他一顿，让他尝尝挨打的滋味。如果我年龄够大，我愿意亲自动手。

他回到木箱旁，用穿着长袜的脚无声地踢了一下，然后跪坐在木箱前，从裤袋里掏出了那把锁匙。那是把很小的锁匙，只有半块银子那么大，在他的指尖感觉滚烫滚烫的，好像它是有生命的。木箱前壁的黄铜锁上的锁眼要大得多。他给我的锁匙根本开不了这把锁，提姆心想。然后，他又想起康文纳特大人说过的话：这是一把魔法锁匙，可以打开任何锁，但只能用一次。

提姆把锁匙插进锁眼，滑动起来十分顺畅，好像天生就该是为这把锁而存在的。他加了一点力气，锁匙顺畅地转动，但就在转动的时候，锁匙身上的热度瞬间冷却了。现在，夹在他指尖的锁匙不过是一块冷冷的金属。

“用完一次之后，它就和尘土一样毫无用处了。”提姆口中念念有词，又环顾四周，好像已经看到老凯尔站在角落里，拖着阴沉沉的脸，两手握成了拳头。屋里没有别人，于是，他解开皮带，抬起了箱盖。铰链声吱吱呀呀，把他吓得一哆嗦，慌忙往后看。他的心越跳越凶，虽然那个雨夜很阴凉，他却感到额头沁出了汗滴。

最顶上放着些衬衣和裤子，大多数都没叠好，乱塞一气。提姆心想（带着前所未有的悔恨，这种苦涩的感觉实在很新鲜），只要他叫她干，我妈妈就得把它们洗干净、修补好、叠整齐。可他谢过她吗，是用胳膊肘打、还是揍在脖子上、脸上来表示谢意？

他把衣服抽出来后才发现，是衣服下面的东西让这个箱子这么沉重。凯尔的父亲曾是个木匠，早年的工具都在箱子里收着。不需要大人说，提姆就知道这些东西很值钱，因为它们都是金属打造的。他本可以把它们卖掉去缴税金的，我发誓，他从来都不用它们，也可能根本不知道怎么用。他本可以把它们卖给会用这些工具的人——比方说，“长指甲”哈格提——缴完税还能剩下许多钱。

有一个词最适合形容这种人的这种行为，多亏了寡妇斯迈克的教导，提姆才知道这个词：守财奴。

他试图把工具箱提出来，但一开始实在提不动。对他来说太重了。提姆把锤子、螺丝刀和磨刀石一样一样搬出来，搁在衣物上面。这下就提得动了。工具箱下面有五片斧子头，足以让老罗斯气呼呼地拍额头，那是他表示惊叹的方式。精打的钢片上有锈点，提姆可不想用大拇指去试探那些刀刃有没有钝。内尔的新丈夫偶尔磨磨他现在用的斧子，却很久都懒得去照料这些多余的斧刃。等他需要用它们的时候，它们说不定都没用了。

箱子的角落里塞了一只鹿皮小袋，还有一样东西用上好的鹿皮包覆着——提姆拿起它，揭开鹿皮布，里面露出一张甜美微笑着的女人像。丰盛的黑发垂荡在她的肩头。提姆不记得米莉森特·凯尔了——她去往谁都终究逃不过的空无境时，他大概只有三四岁——但他知道，那就是她。

他把小人像包好，放好，又拿起那个小袋子。他用手摸了摸，觉得里面只有一样东西，很小，但挺重的。提姆用手指把抽绳拉开，把袋子底朝上。雷鸣声又隆隆震响，提姆吓得浑身一颤，而压在凯尔的木箱底的那件东西也刚好掉落在提姆的手里。

那是他父亲的幸运币。

提姆把每一样东西照旧归位，除了属于他父亲的那一样。先摆好工具箱，再把木匠工具一样一样放回去，最后堆上衣物。他重新系好了皮带。一切都办妥了，但当他转动银锁匙时，它却不能动了，没法再扭动锁芯了。

像尘土一样无用了。

提姆站起来，还用那块老布把木箱子盖上，并用手摩挲了几下，尽量让它看起来和原先一样。大概会有用吧。他经常看到继父拍拍木箱，然后坐在上面，但很少看到他打开木箱，就算打开，也只是为了拿出磨刀石。短时间内，提姆的夜探或许不会被发现，但他心里清楚，不会永远不被发现的。早晚会有那么一天——也许会在下个月，但更可能是下星期（甚至明天！），老凯尔就会需要磨刀石，或突然想起来他除了随身包里的那些衣服，还有几件别的可以穿。他会立刻发现箱子的锁被打开了，假如他伸手去探鹿皮小袋子，就会发现里面的硬币不见了。接下去呢？接下去，他的新妻子和继子就会好好挨一顿打。恐怕是很吓人的那种打法。

那让提姆提心吊胆，但盯着那枚吊在一段银链上的、万分眼熟的红金色硬币，他感受到人生中第一次彻心彻肺的愤怒。那不是小男孩虚张声势的赌气，而是一个男子汉才有的暴怒。

他曾经问过老德斯垂，龙会怎样对付一个人？会疼吗？会不会留下……某些部分？农场主看得出提姆的悲痛，便慈祥地揽住他的肩膀。“不会疼，也不会留下什么的，孩子。龙的火焰是最灼热的——就和地心的岩浆那么灼热，我们这儿往南很远的地方，有时候，岩浆会从地下冒出来呢。传说都是这么说的。被龙火喷到的人会在一秒钟内被烧成细灰——衣服，靴子，皮带，所有的一切眨眼间就不见了。所以，如果你是想问你爸爸有没有受苦，那就别多虑啦。对他来说，顷刻之间一切都结束了。”

*衣服，靴子，皮带，所有的一切。*可是，爸爸的幸运币甚至没有弄脏，银链的每一节也都是完好无损的。可是，爸爸连睡觉时都不会摘下它的。那么，老杰克·罗斯到底遭遇了什么事？为什么这枚幸运币会在凯尔的木箱里？提姆有了一个可怕

的主意，他想起来，有人会告诉他这个可怕的主意是不是正确的，他认得他。也就是说，如果提姆够勇敢的话。

要晚上来，因为恶婆娘的儿子只要逮着机会就在白天睡一觉。

现在就是晚上，至少天已经黑了。

他妈妈还在沉睡。提姆在她身边放下了石板，上面写着：**我会回来的。别担心我。**

当然咯，没有哪个男孩能明白：当这种话写给母亲时，再多保证和安慰都是没用的。

提姆不想招惹凯尔的骡子，随便哪一头都是臭脾气。他爸爸养的那两头母骡都是从小善养的，脾气都很好。米斯蹄和比斯蹄都很温顺，没有被阉割，理论上是为了繁殖，但罗斯这么做更是为了保存它们的好脾气。“不想这事，”当提姆大到会问这种问题了，老罗斯曾经告诉他，“像米斯蹄和比斯蹄这样的动物不是用来生养后代的，就算交配，它们也几乎不可能生产出像样的后代。”

提姆挑中了自己一直很喜欢的比斯蹄，牵着缰绳走出了马道，继而翻身骑上没有马鞍的骡背。现在他的脚差点儿就要蹭到地面了，以前，他的腿脚不够长，只能到骡身的一半，他爸爸得托着他才能骑上去。

比斯蹄一开始无精打采的，垂着耳朵，走得有点吃力，当雷声渐退、雨水变得稀稀落落后，它才重新抖擞精神。比斯蹄不习惯晚上出来，但自从老罗斯死后，它和米斯蹄被圈得太久了，它好像也有点迫切……

也许他没有死。

这个念头像飞天的流星般猛然冲进提姆的头脑，有那么片刻，他被这种希望震得晕眩。老罗斯可能还活着，就在无尽森林里游荡呢——

是啊，月亮还可能是绿奶酪做的呢，我很小的时候，妈妈不是这样说的嘛。

死了。他的心里是明了的，就如同，如果老罗斯还活着，他的心也会明了的。妈妈心里也是知道的。她应该明了，并且决不嫁给那个……那个……

“那个混蛋。”

比斯蹄的耳朵抖了抖。他们走到了大道尽头，刚刚经过寡妇斯迈克的家，森林的气息越来越浓郁了：花木的清香里带一点辛辣味，更浓重的铁木沉香萦绕其中。一个小男孩独自骑行，走上了铁木道，连柄斧头都没有，完全没有防御力，这俨然是疯狂的做法。提姆明白，但还是一心一意地往前走。

“爱打人的大混蛋。”

这一次，他骂得很轻声，几乎闷在了肚子里。

比斯蹄认得路，沿着树村大路走到花木林尽头时，路变窄了它也没有丝毫犹豫；铁木道的边缘再次收窄时，它也没有犹疑。不过，当提姆意识到自己当真进入了无尽森林时，他勒住了缰绳，在背包里好好翻了一通，总算找到了出门前从谷仓里顺手带出的一盏小煤灯。灯座上的锡制小灯泡里灌满了煤油，沉沉的，他估摸着至少能点亮一个小时。如果他省点用，说不定两个小时都够了。

他在大拇指上擦亮了一根火柴（这是爸爸教给他的小戏法），转动旋钮，让灯泡升到煤灯细长的瓶颈里，再把火苗凑近点灯槽——人们都叫这条细缝“玛丽门”。一簇蓝白色的火焰亮起，灯点燃了。提姆把灯提高，喘了口气。

以前，他跟着父亲来过铁木道，来过好几次了，但从没晚上走到这么深，现在，眼前的光景已足够让他考虑掉头折返了。在最接近文明村落的这一带，最好的铁木都被砍伐了，只剩下粗矮的树桩一截截竖立着，但还余下很多参天大树，高耸在这个小男孩和他的小母骡的头顶。又高又直，就像葬礼上的曼尼族长老（提姆在寡妇的书里见过这样一幅画），在它们高不见顶的威慑下，他那盏小灯的光亮简直微不足道。铁木树干的底部四十英尺非常光滑，再往上，分枝犹如高举的手臂指向天空，在窄小的铁木小径上投下纵横交错的树影。因为在人行高度上没有分枝，只有又黑又粗的树干，走在林间是没问题的。当然，也可能冒出来一段尖利的树桩，割破你的喉咙。不管是谁，只要笨到在铁木道上漫不经心地游走——或是更贸然地走到深处——就会很快迷失在迷宫般的林子里，并可能饿死。当然，前提是他没有被野兽吃掉。仿佛是为了验证这种思路，黑漆漆的树林里传来了某种大动物发出的声音，好像在嘶哑地嗤笑。

提姆自问，到底在这里干什么？明明有一张温暖的床铺着干净的床单，在他从小到大生活的小木屋里等着他。然后，他抚摸了父亲的幸运币（已经吊在他的颈项上了），心意便坚决了。比斯蹄开始左顾右盼，好像在问：*接下去呢？往哪条路走？向前还是向后？你是老板你说了算。*

提姆不敢肯定熄灭油灯后自己还有没有胆量挺进黑暗，他想把灯油攒到关键时候再用。虽然他已经看不到铁木了，但可以感觉得到它们从四面八方挤来。

不管怎样，都要继续往前。

他用膝盖夹了夹比斯蹄的肚子，嘚嘚嘚地喊了几声，比斯蹄就继续往前走了。从它顺畅的步态来看，提姆知道它是沿着右手边的车轮印在走。它也用这种平静告诉他，它没有感觉到危险。至少目前还没有，不过，说实话，骡子怎么能感知危险呢？照理说，应该是他来保护它才对。无论如何，他是老板他说了算。

噢，比斯蹄，他在心里说，但愿你是知道的。

他到底走了多远？到底还要走多远？在他的疯劲儿消失之前，他还会走多远？在这个世界上，他是妈妈唯一的爱和依靠了，所以，还有多远？

他觉得，把花木林的芳香抛在身后之后，自己已经骑行了十轮、甚至更远，但他心里清楚。他也很明白，听到的“沙沙沙”是翻土季风吹在高高分枝间的声响，并不是空嚼着嘴巴、找寻夜宵吃的无名怪兽跟在他后面的脚步声。他明明是知道的，可为什么风声听来这么像喘息声呢？

我数到一百，就让比斯蹄往回走，他这样对自己说，但当他数到一百了，黑漆漆的周遭还是没有给他和勇敢的小母骡（还有跟在身后、越来越近的无名怪兽，他那不争气的脑瓜硬要这么想）什么新的动静，于是，他决定再数两百。结果，当数到两百八十七的时候，他听到一根树枝折断的脆响。他拧亮灯火，高高举起，照向四周。可怖的黑影好像要挺起身，继而冲向前攫住他了。还有，灯光一闪，是不是有什么匆忙退出光影？他是不是看到了一只红色的眼睛？

当然没有，但是——

提姆猛吸了一口冷气，把煤气灯拧灭，嘚嘚嘚地喊起来——第一次甚至没嘚出来，第二次才行。之前一直很平静的比斯蹄现在似乎很紧张，不愿意往前走了。但它真的是相当温顺、相当听话的好骡子，听到主人的指令，它放弃了自己的意志，重新举步前行。提姆继续数数，没过多久就数到了两百。

现在开始我要倒着数，数到零，如果还是没有看到他，我真的要回去了。

倒着数，数到十九的时候，他看到一星橘红色的火苗在左前方跳了一下。那是营火，提姆毫不犹豫地判断出那是谁点起的。

跟着我的怪兽根本不是在我后面，提姆心想道，它是在前面。你的火光或许算是营火，但也是我刚刚看到的那只眼。红色的眼睛。我应该趁早回头。

接着，他碰到了抵在胸口的幸运币，继续前行。

他重新拧亮灯火，举高。有许多被当地人称作“短截”的小径以铁木道为主干地四散开去。就在他的正前方，有一块钉在低矮桦木上的木板标示了一条短截小径，字迹潦草地写着**考辛顿-玛奇利**。提姆认得这两个人。皮特·考辛顿（那年也惨遭不幸）和厄内斯特·玛奇利都是伐木工，以前时常来罗斯的木屋吃晚餐，罗斯一家三口也常常到他们家去吃饭，不是考辛顿家，就是玛奇利家。

“都是好人，但他们走不远。”有一次吃完饭，老罗斯对儿子说过，“靠近花木林的地方还剩着很多不错的铁木，但真正的好家伙——最结实、最纯粹的铁木——都在森林的深处，铁木道的尽头、靠近法戈纳德的边境线的地方。”

也就是说，我其实只走了一两轮，只不过，黑暗让人有了各种错觉。

他敦促比斯蹄走上“考辛顿-玛奇利短截径”，不到一分钟，就走到了一片林中空地，只见康文纳特大人坐在一截断木上，面前是一堆烧得很旺的营火。“嘿，这不是小提姆吗，”他说道，“算你有种，哪怕再过两三年你的小蛋蛋上才能长出毛来。过来，坐下，喝点汤。”

提姆没有十足的把握，要不要喝他的汤？这个古怪的陌生人的晚餐是吃什么的呢？但他今天晚上什么都没吃，搭在营火上的汤锅飘出肉香，让他垂涎欲滴。

康文纳特大人好像一眼就能读懂这位小访客的表情，知道他心里七上八下的，便说道：“小提姆，汤里没下毒。”

“我知道没有。”提姆说着……但既然都扯到毒药了，他反而不确定了。反正，他眼看着康文纳特大人往锡盘里舀了一大勺汤，也接过了他递来的锡勺，勺子歪歪斜斜的，但很干净。

晚餐没什么神秘的，炖的是牛肉、马铃薯、胡萝卜和洋葱，汤底是鲜美的肉汁。提姆蹲坐在地，一边吃，一边看比斯蹄谨慎地挨近康文纳特大人的黑马。那匹已成年的公马轻快地碰了碰温顺的小母骡的鼻头，然后就转身走向（提姆觉得，那姿态挺倨傲的）康文纳特大人洒在地上的一堆燕麦——考辛顿和玛奇利留下的木屑片都被细心地拣出去了。

提姆吃饭的时候，收税人没有和他交谈，而是一心一意地用脚后跟在土里踢，踢出了一个小坑。旁边就搁着那个系在陌生人行李后面的银盆。关于母亲说的话，提姆觉得难以置信——一个用银子打造的盆该值多少钱呀！——可它看起来确实是银的。到底要熔多少块银子，才能做出这个东西？

康文纳特大人的鞋跟踢到了一截树根。他从披风下摸出一把刀——几乎和提姆的前臂一样长——干净利索地割断了树根。接着，他继续踢，哒、哒、哒。

“你为什么要挖洞？”提姆问。

康文纳特大人抬起头，缓缓地现出一个笑容。“等一会儿，说不定你就会找到答案。也可能不会。我认为你会。你吃完了吗？”

“吃完了，我说谢了。”提姆连拍三次喉头，以示谢意。“很好吃。”

“好。亲吻一时，煮饭一世——曼尼人如是说。我看到你在欣赏我的盆。很漂亮，是不是？那是伽兰的古董。在伽兰，真的有龙，无尽森林的深处也依然有龙火喷腾，我敢肯定。小提姆呀，你已经学到一点了。狮子成群，有霸气；乌鸦成众，有杀气；貉獭抱团，有戾气；骄龙上天，有火气。”

“龙的火。”提姆念叨着，玩味着。他猛然悟出了康文纳特大人话里的意思。“如果无尽森林里的深处有龙——”

没等他说完，康文纳特大人就打断了他。“吧啦吧啦，咿咿呀呀，别提那些想象的场面啦。眼下的事就要搁在眼下，你拿上盆，给我取点水来。这片空地走到头，你就会看到水的。你得带上你的小提灯，因为营火照不到那么远，而那些树里还住着一条大蛇。它鼓得可厉害呢，也就是说，它刚吃饱没多久，但换做是我的话，决不会在它眼皮底下取水。”他又笑了一下。提姆觉得那是邪气的坏笑，但也不意外。“不过呢，对于一路只有父亲的小骡子作伴就敢来无尽森林的小男孩来说，想怎样就怎样。”

盆确实是银的；那么重，不可能是别的材质。提姆笨拙地把盆夹在胳肢窝下，用另一只手举高了煤气灯。快走到空地尽头的时候，他开始闻到一种难闻的腥味，还听到一种低沉的声响，好像有很多张小嘴在咂巴不停。他停下了脚步。

“先生，你不会想要这里的水。脏了。”

“别跟我说我想要什么或不想要什么，小提姆，你只管把盆装满水就成。还有哦，记得我跟你说的大蛇，就算我求你了。”

男孩跪下来，把盆放到身前，又瞧了瞧泥泞不堪的小溪流。水里尽是又肥又白的小虫子，黑色的头大大的，和身体简直不成比例，细长的虫身前顶着一颗颗大眼珠。它们像是水蛆，而且，好像正在争食。提姆细看了一番，突然明白过来，它们是争食对方的身体。刚刚吃过的炖肉让他直犯恶心。

这时，头顶上的声音听来像是有一只手顺着砂纸往下滑。他把煤气灯举高了一点。在他左侧的那棵铁木上，有一条巨大的红蛇挂在最低矮的分枝上。矛头形的蛇头比他妈妈厨房里最大的壶还要大，正冲着提姆。琥珀色的蛇眼里，细缝般的黑色瞳仁昏昏沉沉地盯着他。分叉的红信子突然伸出来，摆动了几下，又突然缩了回去，发出一种黏糊糊的声响。

提姆尽可能快速地让银盆舀满臭水，但因为神思都被头顶上那虎视眈眈的动物夺走了，不经意间，几条虫子爬上了他的手，一登陆就要开咬。他又痛又恶心地轻喊了一声，慌忙把它们掸掉，这才捧着盆回到了营火边。他走得很慢、很小心，心念着别洒了一滴，因为这盆脏水里有太多活物蠕蠕动动。

“这要是用来喝，或是洗……”

康文纳特大人看着他，脑袋扭向一边，等他把话讲完，但提姆没再往下说。他只是把盆在康文纳特大人身边放下来，这时，他好像已经忙完了，不再用脚后跟挖莫名其妙的地洞了。

“不是用来喝，也不是用来洗，但我们如果愿意，也可以试试。”

“先生，别开玩笑了！这水太脏了！”

“这个世界就是脏的，小提姆，但我们懂得如何应付，不是吗？我们呼吸这个肮脏世界的空气，吃肮脏世界的食物，做肮脏世界里的肮脏事情。是的。是的，我们就是这么做的。没关系。老伙计。”

康文纳特大人指了指盆里的脏东西，又到他的随身包袋里翻了一会儿。提姆看着虫子吃虫子，厌恶至极，却又好像看入了迷。会不会到最后，只留下一只虫子——最强悍的那一只？

“啊呀，找到了！”康文纳特大人取出了一根钢棒，白色的棒尖看似象牙做的。他蹲下身来，这样一来，他俩就能在内容生猛的水盆上方面对面平视了。

提姆瞪着那只戴着手套的手捏着的钢棒。“这是根魔杖吗？”

康文纳特大人显然思索了一下。“我想应该算吧。虽然它最初是用作一辆道奇的变速杆。那是美国人的经济实用车，小提姆。”

“美国是什么？”

“一个很多白痴爱玩具的王国。这和我们的主题没有关系。就算你们没福气享用那些东西，但你得知道，还要告诉你的子子孙孙：到了某些人手里，任何物体都可以有魔力。好了，仔细瞧！”

康文纳特大人把披风往身后甩了甩，露出了胳膊，将魔杖举在满是臭虫、浑浊不堪的水盆上挥动了一下。提姆瞪大了眼睛，眼睁睁地看到所有虫子都不动弹了……浮到了水面上……消失了。康文纳特大人又挥动了一下魔杖，水也不再浑浊了。看起来，这水显然是可以喝的了。提姆亲眼看到清水映出了自己瞠目结舌、低头痴看的那张脸。

“众神啊！你究竟——”

“别说话，笨孩子！哪怕对水有一点点骚扰，你就会什么都看不到！”

康文纳特大人将那根临时充数的魔杖挥动了第三次，提姆的倒影也不见了，就和刚才的虫子和浑水一样。取而代之的颤动着的图景，竟是提姆家的小木屋。他看到了母亲，也看到了伯恩·凯尔。凯尔正从放着大木箱的后屋步履不稳地走进厨房。内尔站在炉灶和餐桌之间，穿着刚才提姆看到过的那条睡袍。凯尔的眼睛红通通地鼓凸着。他的头发湿乎乎地贴在额头上。提姆一看就明白了，就好像他不是在盆里看、而是亲身在那间屋子里，这时的凯尔肯定是一身酒臭，闻都可以闻出来他喝了多少杰克螺丝。他的嘴巴在动，提姆一看形状就猜得出他是在说：*你怎么打开了我的箱子？*

不！提姆真想大喊一声，*不是她，是我！*但他的嗓子眼好像被堵住了。

“喜欢吗？”康文纳特大人悄悄地问道，“你是不是很喜欢这档节目呀？”

内尔先是退缩，背靠到了食品柜门，又转身想跑。但还没等她跑开，凯尔就一手攫住她的肩膀，另一只手揪住了她的头发。他狠命地摇晃她，好像她只是个碎布娃娃，继而狠狠地把她摔向墙壁。他在她身前来回摇摆，好像马上就要摔倒了。但他没有倒下，反而在内尔再想逃开的时候，顺手抓起水槽边那只沉重的陶罐——正是提姆用来倒水、想帮她缓解伤痛的那只罐——朝着她的前额中央砸了下去。罐子破了，他的手里只剩了把手。凯尔扔掉它，再次揪住他的新婚妻子，拳头像雨点一样落在她身上。

“不！”提姆尖叫。

他的呼气拂过睡眠，幻象即刻飘散无踪。

提姆跳起来，冲向比斯蹄——它正讶异地瞧着他。在他的脑海里，杰克·罗斯之子早已在铁木道上飞速骑行，用脚后跟拼命地敦促比斯蹄快点跑，跑出它的全速为止。但在现实中，他跑了还没三步远，就被康文纳特大人拦住，又把他拖回了营火边。

“吧啦吧啦，小提姆，不用十万火急！我们的闲谈刚刚开始，要结束还早呢。”

“放开我！万一他已经打了她，她就快死了！除非……这只是个魔法？是你要的小把戏吗？”提姆心想，如果真是他的恶作剧，对深爱母亲的小男孩来说，实在是最恶毒的玩笑了。但是，他还是希望这只是个魔法。他希望康文纳特大人会大笑一通，说，*这次我可真是牵着你的鼻子走呀，是不是，小提姆？*

康文纳特大人摇摇头。“没有开玩笑，也不是魔法，因为这个盆从来不撒谎。恐怕，事情已经发生了。醉酒的男人会对女人下狠手，不是吗？但你再看一次。这一次，你可能会找到些许安慰的。”

提姆在银盆里屈下了双膝。康文纳特大人用钢棒在水面上弹了一下。似有一阵微微的薄雾笼在水盆上了……或许，只是提姆的眼花了，因为眼睛被泪蒙住了。无论是什么原因，含糊不清的那层感觉消淡了。现在，他在浅浅的水里又看到了小木屋的门廊，好像有个没有脸孔的女人倾在内尔身上。在这个女人的帮助下，内尔慢慢地、慢慢地站起来了。没有脸孔的女人搀扶着内尔转向前门的方向，但见她痛苦地挪着颤抖的步子往门口走去。

“她还活着！”提姆喊出声来，“我妈妈还活着！”

“她是活着呢，小提姆。伤痕累累但不屈不挠。好吧……就算有一点屈背吧。”他噗嗤一声笑出来。

这一次，提姆没有朝水盆里喊叫，而是朝向正前方，所以幻象没有消失。他明白，在帮他妈妈的女人好像没有脸孔是因为她戴着面纱，摇晃不定的幻象边缘还能依稀看到一头小骡子，那就是她的坐骑：小阳光。他喂过它、洗刷它很多次了，还常带它遛弯儿。在树村小私塾里的很多学生都会这么做；他们的女校长也会称之为“交学费”的一种方式，但提姆从没见过她当真骑过它。要是你问他，他肯定会说：她大概连骡子都骑不了。因为她总是打颤。

“那是寡妇斯迈克！她怎么会在我们家的？”

“也许你会亲口问她的，小提姆。”

“是你用了什么办法让她去的吗？”

康文纳特大人微笑着摇摇头。“我是有很多嗜好，但拯救悲苦少妇不算其一。”他弯腰凑近银盆，帽檐遮住了他的脸。“哦，我的天呀，我相信她仍然很悲苦呢。这也不奇怪；这顿暴打可不轻呢。人们常说看眼睛能看出真相，但要我说，真相都在手上。看看你妈妈的手，小提姆。”

提姆也弯下腰去看。在寡妇的搀扶下，内尔伸着十指，摸索着穿过门廊，但她没有朝门口去，却眼看着要撞上墙了，其实门廊并不宽，门口就在她跟前。寡妇帮她调整了方向，两个女人这才一同走进门里。

康文纳特大人的舌头在上牙床上弹出哒哒的怪响。“小提姆，情况不妙呀。拳头打在脑袋上，结果会很惨呢。哪怕死不了，也会留下重伤。持续的重伤。”他说的事情很沉重，但眼神里却闪现出不可理喻的欢悦。

提姆却很难注意到这些。“我得走了。我妈妈需要我。”

他再一次奔向比斯蹄。这一次，他差一点跑到一半了，康文纳特大人又把他揪了回来。他的手指像钢棒一样硬。“提姆，走之前——当然，你会带着我的祝福走的——你还有一件事要做。”

提姆觉得自己就快要发疯了。大概，他心想道，我现在是躺在床上发着高烧、做着胡梦。

“带着我的盆回溪边，把水倒掉。但不能倒在你取水的地方，因为那条大蛇对周遭的事好像越来越好奇了。”

康文纳特大人拾起提姆的煤气灯，把灯光拧到最亮，并且举得高高的。现在，那条蛇几乎完全垂下了长长的身子。不过，剩下的三英尺——末端消失在了那矛头形的脑袋里——扬得高高的，来回甩动着。琥珀色的蛇眼一动不动地盯着提姆的蓝眼睛。蛇舌飞速地吐伸出来——嘶——刹那间，提姆看到了两颗长长的尖牙。在煤气灯投射出的光晕里，蛇牙反射出一道犀利的白光。

“往它左边走，”康文纳特大人给他出主意，“我会陪你去，帮你望风。”

“你就不能自己去倒吗？我想回去找我妈妈。我得——”

“你妈妈不是我带你来这里的缘由，小提姆，”康文纳特大人好像突然变高大了，“行了，照我说的去做。”

提姆捡起银盆，从左侧斜穿过林中空地。康文纳特大人还是高举小灯，走在他和蛇之间。大蛇跟着他们的移动方向而扭动身体，尽管铁木挨得很近，最低矮的分枝也交叠错综，它本可以轻松地跟过来，但最终也没有显露出这种企图。

“这段树桩属于考辛顿-玛奇利的木源，”康文纳特大人好像一刻也不能停止说话，“你大概看到那块牌子了。”

“嗯。”

“能读会写的小男孩真是我们领地里不可多得的人才呀。”康文纳特大人越走越近，提姆不由得起了一身鸡皮疙瘩。“有朝一日，你会缴上一大笔税金呢——我一直认为你不会在今晚死在无尽森林的……明晚也不会……后天也不会。不过，为什么要杞人忧天呢，嗯？”

“你知道这是谁的木源，但我知道得更多一点。我是在巡游时发现的，一路上还得知了弗兰基·西蒙斯的腿断了，怀兰德的小孩得了乳毒症，里弗斯的母牛都死了——东倒西歪的，都剩了没几颗牙——还有诸如此类的一大堆闲话。人们是怎么说话的哦！但是，小提姆啊，说到重点了。我早在满土节就听说了，皮特·考辛顿倒在树下了。树总是这样，倒下来的时候不听指挥，尤其是铁木。我一直觉得吧，铁木是会思考的，所以才有那种仪式：砍伐铁木时要每天祈求它们的饶恕。”

“我知道考辛顿先生出了意外。”提姆说道。尽管心里急得要死，但话题转到这里，他不禁好奇起来。“我妈给他们家送了汤，哪怕那时候她还在为我爸服丧。那棵树倒下来，砸在他背上，但不是拦腰砸断——那他的命肯定保不住了。其实，这阵子他已经好多了。”

他们已经快走到水边了，但这儿的臭味没那么冲，提姆也没有听到那些精力充沛的虫子的声响。这还好，但那条大蛇依然贪婪地死死盯着他们，这可不太好。

“是啊，‘大块头’考辛顿老哥又能干活了，我们都得说谢啦。但是，他卧床养伤的时候——也就是从你爸爸遇到龙之前的两星期开始，到之后六个星期——这段木桩、以及考辛顿-玛奇利木源里的每一棵树都没人搭理，因为厄内·玛奇利和你的后爹不一样。也就是说，他可不愿意不带搭档就在无尽森林里砍树。当然了，和你后爹也不一样的是——‘慢手’厄内确实还有个搭档。”

提姆想起紧贴在胸前的幸运币，也想起来他冲动跑这一趟的根本原因。“根本没有龙！但凡有龙，它就会把幸运币烧成灰，连同我爸爸一起烧光！那它为什么会在凯尔的木箱里呢？”

“小提姆，去把我盆里的水倒干净。你不会在水里看到臭虫，没虫子来烦你了。这里没有。”

“但我想知道——”

“闭嘴，倒水，只要盆是满的，你就别想离开空地。”

提姆跪下来，照着吩咐去倒水，一心只想倒完就走人。他一点儿不关心皮特·“大块头”·考辛顿，也不相信这个穿着黑披风的人关心他。他就是要戏弄我，或者说，折磨我。也许他根本不知道两者的区别。但只要他的盆空了，我就要骑上比斯蹄，能多快就多快地赶回家。他拦我也没用。就让他试试——

提姆的想法突然断线了，就像靴底的干树枝，断得干脆利落。他失手掉了盆，盆在厚厚的灌木丛里掉了个底朝天。这儿的水里没有臭虫，这件事康文纳特大人说对了；溪水就和他家小木屋旁的泉水一样清澈。但在水面下六英寸、或是八英寸的，是一具人尸。湍急的溪水已将衣衫冲破，现在只剩了片片缕缕漂在水里。眼皮不见了，大部分头发也没有了。脸孔和双臂曾被晒得很黑，现在却白得像石膏。但不管有怎样的变化，仍能清楚地看出来，这是老杰克·罗斯。要是没有那双无眼睑、无睫毛的眼睛，提姆或许会相信他爸爸还会起身，浑身滴着水，再把他揽进怀里。

大蛇贪婪地嘶叫一声。

听到这声音，提姆的内心仿佛有什么爆裂了，他开始尖叫。

康文纳特大人硬要把什么东西塞进提姆的嘴里。提姆拼命想躲开，但没有用。康文纳特大人只需抓紧提姆后脑勺的头发，等他开口叫喊时，长瓶颈就塞到了他的齿间。某种热辣辣的液体顺着他的喉咙流了下去。那不是烈酒，因为他没有醉，反而冷静下来了。更厉害的是，它让他觉得自己的头脑里冲进了一个冷酷的访客。

“等十分钟，劲儿过去了，我就会让你去忙乎自己的事。”康文纳特大人说道，他不再用那种插科打诨的戏谑口吻。他也不再叫小男孩“小提姆”了；他什么称呼都不用了。“把你的耳朵挖出来，好好听着。从这儿往东四十轮，有间旅人客栈，我常在那儿听人闲扯，有一个段子是说一个伐木工被龙烧死。每个人都知道那故事。他们说，那条母龙和房子一样大。我知道，那都是胡扯。我相信，森林里或许有只老虎——”

说到这儿，康文纳特大人的嘴角略微上翘了一点，好像飞快地笑了一下，但一眨眼又没了笑意。

“——但是，龙？绝不可能。百余年来都没有龙这么靠近文明地带，也从没有哪条龙像房子那么大。我的好奇心被勾起来了。倒不是因为老罗斯是纳税人——曾经是——但我确实是这么搪塞那些没牙的老家伙们的，也只有他们敢说敢扯。不，仅仅是出于好奇心，别人一直拿这点来攻击我，说我太想知道秘密了。早晚有一天，好奇心会把我害死的，对此我毫不怀疑。

“昨晚，我也在铁木林里露营，然后才开始巡游。也就是在昨晚，我把铁木道走到了尽头。在快到法戈纳德沼泽地的地方，几个木桩上的牌上写的是‘罗斯和凯尔’。我在溪流快流进污浊的沼泽之前的地方取了水，盆满了，你猜我看到了什么？哇，是一块写着‘考辛顿–玛奇利’的标牌。我收拾行李，骑上黑仔，退到了这里，只想看看我能发现什么。没必要再问水盆了，我看到了，连大蛇都不敢贸然靠近，连臭虫都不敢弄脏那片溪水。那些虫，吃起肉来贪得无厌，但根据老妇人们的说法，它们不会吃有德性的人。老妇人们常常信口开河，但这件事嘛，好像是说对了。溪水冰凉，将他保存下来，他看起来没有伤，是因为谋杀他的人是从背后下手的。我把尸体翻了个身，看到他的头骨裂了，就再把他翻回来，省得让你看到那种场面。”康文纳特大人停顿了一下，又说道：“而且，我猜想，如果他的灵魂还在尸身附近，那也能让他看到你。关于这一点，老太婆们的意见不太一致。你还好吗？还是想再来点能药？”

“我没事。”提姆从没扯过这么大的谎。

“我想我知道凶手是谁，而且有十足的把握——我猜想，你也一样——但凡还有点疑惑，都在基缇酒吧里弄清楚啦，我到树村的第一站就是去那儿。每到缴税季，当地的酒商总能呈上十几块银子，但也不会再多了。就是在酒吧里，我得知伯恩·凯尔和他死去拍档的未亡人牵了丝绳。”

“因为你！”提姆的语气死气沉沉，听起来完全不像是他的声音，“全都是你那些该死的税！”

康文纳特大人将手捂在胸前，带着受伤的口吻说道：“你误会我了！让老凯尔在他的床上辗转反侧这么多年的根本不是税，哎呀，甚至当他身边有伴儿可以点燃他的小火炬的时候！”

他继续说，但他说的“能药”的劲儿过了，提姆觉得自己什么也说不出来了。突然间，他不再觉得冷，而是火烫火烫，好像身体要烧起来了，胃袋里翻江倒海。他跌跌撞撞地奔向依稀残燃的营火，腿脚一软，跪倒在地，把刚才的晚餐全吐进了康文纳特大人用鞋跟挖出的地洞里。

“瞧！”黑披风男子欢呼起来，好像由衷地恭喜自己。“我就猜到那玩意儿会派上用处的！”

提姆吐完了，呆呆地坐在余火未烬的营火旁，垂着脑袋，头发搭在眼帘前。“现在，你会马上起程回去看你妈，”康文纳特大人说道，“你是个好孩子。但我有些东西或许你会想要。再有一分钟就好。对内尔·凯尔来说没什么区别；她是怎样，还是怎样。”

“别这么叫她！”提姆吐了一口唾沫。

“那该怎么叫？她不是结婚了吗？结得匆忙，悔得从容，老人们不都这么说吗？”康文纳特大人再一次探手到他那满满登登的行李里摸索，披风就像一只恶鸟的双翼在他身旁翻腾。“他们还说，系上的丝带就不能解开，他们是说真的。在塔的某些层面里，有一个好笑的词，叫做‘离婚’，但在我们中世界这个迷人的小角落里可没那种事儿。好了，我们来瞧瞧……就在这儿……”

“我不明白，为什么大块头皮特和慢手厄内没有找到他呢？”提姆呆呆地问。他觉得浑身的气都泄光了，人空了。内心深处还有某种情绪在涌动，但他不知道该如何形容。“这是他们的地盘……他们的木源……考辛顿的伤好了以后，他们就回来伐木了。”

“没错，他们砍伐铁木，但不在这儿。他们还有好多木源，只是暂时没顾上这一片。难道你不知道原因吗？”

其实，提姆是知道的。大块头皮特和慢手厄内都是善心的好人，但不算是最勇敢的伐木工，砍伐铁木的时候他们不敢走到太深的森林里去，顶多到这里了。“我懂，他们在等大蛇挪窝。”

“瞧这聪明的娃儿，”康文纳特大人赞许地说道，“他明白得很呢。那你觉得，你后爹又会如何作想呢？他也知道那条大树虫随时都可能挪窝，那两个家伙也会回来干活。除非他凑够了胆，独自一人来把尸首藏到更深处的林子里去，否则他何苦回来找自己罪行的痕迹？”

现在，那种新鲜的情绪在提姆的心里激涌得更凶了。他很高兴。无论如何，总比替他妈妈感到无助的恐惧要好。“我希望他心神不宁。我希望他夜不成寐。”渐渐地，他明白过来了。“所以他才又开始喝酒了。”

“真聪明呀，比他的……聪明多了！啊！找到了！”

提姆已经开始解比斯蹄的缰绳，准备骑上去了，就在这时，康文纳特大人转向他，凑过去，披风下面掩着什么东西。“他是一时冲动，肯定的，事后肯定惊慌失措。否则，他干吗编造那么离谱的故事呢？别的伐木工都很怀疑，这一点你应该可以确定。他生了一堆火，尽可能地靠近火焰，只要还能忍受就多待一会儿，让他的衣服烧出破洞，也不惜弄伤他自己的皮肉。我知道，因为我是在他生的那堆火的余烬之上生火的，我对他的念头了如指掌。但在烧火之前，他把死掉的搭档的随身包扔到了溪对面，能扔多远就扔多远。我敢保证，你爹的血还没在他手上干透呢。我涉水而行，找到了那只包。大多数东西都没用了，但我为你留了一样。有点锈了，但我用自己的浮石和磨刀石把它重新打磨得光光溜溜的了。”

他从披风下抽出了老罗斯的手斧。新磨的斧刃十分锋利，刃边闪着冷光。此时的提姆骑跨在比斯蹄的背上，接下了这柄斧，送到自己的唇边，亲吻了那冰凉的钢铁。接着，他把斧头插到自己的腰带里，斧刃朝外，就像很久很久以前老罗斯教过的那样。

“我看到你的脖子上挂了一块铑金。是你爸爸的吗？”

骑在骡背上的提姆几乎能和康文纳特大人平视。他说：“在那个杀人的混蛋的木箱里找到的。”

“你得了他的幸运币，现在又得了他的斧。我想知道，如果卡给你机会，你会把它用在哪里呢？”

“他的脑袋里，”那股情绪——纯粹的愤怒——终于像扑火之蝶冲破了他的心防，“从前面也好，后面也好，我都愿意。”

“太棒了！我就喜欢有主意的男孩！去吧，你所知的众神保佑你，再送一个耶稣人神给你。”给男孩上足了发条之后，他再转回身重新拨弄营火。“我或许会在铁木林里再逗留一两个晚上。我发现今年翻土季的树村特别有意思。留意绿色的息灵，我的孩子！她会发光，真的会发光！”

提姆没有应答，但康文纳特大人肯定，他听到了。

只要他们被上足了发条，就永远逃不开了。

寡妇斯迈克肯定是透过窗户看到了他们。比斯蹄跑得腿脚都酸痛了，提姆刚让它踏上门廊（尽管他心急如焚，但最后半英里路他还是下了骡子，牵着她跑），斯迈克就冲了出来。

“感谢众神，感谢众神。你妈妈还以为你多半是死了呢。进来，快进屋。让她听听你、摸摸你。”

直到后来，提姆才完全领会这些话的重点。他把比斯蹄系在小阳光的旁边，三步并作两步地跑上台阶。“夫人，你怎么知道要过来帮她？”

寡妇朝向他（蒙着面纱的脸应该不完全算是脸）。“提摩西，你的脑瓜不中用了吗？你骑着骡子跑过我家，把骡子赶得都快喘不上气了。我想不出你为什么这么晚还要出去，而且是朝森林里跑，所以我过来问问你妈妈。但是，来吧，语气尽量欢快些，如果你爱她。”

寡妇带着他走过起居室，屋子里的两根蜡烛都快烧光了。在他妈妈的卧房里，蜡烛放在床边桌上，就着黯淡的烛光，他看到内尔躺在床上，大半张脸都包在绷带里，头颈上还围着一个什么东西，像衣领子，但已浸满了血污。

听到了脚步声，她立刻坐起来，一脸疯狂的表情。“是凯尔的话，离我远点！你打够了吧！”

“是提姆，妈妈。”

她转向他的声音，伸出了双臂。“提姆！快过来！到我这里来！”

他在床边跪下，吻上她没有被绷带绑住的那边脸，一边吻一边哭。她还穿着那件睡袍，但颈部和胸部都沾了血，变得硬邦邦的。提姆亲眼看到继父先用陶罐毒打她，再报以老拳。他看到了多少拳？他不知道。而当幻象从银盆的水中消失后，又有多少拳落在可怜的妈妈身上？太多了，多到让他意识到，她还活着实在是幸运的，但有一拳——很可能是陶罐打的那一下——把他妈妈打瞎了。

“这是震荡伤。”寡妇斯迈克说。她坐在内尔卧房里的摇椅上，提姆坐在床上，握着母亲的左手。右手有两根手指断了。老寡妇偶然来访之后，一定是分秒都没歇着，她从内尔的另一件睡袍上扯下一些法兰绒布条，把断指用临时凑合的小夹板固定住了。“以前我见过。脑子里会有肿胀。等肿胀消了，她说不定就能看到了。”

“说不定。”提姆凄凉地应声。

“提摩西，如神许意，必将有水。”

我们的水已被下毒了，提姆心想，而且不是出于任何一位神之手。他张开口，想这么说，但寡妇摇了摇头。“她睡着了。我给她喝了点草药——不是很烈的，我不敢给她下猛药，毕竟他朝她的头部毒打了一通——但会让她稳定下来的。我肯定，草药是有效的。”

提姆低头看了看母亲的脸——惨白得吓人，寡妇包的绷带的缝隙露出的皮肤上仍是血迹斑斑的——然后抬头看向他的老师。“她会醒过来的，对吗？”

寡妇又说了一遍：“如神许意，必将有水。”面纱下含糊不清的嘴可能挤出了个笑容。“这件事上，我相信神会满足你的心意。她很坚强，你妈妈。”

“夫人，我可以和你谈谈吗？因为，要是我不和谁说说，我会爆炸的。”

“当然可以。我们去门廊吧。今晚我会留下来，陪着你。你愿意吗？还有，可以收留小阳光吗？”

“当然，”提姆答道。他舒了一口气，竟然真的微笑了一下，“我说谢了。”

空气甚至比先前更热了。以往的夏夜里，老罗斯最喜欢坐在摇椅里，现在，摇椅里的寡妇说道：“感觉像是暴冰煞要来了。想说我疯了就尽管说，反正你也不是第一个说我疯的人，但这气候真的很像。”

“夫人，那是什么？”

“别管那个了，或许只是热一点……除非你看到史洛肯先生在星光下跳舞、或是抬着鼻头遥望北方，那才需要警惕暴冰煞。我长大之后，这一带还没出现过暴冰煞呢，上一次我还很小呢，好多好多年前的事了。我们要谈的不是这个。是不是关于对你妈下毒手的那个禽兽？是他让你气郁难解？还是有别的事？”

提姆叹了一声，不知从何说起。

“我看到你脖子上挂的硬币了，我知道它以前是挂在你爸爸脖子上的。也许，你可以从它讲起。不过，我们得先谈谈另一件事，关于保护你妈妈的事。我本想让你去找霍华德警察，不管有多晚，但他的屋子里没开灯，门也没开。我过来时看过了。这也不奇怪。人人都知道康文纳特大人来了树村，霍华德·泰斯雷及时开溜，也算找对了借口。我是个老太婆，而你是个小孩子。如果伯恩·凯尔回来接着打，我们该怎么办呢？”

提姆已经不觉得自己是小孩了，他从腰带里抽出了斧头。“今晚，我不只找到了爸爸的幸运币。”他把老罗斯的手斧递给她看。“这也是我爸爸的，如果凯尔还敢回来，我会把它打进他的脑袋，一报还一报。”

寡妇斯迈克本想打断他用这种口气说话，但他的眼神让她改主意了。“把你的故事讲给我听吧，”她说，“一个字儿也别漏了。”

提姆牢记寡妇的叮嘱，一个字儿也没漏。他也特别讲到了妈妈说过的：带着银盆的男人没有一丝一毫变老。等他讲完了，年迈的老师沉默地坐了一会儿……晚风吹起她的面纱，好像她一直在点头，怪阴森的。

等她终于开口了，她说道：“她讲得对。那个精明的男人一天都没老。收税也不是他的工作。我认为，那只能算他的嗜好。没错，他是个有嗜好的人。他有他消遣的方式。”她把手指放到面纱前，好像要细看什么，却又把双手放回了膝上。

“你没有打战。”提姆斗胆说了一句。

“没有，今晚没有，如果我要在你母亲床边守一整夜，这可是个好消息。我是当真要守一夜的。至于你，提姆，要在门后勉强凑合一下。不会很舒服，但如果你继父回来，如果你有机会抵抗，那你必须从他背后偷袭。不太像故事书里的勇敢比尔，是不是？”

提姆攥紧了拳头，指甲都抠进掌心了。“这就是那个混蛋对我爸爸做的事，他活该。”

她拉过他的一只手，握在自己手里，把拳头抚平。“也许，他不会回来了。如果他觉得自己把她打死了，也确实可能，毕竟她流了那么多血。”

“混蛋。”提姆憋着一肚子气，咬牙切齿地骂。

“他可能在什么地方醉得不省人事呢。明天，你必须去找大块头皮特·考辛顿和慢手厄内·玛奇利，因为你是在他们的地界里找到父亲的尸首的。把你脖子上挂的硬币给他们看，告诉他们，你怎么会在凯尔的木箱里找到它的。他们会组织人手出去找，直到把凯尔揪出来、锁在监牢里。我敢保证，找到他不用费多少时间，等他酒醒了，他会申辩说不记得自己做了什么。他甚至还会讲实话，因为烈酒穿肠过，能让某些男人原形毕露。”

“我和他们一起去。”

“不行，那不是小男孩该做的事。今晚你带着父亲的手斧等他，这已经够糟的了。今晚你需要当个男子汉。明天，你得恢复成小男孩，当妈妈重伤在床时，小男孩就该待在她身边。”

“康文纳特大人说他可能会在铁木道上再露营一两晚。也许我应该——”

一直在纾缓他的手突然抓紧提姆的手腕最细的地方，力道好大，他都快喊疼了。“千万别动那个念头！他惹的事还不够吗？”

“你在说什么呀？难道是他让这一切发生的吗？是凯尔杀死了我爸爸，也是凯尔打了我妈妈！”

“但是康文纳特大人给了你锁匙，很难说他还做了什么，或者说，将会做什么，但凡逮住了机会，他所到之处就会留下废墟和哭泣，甚至让人失心疯。你以为人们怕他只是因为他有权力把缴不起重税的人赶出领地吗？不，提姆，不是的。”

“你知道他究竟是谁吗？”

“不知道，也没必要知道，因为我知道他是什么东西——有心跳的毒物。很久很久以前，他在这儿干过恶心的勾当，我是不会对小孩讲那种事的，那以后，我就下定决心：尽我可能的查个水落石出。我给许久以前在蓟犁相识的贵妇写了一封信——她既有美貌，又有心机，那实在是稀罕的组合——还付了一大笔银子给信差，吩咐他把信安全送达并带回她的回复……那位大城市的贵妇再三恳求我看完信一定要烧毁。她告诉我，蓟犁的康文纳特大人以收税为嗜好——说是工作，但说到底就是把可怜的劳工们逼得泪水涟涟。在宫廷里，有一群贵族自称为‘艾尔德议事会’，他的角色就是出谋划策。其实，只有他们自称是艾尔德的后人，没别人这么说。人们都说他是个了不起的魔法师，也许说出了部分实情，因为你也见识过了他的魔法。”

“是见到了。”提姆说着，想到了银盆，以及康文纳特大人有怒气时好像骤然长高的模样。

“和我通信的那位贵妇还说，甚至有很多人声称他就是梅林——亚瑟·艾尔德的御用魔法师，据说梅林是永生不老的，时间往前走，他往后活，”沉重的鼻息声透过面纱传了出来，“这种想法完全站不住脚，光是想起来就让我头痛。”

"但是，梅林是个光明魔法师，故事里不都这么说嘛。"

"那些说他是梅林的人也编出了托辞，说他中了巫师彩虹的魔法；要知道，艾尔德王朝衰落之前，是由他负责保管巫师彩虹的。还有些人说，王朝衰落后，他四处漂泊，发现了先祖留下的某种人造品，被那东西搞得神神道道，从骨子里变成了暗黑魔法师。他们说，那就发生在无尽森林里，他在林子里有一座魔法屋，屋里的时间是停止不前的。"

"听起来不太可能。"提姆说着……不过，魔法屋的说法挺让他入迷的——里面的时钟从来不走，沙子从来不漏进沙漏。

"什么不太可能，纯粹是放屁！"她注意到他有震惊的表情，接着说，"我很抱歉，但有时候，只有粗话才能解恨啊。就算是梅林，也不可能同时出现在两个地方，不可能一边在领地尽头的无尽森林里游荡，另一边又在为蓟犁的枪侠们和贵族们效力。不可能，这个收税人不是梅林，但他确实是个魔法师——黑魔法。我以前的学生、也就是那位贵妇也这么说，所以我更坚信了。所以，你绝对不能再靠近他了。无论他给你什么好东西，都是在骗人。"

提姆玩味着这番话，又问道："先生，你知道息灵是什么吗？"

"当然知道。息灵是传说中的精灵，住在深山老林里。黑暗法师谈起他们了吗？"

"不，只是稻草孩威廉那天在锯木厂讲的故事。"

我为什么要在这件事上撒谎呢？

但在内心深处，提姆知道答案。

那天晚上，伯恩·凯尔没有回家，谢天谢地。提姆本该保持警醒的，但他到底是个小孩，而且过了筋疲力尽的一天。我就眯上几秒钟，让眼睛歇歇，他在特意搭在门后、稻草铺的睡铺上躺下时就是这么对自己说的，感觉也就是闭了几秒钟的眼，但当他再次睁开双眼时，小木屋里已是晨光朗然了。他父亲的手斧搁在身边，本来是握在他手里的，早已在不知不觉间掉落。他把手斧捡起来，重新插进腰带间，急匆匆地跑进卧房看他妈妈。

寡妇斯迈克在摇椅里睡着了，她已把椅子拖到了内尔的床边，面纱正随着她的呼吸一起一伏。内尔的双眼瞪得大大的，转向提姆的脚步声的方向。“谁来了？”

“我是提姆，妈妈，”他在她床畔坐下，“你能看到了吗？哪怕一点点？”

她试图挤出一个笑容，但肿胀的嘴巴只能轻微地抽动一下。“恐怕，还是黑的。”

“没关系的。”他握住妈妈没有绑着夹板的那只手，举到唇边亲吻。“大概现在还太早。”

听到他们的言语声，寡妇醒来了。“内尔，他说得对。”

“不管是不是瞎了，明年我们都铁定会被赶走了，然后该怎么办呢？”

内尔扭过头，冲着墙壁哭泣来。提姆看了看寡妇，不知道该怎么办。她挥了挥手，示意他先离开。“我会让她吃一点东西——就在我包里——让她冷静下来。你还要去找人呢，提姆。现在就去，要不然就晚了，他们会起程去森林干活的。”

他差一点就错过皮特·考辛顿和厄内·玛奇利了，幸亏树村最大的农场主秃子安德森在他俩的储物棚前停下来，陪着他们准备骡马装备，顺便唠唠嗑。三个人脸色严峻地听提姆讲了来龙去脉，讲到他妈妈今天早上还是看不见时，提姆实在忍不住，哽咽地说不下去了，大块头皮特一把拉住他的胳膊，说道："孩子，瞧我们的吧。我们会把村里的伐木工都召集起来，在花木林干活的和在铁木林干活的全都叫上。今天，没人去森林伐木。"

安德森说："我会派我家那几个小子去通知农夫们。也会告诉德斯垂和锯木厂的。"

"警察那儿怎么办？"慢手厄内问道，他有点紧张。

安德森低下头，在靴子间吐了口唾沫，再用掌根抹了抹下巴。"跑去旅人客栈了，我听说，要么是去抓偷猎者，要么是去看他养在那儿的女人。没什么差别。碰到大场面，霍华德·泰斯雷连个屁都不如。这件事，我们自己办了，等凯尔回来了，我们把他关进牢里去。"

"要是他闹得凶，不如打断他的手，"考辛顿又说道，"他从来都管不住自己的脾气、还有酒量。有杰克·罗斯管着他，他倒还行，但瞧瞧现在变成了什么样子！竟然把内尔·罗斯打瞎了！老凯尔一直对她虎视眈眈的，不知道的人只有……"

安德森用手肘推了他一下，让他别再往下说了，接着，转向提姆，弓下腰，双手搭在膝盖上，因为他的个子很高。"是康文纳特大人发现你爸的尸首的？"

"是的。"

"你亲眼看到了？"

提姆泪眼婆娑，但语气十分沉稳。"是的，我看到了。"

"在我们的木源地界里，"慢手厄内说道，"在一条短截径里头。就是有大蛇做窝的那棵树。"

"是的。"

"光为这个，我就要宰了他，"考辛顿说道，"但我们会尽量活拿他。厄内，我俩最好骑骡子过去看看，把……那个……尸首……运回来，然后再开始搜寻。秃子，你一个人能负责传话的事儿吗？”

“没问题。我们在商栈碰头。伙计们，走在铁木道上时要多加留意，但我猜想，应该会在村里找到那个酒鬼，醉成一摊烂泥。”接着，他好像自言自语地又说了一句：“我从来都不信龙烧人的鬼扯淡。”

“要从基缇酒吧后头开始找，”慢手厄内说道，“他喝醉后，不止一次在那里睡过。”

“好的，”秃子安德森仰头望了望天，“老实说，我不是很喜欢这天气。对翻土季来说是太热了。但愿这鬼天气别带来一场大风暴，我真希望众神别掀起一场暴冰煞，那会让一切都毁于一旦。等康文纳特大人明年来的时候，我们谁也缴不起税了。不过，如果这孩子说的是真的，他也算是帮了我们一个忙，揪出了害群之马。”

*他没有帮到我妈妈，*提姆心想，*要是他没有给我那把锁匙，要是我没有用，她现在还是看得见的。*

“现在，你快回家吧。”玛奇利对提姆说，他的语气很和蔼，却是不容置疑的。“回家的路上在我家停一下，好吗？跟我老婆说，要几个妇人去你家帮忙。寡妇斯迈克必须回自己家好好休息，她可不年轻了，自个儿的身体也不好。还有……”他叹了一声，“跟她说，再过一会儿，斯托克斯的丧葬馆也需要人手。”

这一次，提姆选的是米斯蹄——它只要看到有草，就会停下来吃一口。等他到家时，已有两辆木车、一头小马拉车赶在他前头，每辆车上都有两个妇人，迫不及待地要在他母亲受伤惨重的时候伸出援手。

还没等他把米斯蹄拴好——紧挨着比斯蹄——艾达·考辛顿就站在门廊上吩咐他了：他得把寡妇斯迈克送回家。“你可以骑我的小马驹。有坑的地方就跑慢点儿，因为那可怜的老太太都快不行了。”

“夫人，她打战了吗？”

“没，我觉得吧，可怜的老太太累得连战儿都打不动啦。最需要她的时候，她来了，说不定救了你妈一条命。千万别忘了这恩情。”

“我妈妈能看见了吗？一点点光线？”

提姆一看考辛顿太太的脸色就明白了，不用等她说：“还没，孩子。你必须祈祷。”

提姆很想告诉她，他爸爸以前老说的话：*若好祈雨，勿忘挖井*。但他只是沉默着。

送寡妇回家这段路走得非常慢，寡妇的随身用品都系在艾达·考辛顿的小马驹后头。不合节气的燥热有增无减，通常从无尽森林里吹来的又甜又酸的微风也仿佛凝滞了。关于内尔的情况，寡妇很想说些振奋人心的话，但很快就放弃了；提姆猜想，那些话在他听来很虚假，在她自己听来也好不到哪儿去。大道走了一半时，他突然听到右边传来沉闷的汩汩声。他吓了一跳，扭头张望了之后才放下心来。寡妇已经睡着了，下巴颏搭在她那鸟胸般的胸脯上。面纱的边缘垂放在膝盖上。

到了她在村尾的家，他提出要送她进屋。“不用啦，你扶我上台阶就好，之后就不用你帮忙了，我没事儿。我要喝杯蜂蜜茶，然后就上床，我累坏了。提姆，现在你得回你妈妈身边去。我知道，等你回到家时，起码有一半村妇都赶到你家了，但她最需要的是你。”

他们做了五年师生，直到这时，她才第一次拥抱他。直截又激烈。他感觉得到她的身体在衣裙下轻轻颤动。看起来，她真的是累到不能打颤了。也累得不能好好安慰一个亟需安慰的小男孩了——疲惫、愤怒且困惑深重的小男孩。

“回到她身边吧。那个黑暗魔法师应该会再次出现在你面前，但你要离他远一点。他这个人，彻头彻尾都是用谎言堆出来的，他的福音只会带来泪水。”

提姆顺着大道往家返，半路遇到了稻草孩威廉和他的兄弟——汉特（因为他有好多雀斑，绰号就叫“斑点”），兄弟俩正要赶去和伐木工小分队碰头，大队人马已经出发，上了村里的大道了。“他们打算搜寻铁木林里的每一片木源和树桩，”斑点汉特兴奋地说道，“我们会逮住他的。”

看起来，伐木工们终究没有在村里找到凯尔。提姆有了一种直觉，他们也不会在铁木林里找到他的。这直觉来得很突兀，没根没据的，却十分强烈。同样，另一个直觉告诉他，康文纳特大人不会善罢甘休，不会就此放过他的。披着黑披风的男人找了些乐子……但还没有玩儿够呢。

他妈妈本来是睡着的，艾达·考辛顿把他领进屋时，她醒了。别的主妇们都散坐在客厅里，但提姆不在家的这段时间里，她们显然没闲着。食品柜里堆满了东西，简直就像发生了神秘事件——每一层架子上都挤满了瓶瓶罐罐、大包小包，隔板都快要嘎吱嘎吱地叫了。内尔也算是懂得操持家务的好主妇，但提姆从没见过家里如此齐整利落。甚至，头顶上的房梁也被擦过了，烧火熏黑的痕迹都不见了。

伯恩·凯尔留下的一切痕迹都被移除了。丑恶的大箱子已被驱逐出境，塞到了后门廊台阶下的空位，和蜘蛛、田鼠和野蛤蟆为伴。

“提姆？”他刚把手放进内尔摊开的掌心里，她就如释重负地叹了一口气，“还好吗？”

“妈妈，都挺好的。”这是睁眼说瞎话，两人心知肚明。

“我们知道他死了，不是吗？但这不能算安慰，好像在说，他又被杀死了一回。”泪水从她失去视力的眼睛里流下来。提姆也哭了，但他极力克制着，没有哭出声来。听到他的呜咽对她没好处。“他们会把他送到斯托克斯的丧葬馆，就是在他的铁匠铺后面腾出的那片地儿。他们会把他打理好的，但是，提姆，你能先去看看他吗？你愿意把你的爱、还有我全部的爱先带给他吗？因为我去不成了。我愚蠢之极，嫁了那个人，他却把我打得连路都没法走……也看不见了。天晓得我是多傻的傻瓜，瞧瞧我们付出了怎样的代价！”

“别说了。我爱你，妈妈。我当然愿意去。”

还有点时间，他便跑去了谷仓（就眼下的心情来说，木屋里的妇人们未免太多了），用干草和一条破旧的骡背毯凑合出了一个地铺。他一躺下就睡着了。大约睡了三个钟点时，大块头皮特把他叫醒了，他在胸前紧紧抓着帽子，一脸悲伤肃穆的表情。

提姆坐起来，揉着眼睛。“你们找到凯尔了？”

“没有，孩子，但我们找到了你父亲，把他带回了村。你母亲说你会代表你们娘儿俩致悼念的。她说的没错吧？”

“是的。是的。”提姆站了起来，把长裤和衬衫上的干草拍掉。大块头发现他在睡觉，这让他觉得很羞愧，但昨夜真的没睡多久，而且噩梦连连。

“那就来吧。我们坐我的马车去。”

想当年，乡亲们想要给逝者做最后的修容、在安息处放置一个木十字架、在墓前立一面雕功粗陋的石板时，铁匠铺后头的丧葬馆就是最接近太平间的地方了。达斯汀·斯托克斯，绰号“火人”，其原因也不难想见。他正站在门外，没有穿平日里那套皮装，而是一身白棉衣裤。衣裤外面还罩着一件宽大的白衬衣，衣摆垂到膝头，看起来都有点像裙子了。

提姆看到他，才想起为怀念死者穿白色衣服是一种习俗。在那个瞬间，他仿佛彻悟了，而在奔腾的溪水边看到父亲双眼圆睁的尸首时，他还不能领悟到这个事实，于是，他觉得膝盖软了。

大块头皮特一把稳住他，那只手坚强有力。“孩子，你行吗？就算不行，也没什么可羞愧的。他是你父亲，我知道你很爱他。我们都爱他。”

“我没事。”提姆说道。他好像都快喘不上气来了，说出来的话也轻飘飘的。

火人斯托克斯以拳叩额，鞠躬敬礼。提姆长这么大，第一次有人用成年人的礼节向他致敬。“向您致敬，提姆，杰克之子。他的卡已进了空无境，但余在尘世的仍在这里。你愿意进来看看吗？”

“好的，谢谢。”

大块头皮特守在提姆身后，现在，轮到斯托克斯扶住他的胳膊了——不是那个穿着皮围裙，在敞开的炉膛口一边扇风一边骂骂咧咧的斯托克斯；而是一身仪式所需的缟素衣衫，领着他走进四壁画满森林图景的斯托克斯；这个带着他走向房间中央的铁木棺材的斯托克斯——这片空无他物的空间历来象征着道路尽头的空无境。

老罗斯也是一身白，但他穿的是亚麻布做的寿衣。那双没了眼皮的双眼全神贯注地瞪着天花板。他的棺材抵着一面彩绘墙，房间里充盈着一种酸酸的、但让人愉快的气味，棺材也是用铁木做成的，可以将这具可怜的尸首好好保存上千年。

斯托克斯松开提姆的胳膊，让他自己往前走。他跪下了。他的一只手滑进亚麻布寿衣下面，摸到了父亲的手。好冰冷，但提姆毫不犹豫地将自己温暖的、有生命的手指夹放在父亲僵死的手指间。提姆还小的时候——几乎还不会走路——他们就这样十指交叉地相握了。那些日子里，走在他身边的男子好像足足有十二英尺高，而且根本不可能会死。

提姆跪在棺材边，捧住了父亲的脸。

提姆出来时，惊讶地发现日头偏西了，这意味着他在小屋里待了一个多钟点。考辛顿和斯托克斯站在铁匠铺后面堆得一人高的灰堆边抽卷烟。没有老凯尔的消息。

“也许他一头栽进河里淹死了。”斯托克斯的推测是这样的。

“上马车吧，孩子，”考辛顿说，“我把你送回你妈那儿去。”

但提姆摇了摇头。“谢谢，如果不会让你不悦，我想走回去。”

“需要想一想，是不？那好吧。我回自己家去了。今晚只有冷菜冷饭，但我不会不高兴。你妈妈的境遇这么惨，谁都不会怪她，提姆，这辈子都不会的。”

提姆虚弱地笑笑。

考辛顿蹬住马车的挡泥板，抓住缰绳，又琢磨了片刻，弯下腰对提姆说："回家的路上留心凯尔。倒不是说，你一定会碰到他，我认为他不会在天黑前露面的。今晚，会有两三个壮小伙去你家附近巡逻。"

"谢谢，先生。"

"唉，这不算什么。孩子，叫我皮特吧。你长大了，我也愿意叫你小伙子。"他垂下手，捏了捏提姆的小手。"你爸爸的事，我很抱歉。打心眼里觉得难过。"

提姆走上了树村的大道，红色的夕阳在他的右侧渐渐西沉。他觉得空荡荡的，仿佛被掏空了，也许这样反而好，至少就眼下来说。他妈妈瞎了，家里没个养家的男人，娘儿俩的未来会变得怎样？老罗斯的伐木工朋友们会尽力帮他们，能帮多久就会帮多久，但人家也有自己的负担。他爸爸以前总说，家是让人自由自在的窝，但提姆现在明白了：树林里没有一栋小屋，没有一个农场，也没有一块地是真正自由的。康文纳特大人明年还会来，后年、后年的后年还会来，带着他记在羊皮纸上的名单，只要他来，也就没有自由可言。突然之间，提姆无比痛恨遥远的蓟犁，以前，他总觉得（其实，他很偶然地才会想起那地方）那是个充满奇迹和梦想的好地方。如果没有蓟犁，就没有赋税。那他们就真正可以自由了。

他看到南方天空里升起了一团尘灰。下沉的夕阳将尘雾染成血红色。他知道，那是跑去他家帮忙的主妇们留下的踪迹，她们肯定会坐上马车和坐骑，去提姆刚刚离开的丧葬馆。在那里，她们会再次洗净尸体——哪怕弃尸地的溪水早已涤净了污浊。她们还会给他涂油。在桦树皮上刻下死者的名姓，并在右侧刻下妻儿的名字。她们会在他额头画下蓝色的圆点，将他安放到棺材里。火人斯托克斯会用钉子把棺材钉死，榔头飞快地敲几下，每一下都让终结更像终结。

村妇们会向提姆致以世间最诚恳的哀悼，但提姆一点儿都不想听。他不知道自己能否承受得了，是否会因此而再度崩溃。他太累了，累到流不出泪了。心里想着这些，他渐渐离开了大道，为了抄近路，走向了潺潺的斯戴普河，它的源头就是罗斯家的小木屋和谷仓之间的清泉。

仿佛在半梦半醒之间，他脚步沉重，先想到了康文纳特大人，又想到了只能用一次的锁匙，接着是他妈妈双手摸索着伸向他声音传来的方向……

提姆想得全神贯注，差点儿走过河边小路上横插出来的东西。那是一根钢棒，棒尖白白的，好像是象牙做的。他蹲下来，瞪大眼睛去细看。他想起自己问过康文纳特大人这是不是魔杖，也听到了奇妙的回答：它最初是用作一辆道奇的变速杆。

只有半截钢棒露出来，另半截插在硬土里，那肯定需要很大的力气。提姆伸出手，又犹豫起来，告诉自己别犯傻，这儿没有大蛇，不会把他咬得浑身麻木、再把他活吞下去。他把它拔了出来，翻来覆去地检查。棒身是钢的，没错，但只有先祖才知道如何锻造出这样的精炼钢材。非常昂贵，没错，但它是不是真的有魔力？在他手里的这根棒子感觉和别的金属没两样，换言之，只是冷冰冰、死沉沉的。

到了某些人手里，康文纳特大人的呢喃声又响起了，任何物体都可以有魔力。

提姆瞄到溪流另一边有只青蛙在烂桦木枝上蹦跳。他用象牙色的那端指向它，念出了他唯一知晓的咒语：阿巴-卡-达巴。他半信半疑的，还以为青蛙会掉下来摔死，或是变成……别的东西。青蛙没有死，也没有变。它只是从木杆上跳下来，消失在溪边高高的绿草丛里了。然而，提姆有十足的把握，这东西肯定是故意留给他的。不知用什么法子，康文纳特大人知道他会走这条捷径。也知道他什么时候来。

提姆再次转向南方，看到了一阵红光。光芒是从他家和谷仓之间漫开的。片刻间，提姆只是凝望着那明晃晃的猩红色光影。接着，他拔腿跑起来。康文纳特大人给他留了锁匙；康文纳特大人给他留了魔杖；他也把银盆留下了，就在他平常汲水的泉水边。

能让他看到远方即景的盆。

但那不是盆，只是一个砸扁了的锡桶。提姆的双肩垮下来，又向谷仓走去，进仓前还惦记着要好好喂一次骡子。但他猛然停下脚步，转过身来。

桶，但不是他家的桶。他们家的那只桶要小一点，铁木做的，配了个花木把手。提姆折回泉水畔，把它捡了起来。他用康文纳特大人留下的魔杖的象牙圆端在桶沿敲了敲。桶响了，像低沉的铃铛被敲响了，害得提姆倒退一步。没有哪种锡能发出这样的回响。顺着这条思路再想，他又发现，没有哪只破旧的锡桶可以如此清晰地反照出下坠的夕阳，但这只桶可以。

你以为我会把自个儿的银盆留给一个半大小子吗？像你——提姆，杰克之子——这样的小东西？既然任何东西都可以变得有魔力，为什么我还要留那个盆呢？说到魔力，难道我没把自己的魔杖留给你吗？

提姆明白，这无非是他在想象力模拟出了康文纳特大人的话，但他相信，如果黑披风男子此刻就在此地，他肯定会这么说的。

另一番话语又响彻他的脑海了。*他这个人，彻头彻尾都是*

用谎言堆出来的，他的福音只会带来泪水。

他把寡妇的声音赶出头脑，不加迟疑地弯下腰，将留给他的桶灌上水。桶满了，他又拿不定主意了。他使劲地回想：康文纳特大人是否做了某种特殊的、拂过水面的动作？是不是用了神秘的魔法手势？但他想不起来了。提姆只记得，一身黑衣的男子提醒过他：如果他干扰了水面，那就什么也看不到了。

提姆不仅不能确定魔杖有没有魔力，也怀疑自己能不能善用它，因此，他只能随意地摇摆钢棒，在水面上来来回回地甩动。起初，什么状况都没有发生。就在他快要放弃的时候，一阵迷雾泛起在水面上，遮住了他自己的倒影。迷雾澄清的时候，他看到康文纳特大人在水里，仿佛仰头看着他。不论康文纳特大人身在何处，总有阴森暗黑的氛围，但水里还有一星诡异的绿光，光点还没有拇指的指甲盖大，盘桓在他的头顶。光点升高了，借着它的绿光，提姆看到铁木树干上钉着一块木板，上面写着“罗斯-凯尔”。

绿色的光点盘旋升高，好像再飞一点就要冲破锡桶里的水面，提姆不禁倒吸一口冷气。绿光里竟然有一个人！小小的绿色女子，背上有透明的翅膀。

这是个息灵——精灵中的一种！

赢得了他的注意，息灵好像很满足，打着旋儿飞走，轻轻落在康文纳特大人的肩头，又急忙地从肩头一跃而下。现在，她盘旋在两根木柱之间，柱子间横放着一段木头，上面挂着另一个标牌，提姆认出了父亲细致的笔迹，和“罗斯-凯尔”木源牌上的字迹一样，写着：“铁木道到此终结。逾越此界，即入法戈纳德。”这两行字的下面，用更大、更粗的字体写着：**旅人，当心！**

息灵又飞回了康文纳特大人身边，围着他绕了两圈，灵气缭绕、渐而淡然的绿色光晕萦绕在她身后，接着腾飞而起，在他脸颊边悠然端庄地盘旋起来。康文纳特大人直勾勾地看着提姆；那是个闪闪发光的人影（和提姆在水中找到尸首时父亲的模样一样），却是那么栩栩如真，仿佛触手可及。他用一只手在头顶划了个半圆，同时，用食指和中指比划出剪东西的动作。提姆明白这个手势，树村的每一个人都会时不时用到，它的意思是：快点，快点。

康文纳特大人和他的精灵伴侣从水中消退了，提姆只能看到自己的脸孔上双眼瞪得大大的。他用魔杖再次拂过水面，几乎没注意到此刻的钢棒在他的掌心里微微震颤。薄如蝉翼的迷雾又出现了，不知从何而来，缭绕了片刻，又不知怎的消失了。现在，提姆看到了一栋高耸的大宅，有好多面山形墙、好多个烟囱。围绕大宅所在空地的铁木是那么粗壮、那么高大，相衬之下，铁木道两边的那些铁木就显得矮小多了。不用说，提姆心想，那么高的树准能冲破云朵了。他明白，这是在无尽森林的至深处，树村里再勇敢的伐木工都不敢去，也从未到过那么深远的地方。大宅的窗户都饰有神秘不可方物的图纹，光是看到那些纹饰，提姆就能猜到：自己正在观望梅林·艾尔德的家，在那里，时间静止，甚而倒退。

幻景里出现了一个小小的、颤动不已的提姆。他走进大门，叩响门板。门开了。走出来一个笑眯眯的老人，垂到腰际的白胡子上装点了亮晶晶的宝石。他戴着一顶圆锥形的黄帽子，就和满土节的圆月那样黄澄澄的。水里的提姆急切地和水里的梅林说了什么。水里的梅林鞠了一躬，退回屋里……那栋大屋恍如时时刻刻都在变化形状（也许只是幻景在水里的缘故）。魔法师回来时，手捧着一块黑布，看起来像是丝绸质地。他把它举到眼前，表示它的用途是蒙眼布。他把它递给了水里的提姆，但还没等他接到手，迷雾又出现了。再次澄清时，除了倒影什么都看不到了：提姆的脸，还有一只鸟飞过他头顶，毫无疑问是想快点在日落前归巢。

提姆第三次把钢棒在锡桶上拂动，这一次，尽管他已看得入神，却感觉到了钢棒在振动。雾气消尽后，他看到水里的提姆坐在水里的内尔的床边。蒙眼布已蒙住了他母亲的双眼。水里的提姆把它摘下来，水里的内尔顿时露出难以置信的惊喜表情。她把他紧紧揽进怀里，欢笑着。水里的提姆也在欢笑。

如同前两次，迷雾再起，罩住了幻景。但这一次，钢棒不再振动了。*和尘土一样无用了*，提姆在心里念道，此言不虚。等迷雾散尽，锡桶里的水不再映出异样奇境，只照出了几近无光的天色。他把康文纳特大人留下的魔杖来回甩动了好几次，什么都没有发生。无所谓了。他已经清楚自己该怎么做了。

提姆站起来，望着自己的家园，一个人也没看到。不过，自愿来巡逻守夜的男人们很快就会到了。他必须加快速度。

进了谷仓，他问比斯蹄愿不愿意再来一次夜行。

寡妇斯迈克累坏了，为了内尔·罗斯操劳了一夜，她并不习惯这样的劳累，况且她年老体弱，更糟的是——哪怕她不肯承认——还被不合时节的怪异天气搅得心神不宁。正因如此，虽然提姆不敢用力敲门（他几乎要鼓起所有勇气，才敢在日落后叩响别人家的门），她还是马上惊醒了。

她提着灯，借着灯光看清访客是谁，立刻心一沉。要不是恶化的重病夺走了她仅存的那只眼流泪的能力，她准会在看到这稚气的脸蛋时泪流如注的——那张小脸蛋上写着如此愚蠢的勇气和致命的决心。

“你打算回森林里去。”她说。

"是的。"提姆轻轻应答，但语意坚决。

"哪怕我跟你说了那么多。"

"是的。"

"他用魔法迷惑你了。可到底为什么？为了报偿吗？不，他才不要呢。他看到这潭被人遗忘的死水里还有星星点点的亮光，就因为这个，他得把亮光扑灭才心满意足。"

"斯迈克夫人，他让我看到——"

"和你母亲有关的事，我敢说一定是这样的。他知道怎么策动人心；唉，没人比他更懂这招了。他有魔力，知道如何开解人心。我知道我不能用言词阻止你，一只眼，就足以看清你的表情。我也知道，我不能用暴力扼制你，你自己也不能。你想做什么就做什么去，那又为什么还来找我呢？"

听到这些，提姆有点难堪，但这丝毫不能动摇他的决心，这也让她彻底死心了：她真的管不住他了。更糟的是，他似乎也迷失了自己。

"你想要什么？"

"只是捎句话给我妈，求你了。告诉她，我要进森林，我要把能治好她眼睛的东西带回来。"

斯迈克夫人沉默了几秒钟，只是透过面纱看着他。借着她举高的提灯，提姆能看到她的脸孔残破的轮廓，他实在不是有心要去看的。她终于开口了："在这儿等着。不要连告别都没有就溜走了，除非你希望我认为你是个胆小鬼。也别没耐心，你知道，我动作慢。"

提姆恨不得马上就动身，但他遵照她的吩咐，耐心等候。分秒如年，难熬之极，但她好歹是回来了。"我以为你肯定走了呢。"老妇人说道，哪怕用马鞭抽他的脸，也没有这句话更伤人了。

她把带到门口的提灯递给他。“拿去照路吧，我看到你连盏灯都没有。”

说的也是。他心急火燎地出发，完全忘了要拿灯。

“谢谢，夫人。”

她的另一只手提着棉布袋子。“这儿有一条面包。不算多，放了两天了，但我只有这么些现成的干粮了。”

提姆一时语噎，千言万语都说不出来，只能连拍三次喉头，然后伸出手，想接下棉布袋子。但她没有立刻给他。

“里面还有别的东西，提姆。本来是我哥哥的，大约二十多年前，他死在无尽森林里了。这是他从一个游贩手里买下的，我不是很高兴，当我指责他太容易受骗上当时，他带我去了村子西面的田野，让我看，它是可以用的。唉，众神啊，震耳欲聋！那声音害得我耳朵隆隆疼了几个小时！”

她从袋子里取出了一支枪。

提姆瞪着枪，眼睛都瞪圆了。他在寡妇家的书本里看过枪支的图片，老德斯垂的客厅墙上也挂着一幅步枪的素描画，但他从未指望过能见到真家伙。这支枪长约一英尺，枪柄是木制的，扳机和枪筒都是金属制的，没有光泽。弹筒共有四孔，被看似黄铜的绑带捆扎在一起。顶端的孔洞是方形的，不管里面是什么，必定是从这里发射出来的。

“让我观看之前，他只开过两次火，之后就再也没人动过了，因为他不久之后就去世了。我不知道它是不是还能用，但我一直把它放在干燥的地方，每年都会上一次油——在他生日的那天，照他教我的办法上油。每个弹巢都上膛了，还有五颗发射弹——那叫做子弹。”

“紫弹？”提姆皱着眉头问道。

“不，不是说颜色，是子弹。你看——”

她把棉布袋子递给她，腾出那双青筋暴突的手，在门口侧过身子。“乔舒亚说过，除非你决意要伤害或杀害某个人，否则，万万不可以对人举枪。因为，他说，枪都是急性子。也可能，他说的是坏心眼儿？过了那么久，我记不清啦。枪身上还有个小扳手……就在这儿……”

咔哒一声，枪被启开了，沿着手柄和弹筒一分为二。她把四个方形的黄铜弹碟指给他看，再把弹碟从孔巢里拉出来，这时，提姆才看清楚：其实，弹碟就是发射物的基座——放子弹的地方。

“发射之后，黄铜弹碟还会留在枪里，”她说道，“你必须把它拉出来，才能装进新的子弹。明白吗？”

“明白了。”他好想亲手装填子弹啊！更想亲手握住枪柄，扣动扳机，听到爆裂声。

寡妇合上了枪（又是让人舒服的咔哒一声），又让他细看手柄。他看到四个可以用拇指上下扳动的机关。“这些叫击锤。每个弹筒对应一个击锤……如果这倒霉玩意儿还能开火的话。你懂了吗？”

“是的。”

“这叫四轮枪。乔舒亚说，只要击锤都没有被扳下来，枪就是安全的。”她的身子摇摆了一下，好像感觉头重脚轻了。“把枪给孩子！一心要在夜里走进无尽森林和魔鬼会面的孩子！可我还能怎么办呢？”接着，似乎不是对提姆说的，“但他不会料到一个小孩会有枪的，是不是？也许，这世上终究还是有光明族人的，光明族的老子弹终会射进他那黑暗的心。把它放进袋子里，好吗？”

她把枪递给他，手柄在前。提姆差点儿没接稳。这么小巧的东西竟会这么重，真让人咋舌。而且，和康文纳特大人的魔杖在锡桶上拂动时那样，它似乎也会微微振颤。

“多余的子弹包在棉絮团里了。加上枪里的四颗，你一共有九颗子弹。但愿它们能帮到你，但愿我不会在空无境受到诅咒——因为我把这些给了你。”

“谢谢……谢谢夫人！”提姆只能说出这些了。他让枪滑进了布袋。

她用双手捂住脑袋的两侧，挤出一声苦笑。“你是傻瓜，我也是。真不该把我哥哥的四轮枪给你，而是应该举起扫帚狠狠砸你的头，”她又苦涩、绝望地笑了一声，“那也没有用，就凭我这个老太婆，砸也砸不动了。”

“你愿意早上给我妈妈捎句话吗？因为我这次要去的地方很远，顺着铁木道，一路走到底。”

“好的，我去，哪怕那会令她心碎。”她向他弯下腰，面纱的下摆摇摆不定。“你想过这一点吗？我看到你脸上写着呢，你想到了。明知道这会让她的灵魂饱受折磨，为什么你还要这么做？”

提姆的脸红到了脖子根，但决不动摇。那个瞬间，他看起来很像已过世的父亲。“我决心要治好她的眼睛。他留给我足够的魔法，能让我看到怎样做。”

“黑魔法！用来支撑谎言和欺骗！提姆·罗斯，谎言！”

“那是你的说法。”现在，他的下巴挺出来了，那也酷似杰克·罗斯。“但是，锁匙的事他没有骗我——锁匙是有用的。打人的事他也没骗我——我妈妈真的被打了。我妈妈瞎了的事他也没有说谎——她就是瞎了。至于我爸……你知道的。”

“嗯。”她应了一声，带了某种嘶哑的乡村口音，提姆以前从没听她这样讲过话。“嗯哪，他带来的真相总有两面性：一方面是伤害你，另一方面也是诱饵，诱你落入他布置好的陷阱。”

一开始，他无言以对，垂着脑袋，只是盯着走磨了的短靴尖。寡妇几乎要生出希望，以为他会回心转意了，偏偏这时候，他抬起头来，看着她的眼睛说道：“我会把比斯蹄拴在考辛顿-玛奇利的木源里，是他们地界里最远的地方。我不想把它留在我找到父亲尸首的短截径上，因为那里的树上盘踞着一条大蛇。你会去看我妈妈，并请求考辛顿先生把比斯蹄牵回我家吗？”

如果再年轻一点，寡妇斯迈克或许会继续力争，晓之以理动之以情，甚至恳求他；但她已不再年轻了。“还有什么事要交代的？”

“两件事。”

“说吧。”

“你会代我亲吻一下我妈妈吗？”

“好的，我很愿意。另一件呢？”

“我上路时，你可以赐给我祝福吗？”

她思忖了一下，摇摇头。“要说祝福，我哥哥的四轮枪就是我能给你的最好祝福了。”

“那就行了。”他屈下一条腿，握拳触额，致以完礼；然后就转身，走下台阶，那头忠心耿耿的小母骡就拴在台阶下。

他听到背后有声音——很低沉，但也不至于听不到——那是寡妇斯迈克在说：“我以神之名祝福你。就让卡做主吧。”

提姆从比斯蹄背上跳下来，把它拴在铁木道旁的灌木丛里，这时，月亮已沉下来了。走之前，他已从谷仓里抓了好多燕麦，塞满了口袋，此刻便洒在地上，就像前一晚他看到康文纳特大人为他的黑马所做的那样。

“乖点儿，考辛顿先生早上就会来接你。”提姆说着，脑海中却浮现出一幅画面：大块头皮特找到比斯蹄的时候，它已经死了，肚子被森林里的某个掠食者咬了个大洞（说不定，就是他昨晚感觉到的那一只——在铁木道上不依不饶地跟在他们身后）。但他还能怎么办？比斯蹄是很乖巧，但还不够聪明，没法自己找到回家的路，哪怕它已经在这条小道上走过很多趟了。

“你会没事儿的。”他抚摸着它光滑的鼻头……但它会安然无恙吗？寡妇说的都是对的，比斯蹄将成为第一次验证——这念头凭空而起，提姆只能竭力抵制。

别的事情，他都说对了；这件事，肯定也不会有错的。

等他沿着铁木道又走到三轮远，他开始坚信这一点。

你必须记住：他只有十一岁。

那晚，提姆没有发现营火。没有焚烧柴火的橙色光芒吸引他靠近，但在快走到铁木道尽头的时候，他瞥到一星冷绿色的光亮。那光点闪闪烁烁，有时索性消失，但总会再出现，亮到足以在他脚边投下光影，恍如蛇形，缠着他的脚步。

铁木林中的小道此时已含糊不清了，因为唯一的车辙印都是老罗斯和老凯尔的马车留下的，为了避开一棵古老的铁木——树干极粗，比树村最大的房子还要粗大，小道偏左而蜿蜒。过了这个弯道，小道通到百步之外的一片空地。就在那儿，出现了木段搭出的指示牌。提姆能看清每一个字，因为，就在木牌上方，悬浮在半空的那对翅膀拍打得如此迅疾，以至于根本看不到翅膀的模样，而那正是传说中的息灵。

他走近一点，被这超凡脱俗的奇景捕获了，几乎忘却了一切心事。息灵还不足四英寸高。她赤裸着，美丽非凡。很难说她的身体是绿色的、还是被绿光笼罩才显得那样，无论如何，那光亮是十分强烈的。但他可以看到她亲切的笑容，她的眼角上翘，杏仁形状的眼睛里没有瞳仁，但他知道，她把他看得很清楚。她的双翼飞速震颤，发出低沉而稳定的噗噗声。

没有康文纳特大人的踪影。

息灵飞出一个欢快的圆圈，转头又俯冲钻进灌木丛里。提姆只觉得头皮发麻，一阵警觉，想象着那些蝉翼般的翅膀会被荆棘刺破，但她毫发无损地又出现了，盘旋飞上，让人晕眩，直上五十多英尺高——铁木树的第一批分枝也不过那么高——又突然一个猛子扎下来，笔直地冲向他。提姆看得到，匀称的双臂甩在她身后，看起来就像是个跳进水池里的小女孩。他惊得一猫腰一缩脖，她飞到那么近，掀动的微风几乎吹起他的头发，他还听到了笑声。听起来，就像从很远的地方飘来的铃声。

他小心翼翼地站起身，看到她又折回来了，这一次，她是在空中不停地翻筋斗呢。他的心在胸膛里跳得发狂。他想，他从来没见过这么可爱灵动的东西。

她飞到木牌上方，借着她萤火虫般的光亮，他看到一条小径，隐约可见，草长遍地，伸进无尽森林。她扬起一条胳膊。手在莹莹发光，绿光在招呼他。提姆沉醉于那么非凡的美丽和亲切的笑容，毫不犹豫，立刻猫腰从木牌下穿过去，根本没有看一眼他去世的父亲亲笔写下的最后一行字：**旅人，当心！**

息灵盘旋着，等他几乎可以够到她、触碰她的时候，她又疾飞而去，顺着小径奔向前方。她在不远处微笑着飞旋，示意他走近。她的秀发披散在肩头，有时会遮住小巧的乳房，有时又被双翼振起的微风吹起，刚好显露出乳房。

提姆第二次走近她时，喊出了声……声音很轻，生怕他叫她的嗓门太大，吼破她那精妙的耳朵。“康文纳特大人在哪里？”

一阵银铃般的笑声便是她的回答。她往横里打了两次滚，膝盖收进肩窝，再用力蹬出去，就算有停顿，也只是为了回头看看，确保提姆还在向前走。就这样，她领着神迷目眩的小男孩走进森林，越走越深。提姆没有注意到，就连依稀可辨的小径也不见了，他已在铁木树之间穿梭，只有极少数人——而且是很久以前的人——才能辨清这种路。他也没有注意到，铁木林特有的深沉的、甜酸的气息也消失了，取而代之的是丝毫不让人愉悦的污水和烂蔬果的臭味。铁木林已被他抛在了身后。前头还会有铁木林，数不清的小树林，但在这儿不会有。提姆所到之处，便是世人所说的法戈纳德大沼泽的边缘。

息灵，再一次闪现带着嘲弄感的笑容，继续往前飞。现在，她的光芒倒映在浑浊的水里，反照到她身上。满是浮渣的水面上会跃出什么东西——不是鱼，只见一只光溜溜的眼睛瞪了一眼半空中飘逸的闯入者，又滑下了水面。

提姆都没有注意。他看到的只是她盘旋的下方有一片草丘。那需要跨一大步才行，但除此之外也无路可走。她在等。他想跳过去，别出岔子，但险些没成功——那绿光颇有迷惑性，照出来的东西都好像很近，实际上根本不是。他没站稳，使劲甩动双臂以求平衡。息灵飞快地在他头顶盘旋，绿色光晕让他几乎看不清周遭的状况，银铃般的笑声也充盈了他的双耳，这让他的处境更糟了（她不是故意的，提姆很确定，她只是在嬉耍）。

这等处境本该堪忧（他还没看到鳞片层叠的脑袋在他身后浮出水面，也没看到外突的双眼、张开的大嘴里排满了三棱形的利牙），但提姆很年轻，也很机敏。他稳住了身子，很快就抬脚踩上草丘的顶端。

“你叫什么名字？”他问闪光的精灵，她已经飞到草丘前头盘旋了。

尽管她的笑声叮咚悦耳，但他不确定她能不能说话，如果她能，他也不知道她会用怎样的语言来说话。但她回答了，提姆觉得，那是他听过的最好听的名字，和她那超凡脱俗的美丽极其般配。

“艾蔓妮塔！”她回了一声就飞走了，一边欢笑，一边逗引他似的回头看他。

他跟着她，往法戈纳德沼泽的深处越走越远。有时候，草丘近在咫尺，他只需从一丛草地踏到另一丛草地就好了，但随着他们的行进，他发现自己越来越频繁地需要跳跃了，而且每一跳都比前一次更远。但提姆不害怕。恰恰相反，他只觉眼花缭乱、欢欣鼓舞，每一次跳上草丘重心不稳时他都会欢笑。他没有看到身后有一条V形的尾巴顺畅地划过黑色的水面，就像针线轻柔游走在丝绸里；先是一个V，然后是三个，接着就是六个。水蛭咬他，他就把它们拍掉，也感觉不到刺痛，只听到皮肤上啪啪作响，留下点点血痕。他也没看到另一边有个庞然之物跟着他，亦步亦趋，身形沉坠在水下，但多少该算是直立着的，还有一双晶亮的眼睛在黑暗里盯着他。

一次又一次，他跟上了艾蔓妮塔，连呼带叫的。“到我这儿来呀，我不会害你的！”她也总是这样诱引他，甚至飞进他合拢的指尖，用翅膀挠他的掌心。

她飞上一片草地，这一块地比别的那些都要宽大，地上没有长野草，提姆估摸着，这应该是一块石头——他在世界的这个域界里看到的第一块石头，这里的一切都好像是液态的，而不是坚固的。

“那太远啦！”提姆朝艾蔓妮塔喊道。他想再找一块踏脚石，但没有。如果他想跳到下一个草丘，就必须先跳上那块大石头。而且，她还在招呼他呢。

也许我能行，他在心里说，显然，她觉得我可以；否则，她干吗那么热络地招呼我呢？

他所在的草皮太小了，根本不能容许他后退一步以助跑，所以，提姆深屈双膝，使出浑身的力气跳出去。他落到了水里，才发现他没能跳上石头——差一点就擦到边儿了，便伸出了双臂。前胸和下巴先蹭到了石头边，下巴伸得太长，以至于眼冒金星，更何况，那双眼早被精灵的光芒照晕了。就那么一瞬间，他意识到自己紧紧攀住的东西不是石头——石头是不会呼吸的——就在那时，从他身后传来声响——听来庞然又污秽，哼哼噜噜，像是从肚子里发出的。紧接着，有东西用力地砸开水面，热烘烘、虫密密的水溅上了提姆的背部和脖子。

他连抓带爬地攀上那块不是石头的石头，很清楚自己丢了寡妇给的提灯，但袋子还在。要不是他把棉布袋子的口扎紧、绕在手腕上，说不定也会弄丢的。棉布被打湿了，但好歹没有浸在水里。至少，还没有。

就在他感觉到身后的东西已逼近时，那块“石头”开始抬升了！他正踩在某种生物的脑袋上，而它本来舒舒服服地躺在泥沼里呢。现在可好，它彻底清醒了，而且不是很高兴。它吼了一嗓子，嘴里喷出橙橙绿绿的火，前面，伸出水面的芦苇草叶被烧得嗞嗞作响。

不至于像房子那么大，不，也许还不至于，但这就是龙，没错，天呀，众神，我站在龙头上！

巨兽的喷息照亮了法戈纳德沼泽的这一片地。提姆看到芦苇荡向这边弯下来，跟在他后面的那些动物纷纷避让，能有多快就多块，只想躲开龙的火舌。提姆又发现了一块草皮，比刚刚那一块大一点；刚刚，他可是拼命跳跃，才能到现在的位置——极其危险的位置。

没时间去想：如果跳得不够远，就会被巨大的食人鱼活吞；而若是跳上了那块草皮，又有可能在龙的下一次喷气中变成炭烤男仔。提姆无声地呼喊一句，再次跳起。这是迄今为止他跳得最远的一程，几乎跳过头了。他不得不抓住一把锯齿草，以免从草皮的另一头冲进水里去。草叶很锋利，瞬间就割破了他的手指。还有几束草靠近暴怒的龙，烟雾缭绕，哪怕很烫手，提姆还是死抓不放。他实在不愿去想，万一从这个小小的草岛上滑到水里，会有什么怪物在等待他。

其实，这个位置也并非是安全的。他屈起膝盖，跪起身，回看他来的方向。那条龙——是条母龙，他看得到它头上有粉红色的羽冠——已从水里升起，用后腿站立起来。没有房子那么大，但比康文纳特大人的坐骑黑仔大。母龙扇了两次翅膀，泥水被溅得到处飞，扇起的风吹开了提姆额头汗水粘连的头发。那声音，很像他妈妈晒在晾衣绳上的床单在轻风里扇出的飒飒声。

母龙的眼睛里血丝通红、晶亮如珠，牢牢地盯住他。燃着火星的口水滴滴答答连成串，流下它的下巴，滴到水面上时嘶嘶作响。提姆能看到，它给肚子里的火炉吸气扇风时，隆起在平坦胸部上的颈部垂肉呼啦啦地振颤。他竟然还有时间去想，继父扯的瞎话竟然变成了现实，这是何等奇怪——还有点滑稽。唯一的差异在于，现实中被烧死的人将是他，提姆。

众神一定会哈哈大笑的。提姆心想，就算神不笑，康文纳特大人也会。

没有经过理智的思量，提姆跪下来，向母龙摊开双手，吊在右手腕上的棉布袋子摇摆不已。“求你了，尊贵的女士！”他大喊起来，“求你不要烧死我，我不是故意的，而是迷失了方向，我请求你的原谅！”

母龙凝视了他好一会儿，颈部的垂肉依然颤动不停；燃烧着的唾液继续滴滴答答、嘶嘶嘶嘶。接着，它开始慢慢地往下沉——在提姆眼里，简直像是一毫厘、一分寸地往下降。最终，除了头部的顶端，水面上什么都看不到了——当然，还有那双可怕的、一动不动的龙眼，好像在无声地警告：如果他胆敢第二次侵扰它，它将决不姑息，再无仁慈。又等了一会儿，那双眼睛也不见了，提姆只能看到酷似石块的那部分。

“艾蔓妮塔？”他转身四顾，寻找她绿莹莹的光芒，但心里清楚，他不会再看到了。她已把他领入法戈纳德的深处，往前再无草丘，往后倒有一条龙。她的任务完成了。

“全是骗人的。”提姆嘀咕了一句。

寡妇斯迈克说得对，她从头到尾都是对的。

他在草丘上坐下，以为自己会哭，但哭不出来。那也不要紧。哭有什么用？他被人家当傻瓜耍了，玩儿完了。他向自己保证，下次他会变聪明点……如果还有下一次的话。一个人沮丧地坐在这里，月亮隐没在云层里，在茂盛的植物上投下苍白的光芒，怎么看都不像会有“下一次”了。刚才沉在水里逃开的那些东西又回来了。它们都要避开母龙所在的水域，但仍有足够的空间让它们折腾，毫无疑问，它们唯一感兴趣的目标就是提姆所在的小草丘。他只希望那些是类似鱼的生物，离了水就不能活。不过，他也很清楚，那些潜伏在又稠又浅的沼泽里的大动物很可能是两栖类，既能在空中、也能在水中呼吸。

他看着它们一圈一圈地盘游，心想：它们正攒着劲儿要发动攻击呢。

他目睹着、心念着死神逼近，但他毕竟只有十一岁，无论怎样都抵不过饥饿的力量。他取出面包，发现只有一端浸湿了，就咬了几口。然后，他把面包放到一边，就着时隐时现的月光和沼泽泛起的微弱磷光，尽可能地仔细检查四轮枪是否还完好。枪看似无恙，摸上去也是干的。多余的五颗子弹也没有湿，提姆突然想到，有一个好办法可以让子弹保持干燥。他在面包干爽的那一段挖出了一个洞，把子弹全都埋进去，再把洞口用面包屑填好，就这样，他把藏好子弹的面包搁在了袋子旁。空气非常潮湿，而且——

它们来了，两个，冲着提姆所在的草丘笔直地游来。他惊得跳起来，想也没想就对着它们大叫。“你们最好别犯傻！伙计们，别过来！这儿有一个枪侠，蓟犁的枪侠！艾尔德的传人！你们听明白了吗？”

它们顶着豌豆大的小脑袋，他还以为它们根本听不懂人话——就算听懂了也不见得会在乎——但他的叫喊声吓到了它们，它们转头溜走了。

小心点！别吵醒你的火龙夫人，提姆在心里说，她很可能昂起身子，把你烧焦，只为了图个清静。

但是，难道他还有别的选择吗？

水里的东西第二次向这个男孩袭来时，他一边喊叫，一边击掌。如果他能找到一段空心木，肯定还会不遗余力地敲响空木，管它什么母龙呢！提姆不禁想到，如果母龙也来凑热闹，呼口气就喷出火来，反而比水里游来游去的那些玩意儿仁慈呢，天知道它们的大嘴巴会怎样折磨他。死于龙火显然也更痛快点。

他很想知道，康文纳特大人是不是就在附近观战，享受着这一幕？提姆觉得十有八九是这样的。旁观，没错，但康文纳特大人决不会到这片臭烘烘的沼泽地里来弄脏他的靴子。他一定是在什么干爽、怡人的地方，在银盆里观看这一幕，还有艾蔓妮塔盘旋在旁。也许，她还会用精巧的双手托着下巴，索性坐在他的肩头呢。

晨光也像是脏兮兮的，偷偷摸摸地从悬在头顶的树枝间泄漏下来——那些大树长满了瘤节，垂下苔藓似的枝蔓，提姆从未见过这种怪兽般的树。这时候，他的草丘已被二十多圈涟漪包围住了。最短的进攻者看似约有十英尺，但大多数都长得多。连呼带喊加击掌已不能把它们吓跑了。它们正打算群起而攻之。

这还不算最糟，就着树冠间泄下的天光，他发现，竟然还有一群观众在远观他即将被吃、被杀死的场景。但光线还不够亮，看不清那些旁观者的脸，这反而让提姆感到悲凉的庆幸。粗粗望见他们矮墩墩的身影，三分像人，七分像兽，这就够糟了。他们站在大约七八十码之外的最近的陆岸边。提姆数得出六七人，但觉得还不止这些。仅靠雾气中的昏暗光线，很难看得真切。他们都有圆滚滚的肩头，毛发蓬乱的脑袋刺拉拉地往前探伸。模糊不清的身体上垂挂下一些破破烂烂的布条，大概是破衣服，也可能是酷似垂在树枝间的苔藓般的缎带。在提姆看来，他们像是某种沼泽泥巴人，从泥沼里升起来只为了远观健泳者戏弄猎物、然后大口朵颐。

有何关系？不管他们看不看，我反正是死定了。

有个绕着圈在水里爬行的家伙一跃而出，脱离同伴的轨迹，向草丘游来，尾巴拍打着泥水，昂起了史前怪兽般的脑袋，咧开了大嘴，露出一个比提姆的个头还长的狞笑。它狠狠撞向提姆站立的位置，撞到了他脚下的泥土，力道大得让整座草丘像果冻一样颤了颤。岸边上，观战的泥巴人发出短促而尖利的吼声。提姆觉得他们就像周六下午看得分比赛的观众们。

这种联想足以激怒任何人，也彻底驱走了他的恐惧。恐惧消失了，取而代之的是纯然的愤怒。这些水兽会夺了他的性命吗？怎么可能夺不走呢。但是，如果寡妇给他的四轮枪真的没有受潮，他或许可以开一两次火，权当让这支枪开开荤。

如果开不了火，我也能转过枪头，用枪柄砸这水兽，砸到它把我的胳膊揪断为止！

水兽正要爬出水面，粗短前腿末端的利爪揪断了芦苇和野草，留下黑洞洞的泥坑，眨眼间就被水淹没了。它的尾巴上部黑里见绿，贴地的下半部分却像死人肚子一样惨白，一摇一摆地推动它向前、向上，同时拍打水面，把污浊的泥浆溅向四面八方。眼窝就在鼻子上面，鼓突的圆眼珠一跳一跳，跳一下就突一下。那双眼睛死死盯住提姆的脸。长长的嘴巴空咬着，牙齿摩动，听来就像石块彼此倾轧。

岸上——距离他七十码也好，一千轮也好，没有差别——那些泥巴人又喊起来，好像在欢呼怪兽得分。

提姆解开了棉布袋子。虽然水兽已将半个身子拖上了草丘，咔嗒咔嗒咬合着的利齿距离提姆湿透的靴子不过区区三英尺，但他的手很稳，手指也很听话。

照寡妇教的那样，他用拇指扳下一块击锤，将一只手指钩住扳机，并屈下了单膝。现在，他和步步逼近的威胁在同一水平线上了。提姆能闻到它喷出腐臭的气息，也看得到它粉红色的喉咙在轻微脉动。然而，提姆在微笑。他感到这绷紧的笑容在拉扯嘴角，他很高兴。生死关头，人最好面带微笑，确实如此。他只希望爬上来的是收税人，肩头还栖息着绿莹莹的、骗人取乐的小同伴。

“伙计，让我们瞧瞧你喜不喜欢这个。”提姆嘀咕了一声，扣动了扳机。

爆裂声如此震耳，提姆一开始还以为四轮枪在手里爆炸了呢。好在，枪没有爆裂，但爬行水兽的眼窝爆裂了。红红黑黑的脓水溅开。水兽爆发出痛不欲生的吼叫，蜷缩起身子，四支粗短的腿脚蹬在半空。它跌到水里去了，辗转翻滚了一阵，又肚皮朝上挺了起来。一团血红色，如云雾一样从它半隐半现的脑袋里弥漫出来。原本贪婪的狞笑凝结了，成了死神的招牌笑容。树冠里，被惊醒的鸟群拍着翅膀叽叽喳喳，冲着下面一顿暴叫。

依然是浑身冰冷，提姆却没有留意到自己仍在微笑，他打开四轮枪的枪身，取出用过的弹壳——还冒着烟呢，摸上去也是烫的。他抓起那半截面包，用嘴巴叼起当作盖子的那一小块，掏出一颗子弹，塞入空弹巢。咔嗒一声，枪声合拢，他这才把小块面包吐出去，现在，面包已渗有油味了。

“来吧！”他冲着那群水兽大喝一声，它们正在激动不已地来回疾游（潜伏在泥沼中的母龙原本露出的拱形脑袋已经不见了）。“来呀！多吃几颗子弹！”

这并不完全是虚张声势。提姆发现，他确实希望它们靠近。就算是他父亲的斧头——此刻仍别在他腰间——也从没让他觉得如此得心应手，此刻，再无他物可堪比他左手紧握的、沉甸甸的四轮枪。

岸边传来一种声响，起初，提姆听不出来那是什么动静，不是因为声音本身太古怪，而是因为那和他对那些旁观者的猜想有所矛盾。泥巴人是在鼓掌。

他转身面对他们，冒着烟的枪仍握在手里。他们全部跪下来，以拳叩额，说出的言语好像是他们唯一能说出来的话——致敬——在低等语和高等语里发音相同的词并不多，这便是其中之一，让世界旋转起来的一个词，曼尼人称之为“首词”或“神首”。

难道……

提姆·罗斯，杰克之子，望着跪在岸边的泥巴人，又看了看自己手中那支古老（但非常管用）的武器。

难道他们以为……

这是可能的。事实上，不只是可能。

法戈纳德沼泽地的部落人已经相信他就是枪侠了。

好半天，他被惊得无法动弹。他站在为自己搏命而战的草丘上凝视他们；他们则跪在七十码之外高高的绿芦苇荡和烂泥里，握紧的拳头抵在蓬乱长发遮掩的额头，他们也在凝视他。

最终，某种人之常情开始起作用了，提姆领悟到了，他必须利用他们对自己的信念——趁他们还相信他。他开始在脑海中搜刮妈妈爸爸给他讲过的故事，还有寡妇斯迈克给学生们念过的书——那些珍贵的书。但是，没什么情节特别符合眼下的状况。他又想起“马掌”哈利讲过的老故事——哈利是个怪老头，也在锯木厂里做兼职工，有点傻乎乎的，总喜欢用手比作枪，对准你假装扣动扳机，也动不动嘀咕一长串怪话，据他说，那就是高等语。他顶顶喜欢讲蓟犁的枪侠——从蓟犁远道而来，手持大铁枪，一往无前执行使命。

哦，哈利，但愿是卡让我在那天午休时刚好听到你的狂人诳语。

“你们好，信民们！”他朝岸上的泥巴人喊道，“我看到你们了！快请起身，臣服于我！”

过了好半天都没动静。等他们站起身，依然用深不可测、疲惫沧桑的眼神凝望他。他们都半张着嘴，下巴都快拖到胸脯上了，那是看到奇景时才有的表情。提姆看到有些人手持简陋的弓弩；还有些人瘪瘪的胸前用编藤插绑着大头棒。

接下去我该说什么？

提姆心想，有时候，只有大实话才管用。

“帮我离开这个该死的草丘！”他喊了出来。

一开始，泥巴人们只是张口结舌地看着他。好半天，他们才凑到一起，用混杂着咕哝、咔嗒和让人惊慌的低吼声商讨了片刻。就在提姆开始认定这场会议肯定会没完没了地开下去的时候，几个部落人转身跑开了。个头最高的那个人则转向提姆，伸开了双手。那确实是人类的手，但手指似乎太多了，手掌也蹭满了苔藓状的东西，看起来是绿的。这个手势的意思又明确又干脆：待在那儿别动。

提姆点点头，又在草丘上坐下了（他想起了儿歌里唱的，奶油小姐乖乖坐在蛋糕上），吃起了剩下的面包。他一边吃着，一边瞥着游动不已的水兽，留意它们是否缓过神来，是否会重蹈覆辙，与此同时，四轮枪始终握在手里。苍蝇和别的小飞虫纷纷落在他裸露的肌肤上，慢悠悠地吸饱他的汗才肯飞走。提姆心想，要是一时半会儿没人来救他，他只能跳到水里去，否则没法摆脱这些烦人的小东西，它们飞得太快了，根本拍不到也拍不完。然而，天晓得泥沼里还藏着什么生物、潜伏着什么怪兽？

他吞下了最后一口面包，并听到一阵有节奏的躁动声穿越了晨雾弥漫的沼泽，惊起了更多鸟飞向高空。有些鸟大得惊人，长长的翅膀是粉色的，起飞前，两条细细的长腿会在水波间踩踏几步。它们的叫声清亮如啼，在提姆听来，很像是小娃娃的疯笑声。

不久之前我希望自己有一段空木可以敲，现在有人真的敲响了。这念头让他露出乏累的笑容。

敲打空木的声音持续了五分钟左右，停止了。岸上的部落人眺望着提姆来时的方向——应该说是更稚嫩的提姆，那时的他傻乎乎地欢笑着，跟着一个名叫艾蔓妮塔的坏心眼儿的精灵。泥巴人以手遮阳，因为现在的阳光已很猛烈地穿透高悬的枝叶，渐渐驱散晨雾。可想而知，这又将是一个不同寻常的酷热天。

提姆听到了划水声，没过多久，一条奇形怪状的小船从迷蒙不清的晨雾中浮现出来。天知道从哪儿搜集来的一些碎木头被捆束在一起，这条简易拼凑的小船半沉在水里往前滑，后面拖了长长的苔藓和水草。有桅但没帆；桅杆的顶部——最宜瞭望的位置——插着一只野猪头，被一群群行迹不定的苍蝇围拢着。四个沼泽地部落人在划桨，桨是一种橘红色的木头制成的，提姆认不出来那是什么木头。第五个人站在船首，戴着一顶黑绸礼帽，帽檐上绑着一条红丝带，丝带垂下来，荡在赤裸的肩头。他目视前方，时而向左挥手，时而向右。划桨的部落人紧随他变换不定的指令，坚定用力地划满每一下，小船在草丘间流畅地蜿蜒前行——提姆就是沿着这些草丘跳入现在的困境的。

小船靠近母龙先前所在的水域时，掌舵人弯下腰细看那黑漆漆的、一动不动的水面，然后嘟哝了一声，费力地站起身。在他的怀里，有一长条滴着血的尸段，提姆猜想，桅杆顶端的野猪头肯定是刚刚从这段尸首上被割下来的。掌舵人怀抱着尸段，不顾猪血染脏了他毛发蓬乱的前胸和双臂，只是炯炯地凝视水底。他发出一声尖利、短促的叫喊，紧接着，只听到一连几声飞速的喀拉喀拉声。桨手收起了桨。小船向着提姆所在的草丘静静滑行了一点，但掌舵人丝毫没注意方向，依然全神贯注地盯着水里的情况。

当一只巨爪静静地升出水面时，并没有溅起太多水声，半张半拢的利爪却让人惊恐。掌舵人将鲜血淋漓的尸段轻轻地放进那只无声索求的爪子，俨然像是母亲把宝宝轻轻地放进摇篮里。利爪合拢，扣住肉身，挤出了一些血水，滴到了水里。接着，就像升起时那样悄无声息，利爪收下贡品，悄然隐没在水里了。

现在你懂了吧，该如何讨好一条龙，提姆心想道。他猛地想到，自己这次攒够了奇妙故事，别说怪老头马掌了，整个树村的人都会听得一愣一愣的。他想知道，自己还有没有机会跟他们讲故事了。

小小的平底船靠上了草丘。桨手们垂首致敬，以拳触额。掌舵人也一样。当他在船头用手势示意提姆应该上船时，骨瘦如柴的手臂下，一条条长长的棕绿色的东西摇摇摆摆。在他的两颊还有更多这样毛发状的东西，一直垂落下颏以下。甚至他的鼻孔里也好像塞满了菜叶似的东西，以至于他只能用嘴巴呼吸。

根本不是泥巴人，提姆爬上小船时，心里想道，他们是植株人，变异人，在沼泽地里生存，并变成了沼泽地的一部分。

“我说谢了。”提姆对掌舵人说，并侧过拳头，抵住自己的前额。

“向您致敬！”掌舵人答道。他裂开双唇，现出一个微笑，露出的几颗牙齿都是绿的，但笑容并没有因此而失色。

“有幸相会。”提姆说。

“致敬。”掌舵人又说了一遍，然后，他们几个一起高呼，在沼泽地里掀起回响：致敬！致敬！致敬！

岸上（如果每走一步都会摇晃并有泥浆渗出的土地也能算岸的话），部落人将提姆围在中央。他们围起来有泥土的味道，而且味道很冲。提姆手持四轮枪，倒不是因为他有意开火，或用以威吓，只是因为他们显然很想看看它。如果有人探出手、想摸一摸真家伙，提姆肯定会不假思索地把枪收回袋子里，但没人敢摸。他们咕咕哝哝的，手里比划着，发出那种像鸟叫的啾啾声，但除了那句“致敬”，他们也没说什么提姆能听懂的话。但当提姆和他们讲话时，他很确定，他们是明白的。

他数了数，起码有十六个人，全都是男人，全都是变异人。他们就像植株，大多数人身上都会有菌类自生，有点像提姆在锯木厂拖木头时经常看到的花木上长出的一排排蘑菇。他们身上还有很多疖子和流脓水的溃疡。渐渐的，提姆可以确信：他们部落里肯定有女人——很少——但不会有孩子。这是一个即将死绝的部落。很快，法戈纳德就会收下他们，就像母龙欣然接纳献给它的野猪肉。他打量他们的时候，他们也在看着他，但那种眼神让他想起自己在锯木厂干活的时日。每当上一个工作完成了、下一个任务还没有布置时，他和打工的男孩们就是这样看着工头的。

法戈纳德的部落人认为他是枪侠——荒唐之极，他只是个毛孩子，但事实就是如此——并且，就眼下而言，他们愿意听令于他。这对他们来说反而是容易的，但提姆从没想过当头领是怎么回事儿，甚至连做梦都梦不到这一点。他该有什么要求呢？如果他要求他们把他送回沼泽地的南端，他们肯定办得到；他对此很有把握。到了南端，他相信自己可以找到回铁木道的路，继而也就能回到树村了。

回家。

提姆知道，这是合情合理的做法。但如果就这么回家了，妈妈依然看不见。就算逮住了老凯尔，也改变不了这个事实。他，提姆·罗斯，千辛万苦走了一遭，却将空手而归。更糟的是，康文纳特大人大概会在银盆里看到他备受打击、灰溜溜地逃回南部。他会耻笑他。邪恶的小精灵大概会坐在他的肩头，跟着他一起哈哈大笑。

就在他思忖这些的时候，突然想起寡妇斯迈克在开心的日子里挂在嘴边的一句话——那时候，他还是一个无忧无虑的小学生，最大的烦恼莫过于要在爸爸伐木归来前把家务事和功课做完。寡妇常说的是：*我的傻孩子们，你们不问的问题，就是最傻的问题。*

提姆缓慢地（不带什么希望地）说道：“我的使命是找到梅林，他是一个伟大的魔法师。有人告诉我，他住在无尽森林里的一栋大屋里，但告诉我这些事的人……”*是个混蛋。是个骗子。是个哄骗孩子以消遣自己的残忍的无赖。*“……不可信赖。”他终于说完了这句话。“你们住在法戈纳德，是否听说过这个梅林？他或许戴一顶高帽子，帽子是太阳的颜色。”

如果他们摇头，或是听不懂，都在他的意料之中。然而，部落人听了他的话，纷纷从他身边往后退，组成了一个交头接耳、喋喋不休的圈子。他们说了起码十分钟，有好几次，谈话变得很激烈。最后，他们终于转向正在等待的提姆。很多流着脓水的扭曲的手指将刚刚那位掌舵人推了出来。这位尊者有着宽阔的肩背，身形强壮。要不是从小生活在草木浸水、水里毒物遍布的法戈纳德，他本该是个很俊朗的男人。他的双眼闪烁着智慧的光芒。在他的胸前，右乳上方，有一颗很大的脓包鼓突在皮肤上，不停地悸动着。

他伸出一只手指，做出了提姆认得的手势：寡妇斯迈克用来示意“注意我说什么”的动作。提姆点点头，伸出没有握枪的右手食指和中指，指了指双眼，那也是寡妇教过的回应方式。

提姆猜想，这个掌舵人应该是部落里最擅长表演的人吧，此刻，他也点点头，顺着下巴上混杂成一团乱麻的须冉和野草，再往下一点，在空气里抚了抚。

提姆登时激动起来。“胡子？是的，他有一大把胡子！”

接着，掌舵人又如此抚了抚头顶的空气，一边收起拳头来示意：那不只是顶高帽子，而且是个三角形的帽子。

“就是他！”提姆真的笑出了声。

掌舵人也笑了，但提姆觉得那不是一个轻松的笑容。几个部落人开始叽叽呱呱地说什么。掌舵人示意他们安静，再转向提姆。还没等他的哑剧继续上演，右乳上的脓包突然迸裂了，脓水和血水喷了出来。一只鸟蛋大的蜘蛛从脓包里爬了出来。掌舵人抓住它，碾碎它，再把它扔到一边。这可怖的场面让提姆目瞪口呆，就在他傻看的时候，掌舵人已用单手把疮口推得更大了，等到裂口像嘴巴一样长大时，他用另一只手探进去，挖出一串微微颤动、光溜溜的蛋。他不经意地把它们甩到一边去，就像别人在寒冬的清晨甩掉刚擤出来的一大把鼻涕。其余的部落人视若无睹，只想看哑剧的下半场。

处理完了脓包，掌舵人以双掌双膝着地，做出各式各样的掠食者进攻的模样，同时像野兽那样咆哮。演了一会儿，他停下来，抬头看了看提姆，提姆摇摇头。他的胃也在摇摆中挣扎呢。这些人刚刚救了他的命，他觉得，在他们面前呕吐是非常不礼貌的。

“这个，我不明白，先生。我说抱歉了。”

掌舵人耸耸肩，站起来。长在他胸前的厚厚的野草已经沾上了血珠。他再一次模仿了长胡子和三角帽。再一次趴到地上，又吼又叫，假装要冲杀。这一次，所有人都跟着他一起做。这个部落突然间变成了一群危险的野兽，但他们的笑声和显而易见的欢呼声却破坏了这种幻觉的可信度。

提姆又一次摇摇头，觉得自己分外愚蠢。

掌舵人不像其他人那样欢呼欢笑，看起来，他忧心忡忡。他站了一会儿，双手搭在后腰，想了半天，又将一个部落人招呼过来。这个人很高，脑袋是秃的，也没有牙齿。他俩商讨了好一会儿。接着，高个子拔腿跑了，虽然他的腿弯得那么厉害，身子左右摇摆，好像浪尖上的小艇，但他跑得飞快。掌舵人又招来两个人，吩咐了几句。他们也跑了。

掌舵人第三次趴到地上，模仿凶残野兽。这次，他停下来抬头看提姆的表情近乎是在恳求了。

“狗？”提姆斗胆猜了一下。

听了这话，围观的部落人爆发出由衷的笑声。

掌舵人站起来，用六只指头的手拍了拍他的肩膀，好像在说：别往心里去。

“就告诉我一件事吧，”提姆说道，“梅林……他是真的吗？先生？”

掌舵人思考了一会儿，展开双臂伸向天空，那是一个夸张的“天啊”的手势。树村的人都懂，这个肢体语言要说的是：

谁知道呀？

一起跑走的那两个部落人回来了，麻绳肩带上背着一篮编织好的芦苇草。他们把篮子放在掌舵人的脚边，再转身向提姆致敬，这才咧嘴笑笑，站到一边去了。掌舵人蹲下来，还招呼提姆学他的样儿。

不用等掌舵人把篮子打开，提姆就已知道篮子里装着什么了。他闻到了新鲜的烧肉味，不由得用袖口抹了抹口水。那两人（也可能是他们的女人）带来的吃食相当于伐木工人的午餐：切片猪肉用看似瓜类的橘红色蔬菜腌了好几回，再用薄薄的绿叶包好，俨然是不用面包的粑粑客。篮子里还有草莓和蓝莓，而在树村，早就过了吃莓子的时节了。

“谢谢你！”提姆连拍了三次喉头。这又让大伙儿笑起来，每个人都拍了拍喉咙。

高个子也回来了。肩上挂着一只皮革水袋，手里提着一只小皮包——提姆从未见过那样光滑细腻的皮革。他把皮包交给了掌舵人，水袋递给了男孩。

没有接下水袋前，提姆都没意识到自己有多渴，他握住鼓鼓囊囊的水袋，用手掌轻轻地挤压，用牙齿咬掉盖子，像村里的男人们那样把水袋架在手肘上，猛灌了一口。他早就做好了心理准备：水会是咸咸的，说不定还有虫呢；但出乎意料的是，这水清凉甘甜，和他家木屋和谷仓间的清泉一样好喝。

部落人都笑着鼓起掌来。提姆看到高个子的肩头有个脓包就快迸裂了，就在这节骨眼上，掌舵人拍了拍他，让他如释重负。掌舵人有东西给他看。

那只皮包。中间部分似乎用某种金属线接缝的。掌舵人掀起连接在金属接缝上的小把手，皮包自动打开了，好像魔法生效了。

包里有一个磨砂质地的金属盘，差不多有小碟子那么大。上面写了什么字，但提姆读不出来。字迹下面有三个按钮。掌舵人按下其中之一，金属盘里伸出一根短小的支杆，伴随着低沉的呜呜声。部落人已聚拢过来，围成半圆形，连说带笑，又鼓起掌来。他们显然很开心。提姆呢，口不渴了，脚踩在踏实（至少可以让人站稳）的土地上，他决定也要让自己开心起来。

“先生，这是先民留下来的吗？”

掌舵人点点头。

“在我们村，拿着这种东西是很危险的。”

掌舵人好像没明白，从他们困惑的表情来看，这些植株人都不明白他在说什么。但是，掌舵人反应过来了，他大笑起来，冲着天地万物挥挥手：天空、水面、他们站立着的软泥地；好像在说：*万事万物都有危险*。

在这地方，提姆心想，*或许万事万物都意味着危险*。

掌舵人用手指戳了戳提姆的胸膛，带着歉意地轻轻耸耸肩：*不好意思，但你必须集中注意力*。

“好的，”提姆说着，伸出双指对着眼睛，“我在看。”这让他们咯咯直笑，还用胳膊肘捅捅旁边的人，好像他刚刚做了一次特别棒的表演。

掌舵人按下了第二个按钮。金属盘“哔哔”地叫起来，旁观的部落人不禁低声赞叹起来。三个按钮下都亮起了小红灯。掌舵人开始慢慢地转圈，手持这个金属装置，好像端着祭品那样郑重。转了大半个圈，金属盘又“哔哔”地叫起来，红灯变成了绿灯。掌舵人伸出植物和毛发旺盛的手指，指出金属盘所指示的方向。提姆也能从隐没在树冠和云端的太阳判断出，那是北方。掌舵人扭头看了看，想知道提姆是否明白。提姆觉得自己明白，但还是有个疑问。

“那个方向只能走水路。我可以游泳，但……”他露出牙齿，恶狠狠地空咬几口，又指了指之前那个草丘——他差点儿在那儿成了恐怖水兽的早餐。部落人被他逗得捧腹大笑，掌舵人笑得最凶，不得不弯下腰，抓紧自己长满苔藓的膝头，否则，恐怕他真的会笑趴下的。

是啊，提姆在心里说，很好笑，我差点儿被活吞了呢。

等那股笑劲儿过去了，掌舵人终于可以站直了，他指了指那条快要散架的小船。

“噢！”提姆说，“我把它给忘了。”

他在心里说，自己扮演了一个大笨蛋枪侠。

掌舵人看着提姆上了船，这才站到他惯常的位置——刚刚插着腐败的野猪头的桅杆下面。桨手各就各位。水和食品一一递上来；装着罗盘（如果那个算罗盘的话）的小皮包被提姆装进了寡妇给的棉布袋子。四轮枪插进了左臂上的腰带里，差不多和右边的手斧重量相当，刚好平衡一下。

一连串来来回回的“致敬”告别之后，高个子走上前来——提姆认为他应该是部落的头领，虽然大部分沟通事宜都是掌舵人完成的。他站在岸上，肃穆地凝视船上的提姆。他用双指指向双眼：*注意我说什么*。

“我会好好看的。”他集中注意力去看，哪怕眼皮已经不自觉地往下沉了。他都记不得上一次睡好觉是什么时候的事了。反正，昨晚是没合眼。

头领摇摇头，又重复了一遍双指的动作——这一次，显然更用力了，提姆在意识的深处（甚或是在他的灵魂深处，卡的灵光微妙乍现）好像突然听到了一句悄然的言语。他第一次想到，这些沼泽地部落人或许不是靠言语来理解他的。

“警戒？”

头领点点头；其余的人也呢喃着附和。现在，他们的脸上已不见笑意或欢闹；他们看起来都很悲伤，奇怪的是，他们也因此有了孩童般的表情。

“警戒什么？”

头领以双膝双掌着地，开始飞快地转圈。这一次，他没有模拟嚎叫，而是一连串狗吠似的声响。时不时地，他会停下来，对着金属仪器指出的北方昂起头，长满绿色藤须的鼻孔一翕一合，好像在嗅闻空气。最后，他站起来，带着提问的表情看着提姆。

“好吧。”提姆应声。他不明白头领要表达什么意思——也不知道他们现在为什么都情绪低落——但他会记在心上的。如果他看到了，就会知道头领这么费劲地要告诉他什么。如果他看到了，他或许就能明白了。

“先生，你能听到我的想法吗？”

头领点点头。他们都点头了。

“那么，你就知道我不是枪侠了。我只是想给自己打打气。”

头领摇摇头，笑了，好像这根本不用去谈。他再次摆出“注意”的手势，将双臂夹紧在脓疮遍布的身躯两旁，然后，开始夸张地颤抖。其余的人——甚至坐在船里的划桨人——也学他的样子抖起来。抖了一会儿，头领跌倒在地（泥地被他的重量压塌了一片）。其余的人也学他的样子跌倒在地。提姆瞪着这些人一动不动地躺在地上，惊讶得无法言语。最终，头领站起身来，凝视提姆的双眼。这个表情是在问提姆，明白了吗？提姆明白了，也因此而恐惧。

“你是说……”

他没法把余下的话说出来，至少，没法大声地说出口。太可怕了。

（你是说，你们都将死去）

头领沉痛地凝视着他的双眼，渐而露出一丝微笑，并极其缓慢地点了点头。接着，提姆无比确信自己不可能是枪侠了。因为，他哭了。

掌舵人将长杆一撑到底，小船离岸。左舷的桨手们负责转向，小船驶到开阔的水域后，掌舵人用双手指令，全速前进。提姆坐在船尾，打开食筐。他吃得不多，因为他虽然很饿，但因为心事重重，饿也吃不下。他想把食物分给大家吃，桨手们却只是笑笑，意思是谢谢，不用了。水面平滑如丝缎，只能听到有韵律的桨声，提姆的眼皮很快就耷拉下来了。他做了一个梦，梦到母亲在摇晃他，告诉他，已经天亮啦，再不起床就赶不及给爸爸的骡子上鞍座了。

原来，他真的还活着？提姆问道，但问得如此荒唐，引得内尔大笑起来。

他是被摇醒的，这件事确实是真的，但不是母亲的手，母亲只是梦中人。他睁开眼睛，看到掌舵人正俯身看着他，他身上的汗味和腐烂的蔬菜味道是如此浓重，害得提姆差点儿打了个喷嚏。而且，也不是天亮时分。恰恰相反：太阳已经走过大半个天空，发出不刺眼的红光，穿过河流右岸瘤节重重、奇形怪状的树照射过来。提姆叫不出那些树的名字，但他知道，小船靠岸后，长在后面斜坡上的是什么树——铁木，真正的巨木。树干下还散布着很多橙色和金色的花朵。提姆想，要是妈妈看到这些漂亮的花肯定会非常惊喜的，接着又想到，她将再也看不到了。

他们走到了法戈纳德沼泽地的尽头。眼前，是真正的森林深境。

掌舵人帮着提姆翻过船舷，两个桨手将食筐和水袋递上岸。这些装备都搁在提姆的脚边——这一次，他站到了真正的土地上，脚下不再晃动，也不再渗出泥水。掌舵人比划了一下，让提姆打开寡妇的棉布袋子。提姆照做了，掌舵人模拟出“哔哔”的声响，这让船上的部落人再次咯咯地笑起来，他们显然很赞赏他的表演。

提姆取出装有金属盘的小皮包，打算递给掌舵人，他却摇摇头，指了指提姆。这意思再明白不过了。提姆拨出小拉杆，接缝开启，取出了金属仪器。这么薄的东西竟有这么沉，而且这么光溜，真让人惊讶啊！

千万别摔了，他告诫自己，我会顺着这条路回去，把它还给他们的，就像在村子里，不管借了什么碗碟或工具，用完了都要还给人家。而且，一定要保存完好，还回去的时候要和借来的时候一个样。只要我能把它还给他们，就会发现他们都安然无恙地活着。

部落人在观望，似乎想知道他还记不记得怎么使用它。提姆按下了按钮，小支杆竖起来了，接着再按一个，哔哔声响起，红灯亮了。这一次，部落人没有笑，也没有学鸟叫；因为这是正经事，或许，还是生死攸关的大事。提姆慢慢地转向，转到树丛间一条上坡的土路——以前，这里大概真有一条小路——红灯变成了绿灯，又响了“哔”一声。

“仍然是北方，”提姆说，“哪怕日头落了它也能指路，对不？哪怕树丛太密了、根本看不到古母星和古老星，也可以吗？”

掌舵人点点头，拍了拍提姆的肩膀……接着，他弯下腰，在他的脸蛋上飞快地、轻轻地亲了一下，然后退后一步，似乎突然警醒，发现自己举止太贸然了。

“没关系的，”提姆赶紧说道，“这很好。”

掌舵人屈下单膝。其余的人都已下了船，随之一起跪下。他们以拳触额，高喊“致敬”。

提姆感到泪如泉涌，便强忍着不让泪流下来。他说：“如若信民，敬请起身。以爱的名义向你们致谢。”

他们起身，一个个返回船上。

提姆举起带有字迹的金属盘。“我会把它还回来的！有了它实在太棒了！我肯定会还的！”

掌舵人缓慢地摇摇头——虽然仍在微笑，但那不知为何让人觉得害怕。他最后一次带着喜爱和留恋的眼神看了男孩一眼，将破旧不堪的小船撑离坚实的地岸，命令船员驶向不安稳的、他们的家园所在。提姆站在岸边，目送小船慢慢地、稳稳地向南而去。船员们扬起滴着水的船桨向他致以最后的道别时，他也拼命挥手。他看着，看着，直到小船在夕阳投下的火红波影中变成一道微渺的影子。他抹去眼泪，差点儿没忍住把他们叫回来。

小船看不到了，他那瘦小的身躯扛起脚边的装备，转向金属仪器刚刚指出的方向，走进更深邃的森林。

黑夜降临了。起初还见得到月亮，但月光照到地上时不过是不可信赖的一星光斑……没过多久，连月光也彻底消失了。他可以确定，原先这里一定有条路，但这条路很蜿蜒，时不时绕到这边或那边。头两回，路变道时，他差点儿撞上树，但第三回没躲过去。他在想梅林——这个人，真有可能存在吗——紧接着，前胸就撞上了一棵铁木的树干。他抓紧了金属盘，但食筐滚到地上，弄洒了。

这下可好，我得趴在地上用手摸索了，除非我在这里逗留到天亮，否则肯定会漏掉什么……

“旅行者，您需要灯光吗？”一个女人的声音突然响起来。

日后，提姆会声称自己惊呼起来——难道我们不都这样吗？篡改记忆，以使记忆反映出更好的自己？——真实的场景决非惊呼那么矜持：他吓得惨叫一声，跳将起来，金属盘从手里跌落了，要不是内心深处的求生意志坚定地蹿出来，他肯定拔腿就跑（根本顾不上他可能连连撞上大树）。如果他跑了，很可能再也找不到散落在这条小径旁的食物。也肯定就此丢失了金属盘，可他发过誓要将它保存完好、物归原主的。

就是金属盘在说话呀。

这个念头太荒谬了，就连艾蔓妮塔那么娇小的精灵都没法钻进那么薄的金属盘里……可是，一个小男孩独自在无尽森林里，找寻死了几百年之久的老魔法师，这岂不是更荒谬吗？何况，就算他还活着，也很可能住在几千轮之外、积雪永不化的地方。

他想找绿光，但没看到。心好像要蹦出来了。提姆跪坐在地，用手摸索，碰到了一团树叶包裹着的粑粑客，又摸到了一小篮浆果（好多都滚出来了），也摸到了食筐……但找不到银盘。

他绝望地喊起来。“你到底在哪里？”

“这儿，旅行者。”女人的声音又响起了。非常镇定。是从他的左手边传来的。他依然四肢着地，转向那个方向。

“哪儿？”

“这儿，旅行者。”

“继续说话，可以吗？”

那声音十分顺从。“这儿，旅行者。这儿，旅行者。这儿，旅行者。”

他继续朝那个方向摸，一只手捂住了那珍贵的人造物，立刻在掌心里把它翻了个面，这才看到绿灯的亮光。他把它捧在胸前，大汗淋漓。他觉得自己从没这么害怕过，哪怕恍然大悟自己站在龙头上时都不曾如此恐慌，相应的，也从没这么释怀过。

“这儿，旅行者。这儿，旅行者。这儿——”

“我找到你了。”提姆说，觉得自己好傻，又觉得一点儿也不傻。“呃，你，现在可以不说了。”

银盘立刻静止了。提姆在原地又坐了大约五分钟，聆听着深夜森林里的各种声响——不如沼泽地里的动静那么吓人，至少现在是——慢慢地让自己平复下来。然后，他说道：“是的，女士，我需要灯光。”

银盘发出嗡鸣声，和升出小支杆时的声响一个样，一道白光乍现了，亮得几乎闪晕了提姆。参天大树突然跃现在他周围，刚才悄无声息地挨近他的某种动物“嗖”的一声被吓退了。虽然提姆眼冒白光，看不清周遭，但他似乎瞥见了那毛皮光滑的动物——或许，还看到了一条弯弯曲曲的尾巴。

银盘上竖起了第二根小支杆。强烈的光照就是从杆尖上的圆盖子里射出的。很像燃烧的磷光，但又不像磷光，光根本不是烧出来的。提姆实在想不通，这么薄的盘子里怎么会藏得下这么多支杆和小灯？但他并不在意。眼下，他只关心一件事。

“女士，它可以用多久？”

“您的问题不够精准，旅行者。请重新组织问句。”

“灯光可以持续多久？”

“现存电力百分之八十八。释放光亮可持续七十年，正负误差两年。”

七十年，提姆心里说，应该是够用了。

他把散落的东西一一捡起来，重新打好包。

有了亮光指引，小路甚而比靠近沼泽地的岸边更明显了，但这条路沿着缓坡向上，走到午夜时分（假定就是午夜吧，他没办法说准时间），提姆已是精疲力竭，哪怕在船上已经睡过一个长觉了。不合情理的闷热也不见消退，令人难以忍受，对他来说好比火上浇油。食筐和水袋也相当沉重，让他举步维艰。坚持到最后，他一屁股坐下来，把银盘放在身边的地上，打开食筐，狼吞虎咽了几口粑粑客。很美味。他想了想，又提醒自己：不知道前头的路还要走多久，食物应该省着点吃。继而又想到，银盘发出的亮光如此鲜明，偶然接近的任何生物都能看到，但也不排除来者不善的可能。

“女士，你可以把灯关掉吗？”

他不确定她会有反应——在刚才的四五个小时里，他挑起了很多话头，但她都不理他——但灯光立刻就消失了，把他重新扔回了彻底的黑暗。提姆立刻觉得身边围拢了生物——野猪、森林狼、负痖，说不定还有一两条大蛇——他不得不克制自己，以免再次恳求灯光的慰藉。

虽然热得不正常，但这片铁木林似乎知道此时是满土季，落下了很多松软的旧枝，这种旧枝一年才落一次，大多数都落在围绕树根的花丛里，还有些落得更远。提姆攒了一些堆起来，凑成一张临时睡铺，躺了下来。

他不由得想，*我快痉趴了*——树村的人用这个不雅的词形容那些失心疯了的人。其实他感受的不是痉趴，相反，是充实而满足，哪怕他也在想念法戈纳德的部落人，他很担心他们。

“我打算睡觉了，”他说，“女士，如果有什么东西过来了，您可以叫醒我吗？”

她回答了，但提姆不是很明白她的答复：“十九号指令。”

那是在，十八之后，二十之前。提姆兀自琢磨着，闭上了眼睛，立刻就昏昏沉沉了。他还想问问那个捉摸不定的无形女声：*你和沼泽地的部落人说过话吗？*但那时候，他已经睡着了。

入夜最深时，提姆·罗斯在沉睡，而他所在的这片无尽森林却是生机勃勃，无数细小而诡谲的动静此起彼伏。潜伏在标志着**北方中央电子出品—便携式指示仪—达利亚，**NCP-1436345-AN字样的精密仪器里的幽灵将这些逼近的生物逐一标记出来，但没感知有险情，因而保持静默。提姆一直在沉睡。

史洛肯——一共六只——把沉睡的男孩围在中央，围成松散的半圆形。有那么一阵，它们只是用奇特的金边眼睛凝视他，但之后，它们就齐齐转向北方，昂起鼻头对着半空。

北方尽头的中世界的天空，白雪永不消止，新土永无来时，巨大的云团翻涌成形，搅动着自南方而来的过热的空气。当这团云像肺叶一样开始呼吸，便会从云端下吸入大朵大朵的冰寒冷气，吞吐逐渐加快，云团仿佛变成了气泵，有了自助自长的吸力。很快，云团的外缘就会触及光束之路，也就是“达利亚指示仪”用电子方式显示的、提姆·罗斯在铁木林里依稀辨认出的那条道路。

光束玩味着风暴，觉得它很不错，便将它吸纳进来。暴冰煞开始向南移动，一开始很缓慢，然后越来越快。

鸟鸣声唤醒了提姆。他坐起身来，揉着眼睛。恍惚间，他一时不知道自己身在何处，但看到了食筐和高耸的铁木树冠间洒下的绿蒙蒙的光线，这才清醒过来。他站起来，往森林深处走了几步，准备例行清晨的公事，但他突然停下了脚步。他发现，自己睡觉的地方周围有一些密密的小足迹，他不禁纳闷了，是什么动物会在夜里过来审视他呢？

个头比狼小，他琢磨着，大概可以让人放心吧。

他解开裤带，例行公事。之后，他把食筐重新收拾好（他也很意外，午夜访客竟然没把食物洗劫一空），喝了几口水袋里的水，然后捡起了银盘。他的目光落在了第三个按钮上。寡妇斯迈克的声音在他脑海中浮现出来，告诉他别去摁，现在这样就很好了，但提姆左思右想，决定把她的告诫当做耳边风。要是他把所有好言相劝都听进去，此刻也不会身在此地了。当然，他妈妈也可能依然双目炯炯……但无论如何，老凯尔仍会是他的继父。他怀疑，生活中的一切都是有得有失的。

提姆在心中暗祷这该死的东西不会爆炸，按下了第三个按钮。

“你好，旅行者！”女声响起。

提姆也和她打招呼，但她根本不在意，只是继续讲话。“欢迎使用达利亚，由北方中央电子出品的指示仪。您正在猫的光束下，这条路也时常被称为狮的光束或虎的光束。您也处在鸟之路上，这条路更广泛地被称作老鹰之路、飞鹰之路和秃鹰之路。一切为光束服务！”

“世人都这么说，”提姆附和了一句，他只觉得惊奇，几乎没意识到自己说出了声，“但没人知道那究竟是什么意思。”

“您已离开位于法戈纳德沼泽地的九号地标。法戈纳德沼泽地里没有道根[①]，但设有一处充料站。如果您需要充料站，请说‘是’，我将规划您的路线。如果您不需要充料站，请说‘继续’。”

“继续，”提姆说，“女士……达利亚……我要找梅林——”

她打断了他。“目前道路前方的下一个道根位于金诺克北部森林，也就是通常所说的猛禽北境。金诺克北部森林的充料站已脱线。光束受到干扰，表示该址被魔法作用。该址还可能有变形生物。建议绕道而行。如果您希望绕道，请说‘绕道’，我将为您调整路线。如果您希望前往金诺克北部森林的道根，亦被称作猛禽北境，请说‘继续’。”

提姆思忖着这两个选项。如果这个达利亚建议绕行，叫道根的地方肯定很危险。但换个角度想，他千里迢迢而来，不就是来找魔法的吗？魔法，或者说，奇迹？何况他都在龙头上站过了。金诺克北部森林的道根还能危险到哪里去？

也许是很危险，他不得不承认……但他有了父亲的手斧、父亲的幸运币，还有了一把四轮枪——能开火，也见过血了。

“继续。”他说。

“距离金诺克北部森林五十英里，亦即四十五点四五轮。地形难度中等。气候条件……”

达利亚停顿了一下。接着，发出很响亮的“咔嗒”声。接着又是：

“十九号指令。”

---

① “道根”一词最早出现在“黑暗塔”第五本《卡拉之狼》中，大意是“前哨”。

“十九号指令是什么意思，达利亚？”

“为避开十九号指令，请说出您的密码。您可能会被要求拼写字母。”

“我不知道这都是什么意思。”

“您确定您不想让我为您规划绕行路线吗，旅行者？我探测到了光束之路上出现强烈干扰，表明魔法深重。”

“是光明魔法，还是黑暗魔法？”银盘里的声音大概很难理解这个问题，但这应该算最接近提姆真正想问的事了：*那是梅林吗？还是让我和妈妈遭遇这么大麻烦的那个人？*

过了十秒钟，仍然没有回复，提姆渐渐相信他得不到答案了……就算她再重复一遍十九号指令，那也完全无济于事。但出乎意料的是，达利亚作出了回答，却未必对他有用。

“都是。”达利亚答道。

始终是上坡路，闷热依旧。到了中午，提姆又累又饿，走不动了。他试了很多次，想让达利亚陪他说话，但她再一次陷入了沉默。按第三个按钮也没用，不过，她的指路功能似乎没有丝毫受损；当他故意走得偏右或偏左、远离难以用肉眼分辨的小径时，绿灯就会变红，指示小路的方向始终是向上并深入森林。只要他走回小路上，绿灯就会复现。

他从食筐里取出了一点东西吃，之后小睡了片刻。醒来时，已接近黄昏了，天气凉快了一点。他再度背起食筐（现在变轻了），把水袋挎在肩上，继续前行。下午很短，黄昏消失得更快。但夜晚不再那么让他害怕了，不仅因为他已安然度过了一夜，更重要的原因在于，只要他需要灯光，达利亚随时都会亮灯。挨过了酷热的白天，夜晚的清凉真让人神清气爽。

提姆又走了好几个小时，又累了。他正想捡些旧枝铺床、准备一觉睡到大天亮时，达利亚开口了。“旅行者，前方有难得一见的景致。如果您希望抓住这个机会看奇景，请说‘继续’。如果您不想观看，请说‘不’。”

提姆正准备把食筐搁到地上。听了这话，又背了起来，饶有兴趣地说：“继续。”

银盘的亮光熄灭了，但等提姆的视觉适应了黑暗后，他看到前方有光。虽说只不过是月光，但比小路上经过茂密枝叶层层筛泄的月光亮多了。

“请用绿色导航传感器，”达利亚说道，“安静地前行。奇景距离您目前的位置一英里，亦即零点八轮，正北方向。”

说完，咔嗒一声，她消声了。

提姆尽可能不发出任何声音，但在他听来，自己弄出的动静挺大的。不过，到头来或许也无关紧要。小路通到了一片林中空地，豁然开朗，这是提姆进林后看到的最宽敞的空地，但空地上的生物完全无视他的出现。

六只貉獭坐在一段倒下的铁木树干上，对着新月昂起鼻头。它们的眼睛像宝石一样熠熠闪光。这些年头里，在树村很难见到史洛肯，哪怕见到一只，都会被认为是相当幸运的事。提姆就从没见过。他有些朋友声称自己瞥见过貉獭在田野里或花木林道上嬉戏，但他觉得那不过是自吹自擂，纯粹瞎掰。可现在呢……六只貉獭，近在眼前……

他心想着，这些貉獭远比爱骗人的艾蔓妮塔漂亮多了啊！因为它们拥有的魔力是一切生物都有的。*昨晚围在我身边的一定是它们——我知道，就是它们。*

他如同行走在梦中，慢慢靠近它们，明知道自己可能把它们吓跑，但还是忍不住挪动脚步。它们动也没动。他伸出一只手，在一只貉獭面前晃了晃，毫不理睬脑海中响起的那个阴沉的声音（很像是寡妇在说话）——告诫他很可能被咬上一口。

貉獭没有咬，但感觉到了提姆的手指伸进了脖圈厚厚的毛发时，它好像醒了。貉獭从圆木上跳了下来。其余五只也跟着跳下来。它们绕在他脚边、双足之间互相追逐，互相嗅闻，发出的尖声吠叫把提姆都逗乐了。

一只貉獭扭头看着他……似乎也对着他笑了。

它们离开他脚边，跑到空地的中央，在月光下跑成一个圆圈，轻薄的影子上下跃动如波浪。突然，它们全都停下来，用后腿站立，抓地的脚爪尽力伸展，好像小毛人拼命眺望远方，想看到全世界。新月仿佛一弯微笑，它们就在那冷冷的月光下，齐齐向北，望着光束的方向。

“你们太棒了！”提姆喊道。

它们转向他，原先那全神贯注的神情被他的喊声打破了。“棒啊！”一只貉獭说着……它们相继飞奔进了丛林。它们消失地那么快，提姆几乎怀疑刚才的情景全是他幻想出来的。

几乎。

那天晚上，他就在空地上扎营，满心希望貉獭会回来。就在他渐渐坠入梦乡的时候，他想起寡妇斯迈克曾经说过什么，关于这不合时节的燥热天气。或许只是热一点……除非你看到史洛肯先生在星光下跳舞、或是抬着鼻头遥望北方。

他见到的可不止一位史洛肯先生，而是整整六位，不仅跳了舞，也抬起鼻子眺望了北方。

提姆坐起身来。寡妇说过，那是某种事情的征兆——什么来着？冰暴？好像不是，但也差不多——

“暴冰煞！”他说道，“是这个！”

“暴冰煞。”达利亚接口了，把他吓了一大跳，睡虫都被吓跑了。“具有巨大能量、快速移动的风暴。其特点包括：温度极速且骤然下降，伴有强劲大风。据称，暴冰煞会在世界各大文明区域造成大规模破坏和伤亡。在某些原始区域，整个部落甚至会因此灭绝。暴冰煞的定义由北方中央电子提供。”

提姆重新在旧枝铺成的床铺上躺下来，双臂垫在后脑勺，仰视星空，因有这片大空地，环状的星系可以看得很清楚。北方中央电子提供，是这么说的吗？好吧……也许是。他还有一个想法：暴冰煞的定义其实是达利亚提供的。她是一部不可思议的好仪器（不过，他也不是很确定：她仅仅是部仪器吗？），但有很多事，她无权告诉他。他还觉得，尽管她不可以泄露某些事，但她或许给了他很多暗示。她不是正在给他指路吗？就像康文纳特大人和艾蔓妮塔之前给他引路那样？提姆必须承认，有这种可能性，但他不太相信。也许他只是个笨小孩，什么事都可能信，但他想到，她大概已经很久、很久没和别人讲话了，而且挺喜欢他的。有一点是他能肯定：假如一场大风暴注定要来，他就该快点办好自己的差事，然后找地方躲起来。不过，哪里才算是安全的地方？

想到这里，他不禁又惦记起法戈纳德沼泽地的部落人。他们的处境一点儿都不安全……而且他们知道险情将至，他们不是把貉獭的姿态模仿给他看了吗？他曾向自己保证过，假如看到类似的场景，他一定能了解他们要说什么，现在，他全明白了。风暴就要来了——暴冰煞。或许就是因为有貉獭，他们已经预见到了，并等着暴冰煞让他们全体死去。

如此这般的千头万绪在他脑海里不肯平息，提姆觉得今晚肯定难以入眠了，但五分钟后，他已经睡熟了。

他梦到了史洛肯在月光下跳舞。

他开始把达利亚视作同伴了，虽然她的话不多，甚至有些话只会让他一头雾水，不明就里（天知道她在说什么）。有一次，她报出了一连串数字。还有一次，她说她会“断线”，因为她要去“寻找卫星信号”，并建议他停止进程。他停下来，眼睁睁看着银盘死寂了整整半个钟头——没有灯，也没有声音。就在他说服自己相信她真的死了的时候，绿灯再次跳现，小支杆也重新竖起来了，达利亚宣布：“已重新连通卫星信号。”

“愿你为此高兴。”提姆答道。

还有好多次，她主动提出要给他规划绕行路线。但提姆在这一点上坚持己见，每一次都婉言拒绝。离开法戈纳德后的第二天，快天黑的时候，她还给他背了一首诗：

瞧那雄鹰的明眸，
还有那翱翔天际的羽翼！
他发现了大地也发现了大海
甚至觅到了像我这样的小孩。

就算能活到一百岁（考虑到他眼下要实现的疯狂的任务，提姆觉得那一定是不可能的了），他也决不会忘记自己和达利亚在酷热天里爬坡跋涉的三天里的所见所闻。林中小径起初依稀难辨，渐渐变成一条明显的小路，有约几轮远的一段路紧贴着岩石峭壁，石块时不时地滑落下来。有一次，大约在整整一小时里，小路上方的天空里出现了数千只巨大的红鸟往南飞，仿佛正在迁徙。提姆心想，无论如何，它们肯定会在无尽森林里歇脚的。因为树村的天空里从没出现过这样的大红鸟。还有一次，四头蓝色的小鹿在他眼前跃过小路，好像根本不在意这个张口结舌的小男孩站在路中央瞪着它们。还有一次，他们走到了一片地，地里长满了巨大的鲜黄色蘑菇，每一只都有四英尺高，蘑菇头和伞盖一样大。

“它们好吃吗，达利亚？”提姆问道，他的食筐已经快见底了。“你知道吗？”

“不，旅行者，”达利亚答道，“它们有剧毒。但凡你的皮肤上蹭到一点它们身上的尘土，就会死于癫痫。建议：极端警惕。”

这个建议，提姆采纳了，甚至屏住呼吸，直到走过那片致命的小蘑菇林——那么灿烂、又那么恶毒的死亡之林。

第三天快结束的时候，他走到了大裂谷的边缘，往下看去，裂谷大概足有一千英尺，甚至更深。他看不到谷底，因为有一片片白花散布在下面。花丛那么密，乍一眼看下去，他还以为是云朵落到了地上呢。飘上来的花香甜蜜得让他心醉。裂谷之上，只有一座石桥横贯，通向另一边的瀑布，在日落余晖的照耀下，瀑布映出血红色的光芒。

“我要过这座桥吗？”提姆心虚地问。桥面看起来还没有谷仓的房梁宽呢……而且，到了中间，桥好像变细了。

达利亚没有应答，但绿灯的光很稳定，这就等于给出了答案。

“要不然，早上再说吧。”提姆说是这么说，明明知道自己想着这事也睡不着，却也真的不想在白昼快结束的时候挑战这座桥。一想到在漆黑的夜里摸索半空独石桥的后半段，实在让人不寒而栗。

“我建议您马上过桥，”达利亚对他说道，“并尽可能快速前往金诺克北部森林的道根。现在已无法绕道而行了。”

望着裂谷上这座摇摇欲坠的石桥，提姆几乎没留神银盘里传出的声音言之凿凿地告诉他，已无法绕道而行了。但是……

“为什么我不能等到早上呢？显然那样更安全些。”

“十九号指令。”咔嗒一声，比他之前听到的任何一次都要大声，接着，达利亚又加了一句，“但我还是要建议您加速前进，提姆。”

他已经好几次跟她说过，可以叫他的名字，别再说旅行者。但这还是第一次她叫出了他的名字，正因为这，他被她说服了。他放下了法戈纳德部落人的篮筐——有点舍不得——因为他背着它过桥很可能重心不稳。他把剩下的两个粑粑客塞到衬衣里，把水袋吊在后背，又检查了一遍：四轮枪和父亲的手斧都稳当地插在后腰上。他走向高出地面的桥堤，俯瞰下面的白花丛丛，发现黑夜已在花丛里投下了第一片阴影。他幻想自己踏错一步，徒劳地挥动双臂想稳住自己，但双脚还是滑出了石桥面，继而踩在虚无的半空中，并听到自己在下坠的过程里尖声大叫。这辈子还有很多事没经历过呢，应该会有片刻的工夫能让他遗憾吧，然后——

“达利亚，”他软绵绵地轻声问道，“我必须现在走吗？”

没有回答，就等于回答了。提姆迈出了裂谷上的第一步。

鞋跟踩在石头上的声音很响。他不想往下看，但没有选择；如果他不留神下一步往哪里挪，那就死定了。走上桥的时候，石桥还和村里的小路一样宽，但等他走到中间——他先前就怕这个，还希望是视差所致的错觉呢——竟然收缩到和他那双短靴一样窄。他试着平举双臂往前走，但一阵轻风吹向裂谷深处，掀起他的衬衣，令他觉得自己活像一只在风里摇摇飘升的风筝。于是，他放下手臂，慢慢地往前蹭，鞋跟顶着鞋尖，鞋尖顶着鞋跟，每一步都会带动身体左右摇摆。他不得不认为，疯狂跳动的心将敲出最后的鼓点，头脑里也将跳出最后的遐思。

妈妈永远不会知道我经历了什么事。

走到了中段，就到了桥身最窄的地方，也是桥面最薄之处。提姆的双脚能感到它的脆弱，也能听到风吹过饱经侵蚀的石桥底面时发出的呼啸声。现在，每走一步，都有一只脚悬在半空，无处着落。

别停下来，他对自己说，但他知道，只要稍有犹豫，他就会僵在原地。就在这时，他的眼角余光瞥见下面有什么东西在动，他真的犹豫了一下。

花丛中，出现了皮革般的、长长的触须。顶端是灰蓝色的，下面是如灼烧后的皮肤那样的粉红色。触须像在舞动，朝着他蜿蜒上升——先是两条，再是四条，然后是八条，眨眼间就是密密麻麻一大丛。

达利亚又说话了："我建议您加速，提姆。"

他强迫自己重新迈步。一开始走得很慢，但当触须逼近时，他越走越快了。不管藏在谷底花丛中的怪物有怎样的形体，显然没有什么千足野兽，但当提姆眼看着那些触须细细长长地升上来，他忍不住加快了脚步。当最长的触须碰到石桥底面并开始笨拙地摸索边缘、探寻方向时，他终于跑了起来。

瀑布——不再是血红色的了，现在已淡化成粉橙色——就在他前方爆发轰鸣。冰凉的水滴溅到他滚烫的脸上。提姆觉得有东西缠上了他的靴子，即刻就会越缠越紧，他默喊一声，纵身一跃，跳进了瀑布的水帘。经过一瞬间刺骨的寒冷——就像一副手套紧紧裹住周身——他跌入了瀑布的另一边，滚落到坚实的大地上。

有一条触须紧跟而来，穿过了水幕。它像蛇那样昂起来，滴着水……然后突然抽回去了。

“达利亚！你没事儿吧？”

“我有防水功能。”达利亚的语调很古怪，听来好像挺骄矜的。

提姆从地上爬起来，环顾四周。原来，他置身于一个小山洞里了。墙上有一些字迹，原本可能是红色的，但经年累月（甚或数百年）已褪成了暗沉的锈色，所写的字符挺奥妙的：

约翰3：16

沉狱者祈天堂

人神耶稣

他的面前有短短几格石梯，被暗淡的夕阳余晖照得明晃晃的。石梯一侧有一堆锡罐、破损的机械零件——弹簧、电线、碎玻璃、还有几块覆有扭结金属线的绿色板子。另一侧，躺着一具咧嘴而笑的骷髅，肋骨上搁着一个看似古代水壶的东西。*你好呀，提姆！*骷髅的微笑似乎在说，*欢迎来到世界的尽头！想来一杯陈年好土吗？我有得是！*

提姆爬上了梯子，没有去动那具遗骨。他很清楚，它不会活过来、力图抓住他的靴子——就像花丛中升腾而起的触须那样；死了就是死了。不过，腾空掠过似乎更安全些，还是别碰到的好。

他爬上来便看到了小道，再一次伸向深不可测的森林，但他无需在林子里待太久了。就在不远的前方，高耸的巨木略微向后倾倒，他一直奋力攀爬的上坡路终于到了头，路尽头的空地比他看到貉獭那时的空地宽广得多。只见一座庞然的高塔直指天空，所有梁柱都是金属制的。塔顶，有一盏红灯一闪一灭。

“您已接近目的地，”达利亚说道，“前方三轮便是金诺克北部森林的道根。”咔嗒声又响了一次，比以前更大声了。“提姆，您必须加快速度了。”

就在提姆仰头注视红灯闪烁的高塔时，过石桥时让他害怕的那阵微风又吹来了，但这一次，风变冷了。他仰视天空，发现刚才懒洋洋朝南飘的云彩正在飞速滑行。

“是暴冰煞，对吗，达利亚？暴冰煞要来了。”

达利亚没有回答，但提姆也不需要她再说什么了。

他开始奔跑。

跑到道根前的空地时，他已是上气不接下气，哪怕他心里想再快点，脚步却不听使唤，只能跌跌撞撞地往前栽了。风越来越大，在他身后推着他跑，铁木树的高枝开始噼啪作响。空气还是很温暖的，但提姆知道，暖不了多久了。他需要找到藏身地，只愿这个叫道根的地方能让他躲过这一劫。

这座圆形的高塔颇有骨感，金属屋顶，顶端红灯闪烁，但当他跑到空地时，匆忙扫视了一下塔的基座，却发现了异样的东西——那完全夺走了他的注意力，让他连大气都不敢出了。

我真的看到了吗？真的没看错吗？

“众神啊。”他喃喃地念道。

延伸至此、并纵贯空地的林中小路已铺有某种黑色材质，光可鉴人，能反照出在狂风中摇摆的树木、飘在空中的暮色镶边的云彩。小路的尽头就是石崖。整个世界都仿佛到此为止，再过百余轮、甚或更遥远，新世界才会重新开始。两个世界中间有一道巨大的鸿沟，树叶在冲撞的气流中飞旋不止。还有仓锈飞舞成群，它们在狂风的涡流和急流中无助地升腾、翻滚。有些鸟显然已经死了，翅膀都被风扯断了。

提姆却没太留意那个巨大的峡谷以及飞旋在其中的死鸟。金属小路的左侧，距离世界坠入虚无的尽头大约三码远的地方，有一个圆形的笼子，钢条组成栅栏式的笼身。笼子前面，有一只瘪瘪的锡桶——他可是太熟悉这玩意儿了。

笼子里面，竟是一只庞然大虎，绕着笼子中央的圆洞慢慢踱步。老虎看到了这个瞠目结舌的小男孩，走近了笼栅。虎目圆睁，和村里人玩的得分球那样大，但得分球是蓝的，这只老虎的眼睛是绿的。虎皮上，深橙色条纹中间杂着最深沉的午夜的黑色。老虎支起了耳朵。鼻头一皱，露出了长长白白的虎牙。它低声咆哮，那声音如此低沉，恍如沿着接缝慢慢地撕开一匹绸布。这倒可以视作善意的招呼……但提姆很难相信它是善意的。

老虎的脖子上套了银环。银环上吊着两样东西。其一，看似扑克牌。其二，是一把锁匙，但形状怪异，好像被离奇地绞拧过了。

被那双绿宝石般的神妙眼睛攫住了心神，提姆不知道自己这样站了多久，还要继续驻足多久，但沉闷的巨响接二连三地爆发，提醒他此刻正是千钧一发之际。

“那是什么声音？”

“大峡谷对岸的树木，”达利亚答道，“极速降温会导致树木内爆。寻找藏身地，提姆。”

暴冰煞——还能是什么？“要过多久会到这里？”

“一小时之内，”脆亮的咔嗒声再度响起，“我可能需要关机了。”

“不要！”

“我已违反十九号指令。我的自我辩护只能是——我已经很久没和人交流了。”咔嗒！——哐当！这声音越来越让人揪心、越来越不祥。

“老虎呢？它是光束的守卫者吗？”想到这一点，提姆只觉得恐怖，“我不能把光束的守卫者留在外面，眼看着它死于暴冰煞！”

“光束这一端的守卫者是阿什兰，”达利亚说道，“巨狮阿什兰，如果它还活着，应该在离此地非常遥远的无尽雪原。这只老虎是……十九号指令！”哐当声再起，表明她再一次触犯了十九号指令，提姆不晓得她要为此付出什么代价。“这只老虎就是我先前提及的魔法。别去管它了。赶快寻找藏身地！祝你好运，提姆。你始终是我的朋——”

这一次没听到咔嗒，也没有哐当，而是一种让人难受的、压碎什么东西的声音。银盘里飘出一阵青烟，绿灯熄灭了。

“达利亚！”

没有反应。

“达利亚，回来！”

但达利亚回不来了。

坐以待毙的巨木持续地发出炮轰般的巨响，虽然是从云雾缭绕的峡谷那边传来的，但毫无疑问正在步步逼近。大风越来越强劲，越来越寒冷。高远的天空里，最后一团云朵消散了。只见骇人的天穹，第一群星子显露在清澈之极的紫色天幕上。周遭的巨木高枝间的风吟变成了阴郁的咏叹。仿佛铁木也知道，如此漫长的生命也即将告终。有一个雄伟的伐木者正冲杀而来，高举狂风打造的巨斧。

提姆又看了一眼老虎（它仍保持着匀速、缓慢的踱步，好像提姆不值它去深思），转身向道根跑去。塔身上绕着一圈小圆窗，和提姆的脑袋一样高，镶着真正的玻璃——看起来很厚实。门也是金属质地。门上没有把手，也没有门闩，只有一条细槽，看似一张薄薄的嘴唇。细槽上方有一块生了锈的钢板，上面写着：

北方中央电子有限公司
金诺克北部森林
曲域

9号基地

安保程度：低
适用门卡

这些字迹混杂了高等语和低等语，他不太理解是什么意思。但写在最底下一行的字很简单，他是明白的：**此地一切失效**。

门脚有一只盒子，和提姆的妈妈放小零碎和装饰品的铁木小匣有点像，只不过这只盒子是金属制的。他想打开盒子，却发现盒子上了锁。盒子上有刻字，但提姆看不懂。锁孔的形状很奇特——好像①——但没有锁匙。他又试着去搬，但搬不动。盒子好像被固定在埋在土里的一根石柱上了。

一只死仓锈被刮到提姆的脸颊上。羽毛翻飞，鸟身在肆虐

---

① 低等语中的字母，读音类似S。——作者释

的旋风中翻滚，更多的死鸟被风吹过来了。

提姆又读了一遍钢板上的最后几行字：**适用门卡**。如果他不确定门卡是什么，只需看看这行字下面的细槽就清楚了。他觉得自己甚至还知道“门卡”的模样，因为他确信自己刚才看到过一张卡，连同一把锁匙——模样怪怪的，但应该可以插进金属盒子上的锁孔。两把锁匙，一线生机，全都挂在老虎的脖子上，而那么大的老虎三口两口就能把他活吞下肚。而且，提姆不曾在笼子里看到食物，它可能只需要一大口就吃掉他。

这情形，越来越像一场精心策划的恶作剧了，只有十万分恶毒的人才会觉得这种游戏是好玩的。也许，这种人还会指示一个坏精灵引诱小男孩走进危险的沼泽地。

该怎么办？他还能怎么办？提姆很想问问达利亚，但他担心这位躲在银盘里的朋友已经死了，被十九号指令杀死了。她是一个好精灵，恰好和康文纳特大人的坏精灵形成鲜明对比。

他慢慢地靠近虎笼，现在不得不顶风而行。老虎看到了他，绕过笼子中间的洞，走到了笼门旁。庞大的虎头略略低垂，光芒柔和的双眼凝视着他。大风将厚实的虎毛吹出波纹，虎身上的条纹好像涟漪浮动。

锡桶本该被大风吹走，但它仍在原地。就像铁盒子那样，它好像也固定在了地上。

他把桶留给我，就像在家时那样，他想让我看他的谎言，并轻信于他。

越来越像恶作剧了，如果他掀起锡桶，肯定会找到原因，捉弄他的人或许会留一句结束语，比如——*用勺子叉不起干草！*或是——*我把她翻个身去暖另一面*；这些俏皮话确实能让乡亲们捧腹大笑。不过，既然已经死定了，走到头了，干吗不乐乐呢？他觉得，听个笑话也无妨。

提姆抓住锡桶，把它提了起来。他本以为桶里面会罩着康文纳特大人的魔杖，但什么也没有。这次的把戏更有趣些。锡桶罩着的，是另一把锁匙，比另外两把都要大，雕刻着繁丽的纹饰。和康文纳特大人的银盆、老虎的颈环一样，这把锁匙也是纯银的。锁匙头上松松地缠着一张字条。

峡谷另一边的树木咔嚓咔嚓地断裂、轰轰隆隆地倾倒。现在，尘土席卷而来，如同巨人般的云团从谷底升腾而起，狂风又将尘云撕破，缕缕如烟。

康文纳特大人的字条很简单：

问候您，足智多谋的小男孩！欢迎来到金诺克北部森林，曾几何时，众所周知，这里是通往外世界的门关。我在这儿给你留了一只讨人厌的老虎。他非常、非常饿！但你也许猜到了，藏身地的锁匙就挂在它脖子上。你大概也猜到了，这把锁匙能打开虎笼。胆子够大，你就用吧！顺祝你妈妈安康（她的新老公很快又会拜访她了），我始终是您的忠实臣仆！

RF/MB

给提姆留下这张字条的人——假设他是人类——似乎洞察秋毫，没什么能让他惊讶，但如果他看到提姆站起身、手中拿着锁匙、一脚踢开锡桶时脸上露出的微笑，或许会被惊到吧。锡桶飞到空中，在风中飞速飘远了——那已是标准的狂风大作。锡桶完成了任务，附在其上的魔力也随时消失了。

提姆盯着老虎。老虎盯着提姆。它似乎完全无视即将到达的风暴。它的尾巴慢悠悠地来回甩动着。

"他以为我宁可被吹走、被冻死，也不愿面对你的利爪和虎牙。他大概还没见识过这个。"提姆把四轮枪从腰间抽了出来。"它能干掉沼泽地里的鱼怪，我相信，它也能制服你，老虎先生。"

提姆再一次感受到枪在手时那种得心应手的美妙感觉。枪的功能如此简单，又如此清晰。它只想开火。当提姆握住枪时，他想做的也只有扣动扳机，开火。

然而。

"哦，这下他看到了！"提姆说着，笑容更明显了。但他几乎感觉不到嘴角在上扬，因为脸上的皮肤已被冷风吹得麻木了。"是的，他看得很清楚。他能想到吗，我竟然走了这么远？大概想不到吧。就算他想得到，他会认为我会开枪把你打死吗？为什么不呢？他就会。可他为什么派一个小孩来呢？他可能吊死了一千个人，割了一百个人的喉咙，天知道还赶走了多少人，让我妈妈这样的寡妇流离失所，可为什么呢？老虎先生，你能回答我吗？"

老虎只是目不转睛地瞪着他，脑袋低垂，尾巴慢慢地甩来甩去。

提姆用单手把四轮枪插回腰间，另一只手把锁匙插进虎笼弧形门上的锁。"老虎先生，我们来做个交易吧。你让我用你脖子上的锁匙打开庇护所的门，我俩都能活命。但是，如果你把我撕烂，我们都得死。你听明白了吗？如果你懂了，给我一个暗示吧。"

老虎没有给暗示，只是目不转睛瞪着他。

其实，提姆也没指望它有所表示，或许他根本不需要。如神许意，必将有水。

"我爱你，妈妈。"他念念有词，转动锁匙。古老的锁芯开启时，发出一声闷响。提姆抓住笼门，铰链转动，吱呀吱呀，门打开了。这时，他退后一步，垂下了双手。

老虎在原地静默，似乎有所怀疑。接着，它迈出脚步，走出了笼子。它和提姆面对面，在深紫色的天空下彼此打量，身边狂风呼啸，爆裂声渐次逼近。他们像两个枪侠，对峙着。老虎迈步向前。提姆倒退一步，但他心里明白，如果再要退一步，他的神经肯定要崩溃了，他肯定会拔腿逃跑的。所以，他坚守在原地。

“来呀。我是提姆·罗斯，老杰克·罗斯之子。”

老虎没有扑上来撕扯他的喉咙，而是屈腿坐下，仰起头来，露出颈环和吊挂在其上的锁匙。

提姆没有迟疑。事后，他或许有机会品味当时的惊喜，但眼下不行。分秒之间，狂风增势，如果他动作不够快，就会被风掀起，吹到树间，他就可能被尖利的树枝刺个透心凉。老虎固然重一点，但也不用多等几秒，它也会步人后尘。

看起来像卡片的锁匙，看起来像字母  的锁匙，两把锁匙都是焊在银环上的，但解开银环的搭扣却很简单。提姆用手指扣住银环上的凹坑，使劲一摁，颈环就松脱了。但他迟疑了一下，老虎好像还戴着一个颈环——原来，戴着颈环的那圈皮毛被磨秃了，露出了粉红色虎皮。无需再确认了，他急忙跑向道根的金属门。

举起门卡，插入卡槽。没反应。他把它抽出来，掉转方向，再插进去。仍然没反应。狂风劲推，仿佛一只死人的冰手把他重重摁在门上，撞得鼻子都流血了。他用力地把自己推离金属门，又把门卡翻了个面，再试。仍然没反应。提姆突然想起达利亚说过的话——难道只是三天前吗？——金诺克北部森林的充料站已脱线。提姆心想，现在他明白啥叫脱线了。金属塔架顶端的闪灯或许依然能用，但下面的电源已经断了。他都敢挑战老虎，老虎也很配合，没有吃他，谁知道道根竟然是锁死的。费了半天劲，他们还是会死在外面。

玩笑开到头了，那个该死的黑衣人不知在哪里偷笑吧。

他转过身，看到老虎正用鼻子拱那只盒面上刻了字的铁盒子。野兽抬头看看，又拱了拱盒子。

“好吧，”提姆说，“干吗不试试呢？”

他跪坐在地，和老虎低垂的脑袋离得很近，感受得到它热乎乎的呼吸喷在他冰冷的脸颊上。他试了试  形状的锁匙，和锁孔十分匹配。刹那间，记忆闪回，他清晰地想起曾用康文纳特大人给他的锁匙打开了凯尔的木箱。现在，他转动这把锁匙，听到锁开了便掀起盒盖。他满心希望救星就在盒子里。

可是，他只看到三样东西，看似对他毫无用处：一支长长宽宽的白色羽毛，一只小小的棕色瓶子，还有一块普普通通的白色餐布——每年举办收割庆典晚宴时，树村聚众厅的长餐桌上就摆放着这种小布块。

大风一鼓作气而来，鬼叫般呼啸着，穿过十字交叉的金属塔骨。羽毛打着旋儿飞出了盒子，还没等它飞远，老虎的脖子一挺，用牙齿叼住了羽毛。它转向男孩，将羽毛递给他。提姆接下来，不假思索地把羽毛紧紧插在裤带上，紧挨着父亲的手斧。他使上双手双脚的力气，把自己从道根的门上推开。要人命的狂风无孔不入，钻进他的皮肤和血管，让他冷到彻骨，如果他的小命就这样在道根的门上被压扁、被闷死，那还不如飞上树端，被树枝刺死——那可不是舒服的死法，但也许更痛快。

老虎在低沉地嘟哝，好像慢慢扯开一匹丝绸的声音。提姆费力地扭过头，又被紧紧压在了道根的门上。他使出浑身的气力，只为了喘上一口气，但狂风好像捂住了他的口鼻，完全不给一丝一毫的空隙。

现在，老虎叼出来的是那块餐布。就当提姆终于吸进了一点空气后（就那么一丝气流，却让他的咽喉从上到下都麻木了），他看到了离奇的一幕。老虎先生叼起餐布的一角，餐布立刻扩展成了四倍大，好像原先是对折再对折过的。

这不可能。

但这是他亲眼所见。除非他的眼睛——已是泪如泉涌，泪水却冻结在他的脸颊上——在欺骗他，餐布在老虎的嘴里已有毛巾那么大。提姆伸手想抓住餐布。直到提姆冻僵的手指死死抓住了它，老虎才肯松口。狂风在他们身边怒号，风力已强劲到让六百磅重的老虎踉踉跄跄才能站住脚，但变成大毛巾的餐布在提姆的手里只是轻柔地摇摆，仿佛可以无视狂风而纹丝不动。

提姆瞪着老虎。老虎也瞪着它，仿佛它也处乱不惊，置暴风于不顾。男孩突然想到了锡桶，和康文纳特大人的银盆一样，锡桶也能呈现幻象。那个人说过，到了某些人手里，任何物体都可以有魔力。

也许，一块不起眼的棉布也能有魔力。

餐布仍然可以展开——至少，现在仍像是对折过的。提姆把它展开，毛巾变成了桌布。他把它举在身前，尽管狂风不减，依然在他身边叫嚣，但在他的脸和垂下的棉布之间，空气却是静止不动的。

而且，是温暖的。

提姆得用双手才能抓住桌布——曾经只是一块小餐巾——抖了抖，它再次扩展开。现在，这块棉布足够当床单了，轻飘飘地铺到地上，哪怕棉布四边的尘土、树枝和死仓锈在狂风中飞旋不已。别的东西都被吹起来，像冰雹一样撞在道根的弧形塔身上。提姆忍不住往床单下面爬，但迟疑了一下，看进老虎明亮的绿眼睛里。他同时也看到了粗壮的利齿，老虎的嘴巴没能完全遮掩起它们。然后，提姆掀起了魔布的一角。

“过来，到下面来。下面没风，也不冷。”

但你其实早知道了，老虎先生，对不？

老虎屈俯四肢，伸出那些无与伦比的弯爪，肚子贴地往前爬，爬到了床单下面。为了让自己舒服点，老虎用胡须扫拂四周，提姆觉得好像有一团钢丝刷在他的双臂上，顿时汗毛倒竖。接着，这只毛茸茸、又长又壮的野兽紧挨着他躺了下来。

老虎真的好大呀，还有半拉身体拖在薄薄的白床单外面。提姆半坐起来，脑袋和肩膀刚刚暴露到外面就被狂风一阵捶打，但他咬牙挺住，再一次抖动床单。魔布成倍展开时有一种涟漪潺潺的轻响，之后，床单变成了船帆那么大，足够撑在泛湖大船的主桅上。现在，魔布的边缘几乎快伸到虎笼边了。

世界被风的咆哮包围，空气在暴怒，但在魔布下面一切都是静止的。当然，提姆的心在怦怦狂跳。好不容易平缓下来了，他才感受到还有一颗心脏隔着他的胸膛，沉稳地跳动着。还听到一种低沉的噜噜声。原来，老虎像猫一样在打呼噜。

“我们平安了，是吗？”他问它。

老虎看了他一会儿，然后闭上了眼睛。对提姆来说，这个回答就够了。

夜晚降临，暴虐到极致的暴冰煞冲杀而来了。原本不过是一方朴素棉布的魔布，其魔力也强劲得很，就在薄薄一层布之外，风的时速骤升到百轮，推送着逼人的寒气。道根的窗玻璃上结起了一英寸厚的霜冻。高塔周围的铁木林先从树芯里爆裂，再纷纷向后崩倒，无论是粗壮树干、长短枝条还是尖矛似的断枝，全都被风裹挟着吹向南方。提姆的同伴睡着了，很显然，还在他身边轻轻打鼾。它越睡越香，身体完全放松下来，不知不觉地把提姆推到了大床单的边缘。后来，他发现自己竟然下意识地用胳膊肘去撞老虎，就像同床共眠的人要抢走床单时你的自然反应。老虎呼噜呼噜地咕哝起来，收起爪子，往旁边挪了挪。

“谢啦，先生。”提姆轻声说道。

日落后个把钟头——也可能有两个小时；提姆已没有时间概念了——怒吼的风声中出现了另一种骇人刺耳的声响。老虎睁开了眼睛。提姆谨慎地拉下床单一角往外瞥。道根上方的铁塔开始弯曲。眼看着铁塔变弯、并整个倾斜，他都惊呆了。紧接着，以迅雷不及掩耳之势，铁塔崩解了。前一秒钟它还矗立在那里，下一秒钟就成了飞旋的铁杆钢梁，眨眼间就融入铁木林的废墟路——那是仅仅在这一天，由风吹出的宽阔大道。

接下来就轮到道根了，提姆心想道，但它没有崩解。

道根依然矗立。它如此矗立了千年之久，此刻依然。

他永远不会忘记那个夜晚，却也永远无法言喻那种玄妙的神奇……甚至，就像我们想起生命中的离奇境遇那样，无法让回忆变得清晰而理智。只有在梦中，他才能重新理解那一切，而他一辈子都会时常梦到这场暴冰煞。但都不是噩梦，而是美梦，意味着平安的好梦。

床单下面很暖和，有这个大块头的床伴，被窝更加暖洋洋了。睡到一半，床单偶然滑落，他便看到了成万上亿的星子密布在天穹上，长这么大都没见过这么多星星。仿佛风暴把高远的世界也吹出了很多小洞，筛子般的夜幕里，透出的光芒全都那么神秘莫测。或许，这样的造物奇景本来就不是给人类的肉眼看的，但提姆心里很敞亮——要不是因为躺在魔毯下，他决不会享受到如此的特权；更何况，身边还躺着一位神奇的生物，要知道，大多数树村的乡亲都不相信世上真有老虎存在呢！

他仰头望见这样的星空，感到万般敬畏，还有一种深远的满足感，仿佛又回到了童年，他在夜里醒来，被窝里又安全又温暖，半梦半醒间聆听风声吟唱，唱着不知名的远方和奇妙的生命。

时间就像锁孔，他仰望星空时想到，是的，我是这样认为的。有时，我们弯下腰，从锁孔里往外瞧；那时候，吹到我们脸颊上的丝丝轻风——穿过锁孔的风——就是宇宙万物呼吸吐纳之音。

大风飞卷直上苍穹，寒意更甚几分，但提姆·罗斯躺在那里只觉得安详而温暖，还有沉睡的老虎陪伴在旁。过了一会儿，他瞌睡了过去，沉入香甜美满、无忧无虑的美梦之中。梦中，他觉得自己非常渺小，在穿过时空锁孔的轻风中畅快翱翔。他飞过了大峡谷的峭壁，飞在无尽森林和法戈纳德沼泽的顶空，飞上了铁木道，飞到了树村——乘风俯瞰之下，小村落不过是星星之火勇敢汇集之地——然后他继续飞，飞啊，飞啊，飞得好远好远，飞过了整个中世界，直到远方隐现出一座犀利的乌黑巨塔，高耸入云，仿佛要直抵天堂。

我会到那里去！终有一天我会的！

这个念头乍现之后，他便沉沉睡去了。

到了清早，持续了一夜的风啸声低落成了嗡鸣呜咽。提姆想尿尿了。他把床单推开，爬出来，地面空无一物，恍如被涤荡干净了，几乎能见到土层下岩石的肌理。他急匆匆绕着道根跑，呼出来的气是一团团浓重的白雾，又立刻被风吹得没影儿了。道根的另一面是背风的，但非常冷。尿出来的时候是有气雾的，尿完了，地上的尿液就结冰了。

他又急匆匆地跑回来，每一步都顶着风，浑身打颤。等他钻到魔布下面、重回温暖的怀抱时，牙齿还没停下打战。他想也没想就伸出手臂，紧紧抱住老虎壮实的身躯，看到它的眼睛和嘴巴微微张开，他也只是有片刻的犹疑。长长的舌头好像地毯刷，粉红的颜色让他想到新土时节绽放的玫瑰，老虎舔了一下他的脸蛋，他又开始颤抖了——不是因为恐惧，而是出于怀念：以前，一大清早，他爸爸没等舀水洗漱刮脸就会来蹭他的脸蛋。他还说过，自己永远不会留搭档那样的胡子，那不适合他。

老虎低下头，又闻起了他的衬衫衣领。胡须蹭痒了他的脖颈，提姆笑了。接着，他想起自己还有两只粑粑客。“我们一人一只吧。”他说，“当然，你知我知，如果你想吃两只也没问题。”

他把一只粑粑客递给老虎。包着肉的饼眨眼间就没了，提姆也吃起了自己的那一份，猛兽只是静静地看着他吃。他吃得狼吞虎咽，能有多快就多快，生怕老虎先生改主意。吃完，他把床单蒙在自己头上，又睡了过去。

第二次醒来时，他估计已是中午了。风又减弱了些，他把脑袋钻出来，感到空气暖和了一点。但他估摸着，寡妇斯迈克英明预见到的不正常的早夏已经彻底告终。同样，他的食物也已告罄。

“你在笼子里吃什么呀？”提姆问老虎。很自然的，这个问题也牵涉出了第二个问题。“你在笼子里被关了多久？”

老虎站了起来，朝笼子走了几步，伸了个大懒腰：先抻一条后腿，再拉长另一条后腿。然后，然后，它又朝大峡谷的崖边走了几步，方便了一下。例行公事之后，它闻了闻囚禁自己已久的笼栅，好像对那儿彻底失去了兴趣，扭头迈步，走回到提姆身边——他半躺在地，支起胳膊肘撑着头，正看着它。

老虎凝视他的绿眼睛很阴郁——提姆确实这么想。然后，它低头拱开帮他们遮蔽暴冰煞的魔布，露出了下面的铁盒子。提姆不记得何时把它捡进魔布里的，但一定有过这个动作；要是留在原地，早被吹走了。这也让他想起了羽毛，它还安然无恙地插在他腰间。他把羽毛取出来，仔细察看了一番，一边抚摸那厚实的羽翼。大概曾经是老鹰的翅羽吧……但只有鹰羽的一半大小。也许是白色的老鹰吧，但他从没见过。

“这是老鹰身上的，对吗？”提姆问道，“来自神的后代。”

虽然老虎昨晚很热忱地把羽毛从疾驰的风中叼回来，但现在似乎对它没有兴趣。它低下长着黄色绒毛的鼻子，把铁盒子推到提姆的屁股边，再抬头看着他。

提姆把盒子打开了。里面只剩了一样东西：棕色的小瓶子，看起来是装药的那种。提姆拿出瓶子，指尖立刻感到一丝刺痛，很像他手持康文纳特大人的魔杖在锡桶上拂动时的感觉。

“我要打开瓶子吗？因为你显然是不能。”

老虎坐下来了，绿眼睛一动不动地注视着小瓶子。那双眼睛的光芒似乎是从深处散发出来的，好像它的脑袋正在接收魔法的能量。提姆小心翼翼地拧开瓶盖。取下瓶盖后，他看到下面还有一个透明的滴管。

老虎张开了大嘴。意思再明白不过了，但是……

“多少？”提姆问道，“我可不想毒死你。”

老虎只是微微仰起头，张着嘴巴，竟像嗷嗷待哺的小鸟。

提姆从没用过滴管，不过他看过更大、也更残忍的喷管——德斯垂称之为“抽牛筒”；所以，经过一番摸索，他让小抽管吸了几滴液体。就那么几滴，就几乎吸光了瓶里的东西，因为原本就没剩多少了。他把它放在老虎嘴巴的上方，心跳得厉害。他觉得，自己知道即将发生什么事，他听过很多关于皮人的传说，但很难确定这只老虎就是一个中了魔法的人。

“我会一滴一滴地滴，”他对老虎说，“在这管滴完之前，如果你想让我停下来，就闭上嘴巴。你听懂的话就给我个暗示吧。”

然而，就像先前那样，老虎没有给任何暗示。它只是坐着，等着。

一滴……两滴……三滴……半管没了……四滴……五——

突然，老虎的皮毛开始上下波动，好像虎皮下还有一个困兽，正挣扎着想钻出来。虎鼻瘫软下来，牙齿暴露出来，紧接着，鼻部又耸起涌动，索性覆盖住了嘴巴。老虎发出沉闷的咆哮，或许是因为痛，或许是因为怒，仿佛很想解脱。

提姆一屁股坐在地上，连连后退，真的吓坏了。

那双绿眼睛仿佛进了泉眼，一会儿鼓出来，一会儿瘪下去。甩来甩去的尾巴猛然向内一缩，又变回原来的长度，然后又缩进去了。老虎蹒跚着走了几步，这一次是朝大峡谷的崖边走去。

“快停下来！”提姆大喊，“你会掉下去的！”

老虎沿着悬崖，仿佛醉了似的脚步不稳，一只爪子真的踩空了，蹬落了碎石。它走在曾经囚禁它的笼子后面，身上的虎纹先变模糊，再变淡，渐渐消失。它的脑袋一直在变换形状。本来的口鼻部位出现了白色，接着，在白色之上又显出了明黄色。当老虎身体里的每一块骨头移位重构的时候，提姆听到了某种瘆人的磨骨声。

远在笼子那头的老虎又咆哮了一声，但喊到一半的时候，已化作人类的呼喊。形廓含糊、变幻不定的生物用后腿直立起来，提姆看到，原来的虎掌变成了一双古老的黑靴。利爪变成了银色的神符：月亮、十字、螺旋形状。

老虎头顶的黄色继续扩升，慢慢地形成一顶三角锥形的高帽子，正是提姆在锡桶里看到过的。黄色下面的白色，也就是老虎垂到颈部的脸部长毛，变成了长长的胡须，在冷冷的轻风和阳光中闪闪发光——因为长胡子上缀满了红宝石、绿宝石、蓝宝石和钻石。

就这样，老虎不见了，取而代之的是艾尔德的梅林，站在震惊的男孩面前。

他不像提姆在锡桶里看到的那样笑眯眯的……但说到底，那终究不是提姆亲眼看到的。那只是康文纳特大人的魔法，只为了引他走向末路。真正的梅林和蔼而不失威仪地看着提姆。微风吹动白绸长袍，显出袍子下的身体纤细之极，简直比骨架丰满不了多少。

提姆双膝跪地，垂下头，把颤抖的拳头举抵额头。他想说“向您致敬，梅林”，却好像哑口失声，只能沙哑地支吾。

“请起身，提姆，杰克之子。”魔法师说道，“但起身之前，先把瓶盖盖上。只剩几滴了，但我肯定，你用得到。”

提姆抬起头，疑惑地看着这个高大的身影——此刻，他站在曾经囚禁他的笼子前。

“你母亲用得到，”梅林说，“为了治好她的眼睛。”

“当真？”提姆嗫嚅着问道。

“当真，正如神龟托起世界。你千里迢迢诚心而来，也展示出非凡的勇气——还有不止一点儿的傻气，这个我们就不谈了，因为勇和傻常常相伴难分，尤其当人年轻的时候——而且，你将我释放了，我受困于虎体已有太久、太久。为此，你必须得到重赏。好了，把瓶盖盖上，起身吧。”

“谢谢。”提姆应了一声，此刻的他双手颤抖，泪眼模糊，但他克制住自己，没有洒出一滴所存不多的液体，盖好了瓶子。“我还以为您是光束的守卫者之一呢，但达利亚跟我说，你不是的。”

“达利亚是谁？”

“被囚困的人，和你一样。她被困在一个小机器里，那东西是法戈纳德人给我的。我认为她已经死了。”

“我为你难过，孩子。”

“她是我的朋友。”提姆只能这样简单地表达。

梅林点点头。“这是一个让人悲伤的世界，提姆·罗斯。我么，既然这里是狮的光束，把我束缚在大猫的身体里也算是他开的小玩笑吧。不过，不会变成阿什兰的形体，即便是他，也没法使用那样的魔法……其实他很想试试。或者索性杀死阿什兰和所有守卫者，让一切光束崩毁。”

“康文纳特大人。”提姆轻轻念出这个名字。

梅林仰头大笑。他的三角高帽依然牢牢地扣在后仰的脑袋上，提姆觉得这本身就是魔法。“不，不，不是他。他呀，他只能玩一点小魔法和永生术。不，提姆，有一个人远比穿宽袍的他强大。老大待在那儿，只需指点一下，穿宽袍的走卒就会前仆后继地去卖命。但是，派你过来这件事，不是出于红王的指令；我敢肯定，你称之为康文纳特大人的那个人将为自己的愚蠢行径付出代价。他还有利用价值，杀不得，但伤不得吗？罚不得吗？我看不见得。”

“他会拿他怎么办？这个红王？”

“最好别知道，但有一点你可以确信：树村的乡亲们永远不会再见到他了。由他敛税的时代一去不复返啦。”

“那么，我妈妈会不会……她真的可以重见天日了吗？”

“是的，你有滴水之恩，我必将涌泉相报。在你这一生里，我不会是最后一个蒙你之恩的人，”他指了指提姆的腰带，“那只是你拥有的第一把枪，也是最轻巧的一把。”

提姆瞅了一眼四轮枪，但抽出来的却是父亲的手斧。“枪不是给我这种粗人用的，先生。我只是个村里的小男孩。我会成为像我爸爸那样的伐木工。树村是我的家，我会待在树村的。”

老魔法师狡黠地看着他。“你手里拿着斧头是这么说，但如果拿着枪呢，你还会这么说吗？你的心会信服吗？别着急回答，因为我能在你眼睛里看到真相。卡，会带领你远离树村。”

“但我很爱树村。”提姆嗫嚅着。

“你还会在树村待一段时日的，所以，别烦恼啦。现在，好好听我说，谨记在心。”

他把双手搭在膝头，朝提姆弓下了那高大而嶙峋的身子。他的长胡子在风里飘，扣在胡子上的珠宝像星火一样熠熠闪光。他的脸色很憔悴，和康文纳特大人一样，但照亮这张苍白脸庞的不是恶毒而残忍的嬉笑，而是庄严且亲和的正气。

“你会回到自家的小木屋，回程将比来的时候快得多，也无需再冒险。等你回到家，直奔你妈妈身边，把瓶子里剩下的滴药滴到她眼里。然后，你必须把你父亲的手斧给她。你明白我的意思吗？他的幸运币，你会戴一辈子的——入土时你都将戴着它——但要把手斧给你妈妈。不能耽搁。”

“为、为什么？”

杂乱的眉毛拧皱起来，梅林撇下嘴角，和蔼可亲的脸庞骤然换上了吓人的顽固表情。“孩子，这可不是你能问的。卡要来，就像风——像暴冰煞一样不可阻挡。你会照我说的去做吗？”

“会，”提姆很害怕，“我会把斧头给她的，照你说的。”

“很好。”

魔法师走向他们盖了一夜的魔力床单，把双手摊放在上方。靠近笼子的那一角轻轻呼啦一响，翘了起来，飘向另一端，眨眼间，床单就对折了。接着又飘了一次，变回了桌布大小。提姆心想，树村的村妇们整理床铺的时候肯定都渴望有这种魔法，又想道：这么想会不会有辱魔法呢？

“不，不，我相信你想得没错，”梅林心不在焉地说道，“但那样的话会乱套的。魔法很诡谲，即便是我这样的老魔法师，有时也会被魔法捉弄的。”

“先生……你活在倒退的时间里，这是真的吗？”

梅林很滑稽地扬起双手，好像要发疯；长袍的袖筒滑下来，露出了两条又瘦又白像桦树枝的胳膊。“每个人都这么说，就算我否认，他们也依然会这么想，不是吗？我活着就是活着嘛，提姆，事实上，我最近就算隐退啦。你是不是还听说过，我在深山老林里有一栋魔法屋？”

“是的！”

“如果我告诉你，我住在一个山洞里，除了一张桌和一张床外别无他物，你就这么跟别人说，他们会相信你吗？”

提姆想了想，摇摇头。“他们不会信的。我怀疑乡亲们根本不会相信我见到了你。”

“那是他们的事儿。至于你……你准备好回家了吗？”

“我可以再问一个问题吗？”

魔术师竖起一根手指。“只限一问。因为我在这个笼子里待了太多、太多年头了——你看得到，就这么大，不管风刮得多猛，我都没处躲——而且，我实在烦透了往那个洞里拉屎。像苦行僧那样生活挺好的，但总得有个限度。你问吧。”

“红王怎么会抓住你呢？”

“他不能逮住任何人，提姆——他自己也被囚禁了，关在黑暗塔的塔顶。但他有他的本事，还有众多密使。你遇到的那一个，根本排不上号，只能算是小喽啰。有个人到我的山洞来。我被蒙骗了，相信他是一个游走天涯的小贩，因为他的魔法十分强大。你必须明白，他的魔法是红王给他的。”

提姆斗胆又发一问：“比你的魔法还强大吗？”

“也不算，但……”梅林叹了一声，仰头看了看清晨的天空。提姆惊奇地发现魔法师很窘迫地说：“当时，我喝醉了。”

“喔。”提姆轻轻应了一声。他想不出还能问什么了。

“聊够了，”魔法师说，“坐到叠叠上去吧。”

“什么——？”

梅林指了指那块魔力布——时而小巧如餐巾，时而大如床单，此刻则是桌布大小。“就是那个。别担心你的靴子会把它踩脏。它用过很多次啦，之前的旅客都不比你干净。”

说来也奇，提姆正担心这个呢。他踏上了桌布，坐了下来。

“现在来说说羽毛。你要抓牢。这是金翅鸟神的尾羽，它是这条光束另一端的守卫者。同样的，我还听说过——那是在我小时候，是的，提姆，杰克之子，我也曾是个小孩——花园里的卷心菜下面能找到小婴孩。”

提姆从没听过这种事。他接过老虎从疾风中救下来的羽毛，紧紧抓在手心里。

梅林在黄色的高帽子下注视着他。“你到家时，第一件事该做什么？”

“把药滴进妈妈的眼睛。”

“很好。第二件事呢？”

“把爸爸的手斧给她。”

“千万别忘了。”说完，老人俯身亲吻提姆的额头。那一瞬间，整个世界都在男孩的眼睛里发光，就像暴冰煞吹开的夜空里亿万星辰闪耀。瞬时之间，万物尽显无遗。“你是一个勇敢的男孩，拥有坚定不屈的心意——有目共睹，以后，世人也将以此称颂你。现在，带着我的感激之情飞回家吧！”

“飞——飞？怎么飞？”

“你怎么走路的？有个念想就行了。想着家。”老人绽放出灿烂的笑容时，眼角浮现出千丝万缕的细纹。“因为，就如某人、或某个有名的人说过的，世间万处都不如自家好。想着你的家！在心里看到家！”

于是，提姆想起了从小到大依恋的小木屋，天天听着风吟在自己的房间里入眠，而风，在讲述异域他人的故事。他也想起了住着米斯蹄和比斯蹄的谷仓，希望有人在他离开的时日里很好地喂养它们。大概，稻草孩威廉会去喂吧。他还想到了泉水，日复一日，不知在那里汲过多少桶水。他还能清晰地想起母亲：强健的身躯，宽阔的肩膀，栗色的头发，明媚的双眼——那是曾经充满欢笑而非悲伤的双眼。

他心想，妈妈，我是多么想念你啊……就当他这么想着，桌布从石崖上腾空而起，在投下的一方阴影上来回晃动。

提姆惊呼起来。那块布振动了一下，继而转向。现在，他比梅林的高帽子还高了，魔法师不得不抬头看他。

“万一我掉下来可怎么办呀？”提姆喊道。

梅林乐了。“或早或晚，我们都得掉下来。眼下你只需紧紧抓牢羽毛！叠叠不会把你颠下去的，所以你只要手持羽毛、心里想着家的方向就成！”

提姆把羽毛抓紧，念想树村：大道，铁匠铺和公墓之间的丧葬馆，一片片的农场，河边的锯木厂，寡妇的木屋，还有——最重要的——他的家。叠叠魔布越升越高，在道根上空飘浮了一阵（好像它得拿个主意），然后沿着暴冰煞的路径笔直向南飞去。一开始它飞得很慢，但当阴影投到错综交叠、枝干结霜的崩塌的树林——不久前，这儿还是百万公顷的原始森林——它开始加速飞翔。

一个可怕的念头突然钻进提姆的脑海：万一暴冰煞冲到了树村，把每一个人——包括内尔·罗斯——都冻僵再冻死了，那该怎么办？他转身想追问梅林，但梅林早已不见了。后来，提姆还见过他一次，但那时候，提姆自己也是老人了。那个故事，改日再说。

叠叠升到最高处时，世界缩小成一张地图，铺展在他脚下。然而，前一夜令他和毛茸茸的伙伴躲过暴冰煞的魔力依然不减，虽然他可以听到暴风的余寒在他身边飞旋呼号，他却感觉很暖和。就像年轻的墨海呐王子端坐在象背上，他盘腿坐在叠叠魔布上，将金翅鸟神之羽举在胸前。他感觉自己也像金翅鸟神，翱翔在广袤的旷野上，俯瞰之下，这片大地就像一袭深绿色、乃至绿得发黑的长裙。然而，一道灰色的疤痕贯穿大地，长裙仿佛被撕破，露出了不洁的衬裙。暴冰煞所到之处皆已荒芜，哪怕被毁的树林只是广袤丛林里的一部分。这条毁灭之路顶多四十轮宽。

四十轮，但已足以夷平法戈纳德。黑色的沼泽地已变成黄黄白白的冰池。沼泽水域里长出的布满瘤结的灰色树木全被狂风推倒了。草丘不再是绿色的了，现在看起来就像一团团浑浊的玻璃球。

有一条部落人的小船搁浅在这样的草丘上，船身斜倒在地。提姆想起了掌舵人、头领和每一个人，苦涩的泪涌出眼眶。要不是有他们帮忙，现在的他一定会冻死在五百英尺下的某个草丘上。沼泽地的部落人给了他食物，还把好精灵——达利亚——送给了他。太不公平了，太不公平了，实在太不公平了！他幼小的心灵在哭泣，一部分幼小的心灵也随之而去了。因为，世界就是这样无情的。

沼泽地即将被抛在身后时，他又看到了一景，伤透了他的心：一大片漆黑的冰化开了，烧得炭黑的冰块漂浮在一具庞然侧卧、仿佛搁浅在海滩上的尸体周围。那是母龙。曾经饶了他一命的龙。提姆想象得出来——是的，简直就像亲眼所见——母龙一定喷出熊熊烈焰，和冰寒刺骨的狂风奋力搏斗，但最终，它败给了暴冰煞，就像法戈纳德的万事万物。现在的沼泽地是一片死寂冰原。

飞到铁木道上方时，叠叠开始减速。它一点一点往下降，快到考辛顿-玛奇利的木源地时，它降落到地面了。不过，趁着高处的便利，提姆已经眺望过了，暴冰煞的风路走到南端之后就偏西而去。这里的灾情少了些，仿佛风暴已开始准备升腾消散。这让他有了希望：也许小村落能躲过这劫！

他若有所思地打量着叠叠，然后挥了挥手。“叠起来！”他说道（自己感觉有点傻）。叠叠没有折叠，但当他弯下腰亲自动手时，边角扇动了一下，接着是两下、三下，一次比一次小——但始终没有变厚。不出几秒，它又成了小路上的一方不起眼的棉布餐巾。不过，没人会愿意在酒筵上把它铺在膝头，因为中央印着一只靴足印。

提姆把它收进衣袋，开始步行。等到走到花木林时（大多数的花木都完好无损地挺立着），他忍不住奔跑起来。

他没有穿过小村，宁愿走外圈，因为他不想为了回答任何问题而浪费一分一秒。虽说也不会有太多人费心来搭理他。可以说，暴冰煞绕过了树村，但他看到乡亲们忙着赶拢从倒塌的谷仓里救出来的牲口，还有人在田地里查看损失。锯木厂被整个儿刮到了树河里。木料浮在河面，顺水而下，除了石基还在，锯木厂几乎荡然无存了。

他沿着斯戴普河——也就是他发现康文纳特大人留下魔杖的地方——跑回了家。他家的泉水冻住了，但已经有点融化了；木屋屋顶上的花木瓦片有一些被风掀走了，但小屋依然坚固地矗立在原地。看起来，他妈妈好像不在家，门口没有马车也没有骡子。提姆很能理解，这样的暴冰煞袭来之时，大伙儿都想照顾自家的田园屋舍，但他仍然很气愤——把一个双眼失明的女人单独留在家里，任凭她倾听风暴呼号……这是不对的。这也不是树村人对待友邻的方式。

有人把她带去安全的地方了，他这样安慰自己，很可能是去了聚众厅。

这时，他听到谷仓里有轻轻叫唤的声音，但不像是他家的骡子。提姆探头一看，笑了。那是寡妇斯迈克的骡子，小阳光，它被拴在柱子上，嚼着干草。

提姆探手到衣袋里摸，怎么也摸不到那个珍贵的小瓶子，骤然恐慌起来。结果，他发现瓶子躺在叠叠下面了，这才缓了一口气。他踏上门廊前的台阶（第三格发出熟悉的嘎吱声，令他如同走在梦中），打开了家门。木屋里很暖和，寡妇在壁炉里生了很旺的火，燃了一夜，此刻只剩灰红闪灭、厚厚的余烬。她坐在他爸爸的椅子里，背对着他，面对着炉火。尽管他迫不及待想到妈妈身边，但还是逗留了片刻，脱下靴子。没有人来的时候，只有寡妇来了；她还生了火，让屋里暖洋洋的；哪怕风暴可能毁灭全村，她也没有忘记关照邻人。无论如何，提姆都不想吵醒她。

他踮着脚尖走到卧室门口，门是开着的。他妈妈躺在床上，双手揪着床单，双眼空洞地瞪着天花板。

"妈妈？"提姆轻轻叫道。

有那么一会儿，她没有动弹，提姆忽觉心里一凉。他想，我还是太晚了。她躺在那里死了。

这时，内尔用胳膊肘撑起自己，头发像瀑布一样垂落在身后的枕头上，眼睛直勾勾地看向她。她的脸色那么疯狂，却洋溢着希望。"提姆？是你吗？还是我在做梦？"

"不是梦。"他说。

说完，他奔向她。

她紧紧地抱住他，不停地亲吻他的脸，付出一个母亲所能给予的发自肺腑的爱。"我以为你已经死了！噢！提姆！风暴来的时候，我真觉得你活不成了，自己也想一死了之。你去哪儿了？你不知道这样会让我心碎吗，你这个坏孩子？"说完，又开始亲他。

闻到她那熟悉的香味，提姆开心地笑了，任她又亲又抱，但他记得梅林叮嘱过：你到家时，第一件事该做什么？

"你去了哪儿？告诉我！"

"我会把一切都告诉你的，妈妈，但你先躺好，睁大眼睛。越大越好。"

“为什么？”她用手去摸索他的眼睛、鼻子和嘴巴，好像要让自己确信儿子真的在跟前。她凝望他……但视线空洞地穿过了他，他是多想让这双眼重见光明呀。现在，母亲的眼底已有一层浑浊的阴翳。“为什么，提姆？”

他不想说什么，生怕许诺了她，却不能真的治好她。他不认为梅林会骗他——只有康文纳特大人才会把骗人当消遣——但他也可能弄错了。

天哪，求求你，千万别让他弄错了。

“不要紧的。我带了药回来，但只有一点，所以你必须安稳地躺好。”

“我不明白。”

内尔在黑暗中想道，她接下去听到的话不像是来自活着的儿子，而是死去的丈夫。“你只要知道我千辛万苦从老远的地方才弄来了这几滴药。所以，躺好，不要动！”

她照他的吩咐做，平躺着，用盲眼看着他。她的双唇在颤抖。

提姆的手也在颤抖。他强迫自己镇定下来，奇妙的是，手真的不抖了。他深深地呼吸一次，拧开珍贵的小药瓶的盖子。他把剩下的滴药都吸进了滴管，真的只有几滴而已。滴管又短又细，但药液连一半都没注满。他俯下身，凑近内尔。

“不要动，妈妈！答应我，因为滴药可能会让你有点痛。”

“我会尽量安稳的。”她轻轻地说。

第一滴，滴进了左眼。“会吗？”他问道，“会痛吗？”

“不痛，”她说，“像祝福一样清凉。往另一只眼里也滴一下，好吗？”

第二滴，滴进了右眼。提姆往后退了一步，牙齿咬着嘴唇。她眼里的浑浊是不是消退了一点？抑或只是他的希望？

“妈妈，你能看见了吗？”

“看不见，但……”她的呼吸急促起来，“有光了！提姆，有光了！”

她又支起胳膊肘，但提姆把她按下去了。他往两只眼睛里分别又滴了一滴。必须见效，因为滴管空了——这倒也好，因为内尔尖叫起来时，提姆失手把它掉落在地了。

“妈妈？妈妈！怎样了？”

“我看见你的脸了！”她叫起来，捧住他的脸蛋。此刻，她的双眼噙满了泪水，但提姆不介意，因为它们不再空洞地看他了；眼神扎实地落在他脸上，而且那双眼睛就像以前那样明亮了。“噢！提姆，我亲爱的孩子，我看到你的脸了！看得好清楚！”

接下来的场景就无需赘述了——这是好事，因为幸福的时刻常常也是难以言表的。

你必须把你父亲的手斧给她。

提姆笨拙地伸手从腰间抽出手斧，放在床上，紧挨在她身边。她看了看斧头——看见了，这对他俩来说仍是奇迹——又摸了摸斧柄，经年累月的使用将手柄磨得非常光滑。她抬起头，想问什么。

提姆只能摇摇脑袋，笑着说：“给我滴药的人吩咐我，要把它交给你。我就知道这么多。”

“谁？提姆？什么人？”

“说来话长，最好吃早饭时慢慢说。”

“鸡蛋！”她说着就要下床，“至少炒上一打！还要从冷柜里拿一条猪排出来！”

提姆依然笑着，扳住她的肩膀，轻轻地让她重新躺下。“我会炒鸡蛋，也会煎肉排。我还可以端上来给你呢。”他突然想到：“斯迈克夫人可以和我们一起吃。我们这么大吵大闹竟然没吵醒她，这也算是奇迹了。”

“大风刮起来的时候，她来了；风刮了一夜，她也整整一夜没睡，不停地添柴火，”内尔说道，“我们还以为这栋房子会被风刮倒呢，但它挺下来了。她肯定累坏了。提姆，去把她叫醒吧，但动静要轻一点。”

提姆又吻了一次母亲的脸颊，出了卧房。寡妇依偎在壁炉边昔日一家之主的椅子里沉睡着，下巴点在胸口，累得连呼噜声都没有。提姆轻轻推了推她的肩膀。寡妇的脑袋晃了晃，摇了摇，又跌回原来的位置。

提姆一阵恐慌，恍然大悟，连忙绕到椅子前。眼前的景象让他腿脚一软，跪倒在地。她的面纱被扯走了。曾经美貌、却已残破的一张脸已是死气沉沉。那只独眼茫茫地瞪着提姆。黑裙的前胸上，血迹已经干涸。因为，她的喉咙被割断了，从一只耳根割到另一只耳根。

他深吸一口气，想放声大叫，却喊不出来。因为，一双强有力的手扼住了他的脖子。

伯恩·凯尔是从脏衣间偷偷溜进起居室的，之前，他一直呆坐在他的木箱上，想回忆起来自己为什么杀死那个老太婆。他想，是因为火吧。前两晚，他躲在聋子里肯家的谷仓里，窝在一堆干草下冻得发抖，可这个老婊子——尽把没用的知识往他继子的脑袋里灌——却在他家里暖洋洋的，像块吐司那么舒服。那是不对的。

他看到男孩走进了母亲的卧房。他听到了内尔欢欣的呼喊声，每一声都像钉子敲进他的命脉。她没资格欢呼，只配喊疼。她是他一切悲剧的根源，用她高耸的胸部、纤细的腰身、长长的秀发和会笑的眼睛把他迷惑得神魂颠倒。他本以为，这么多年过去了，她对他的诱惑总该消减了吧，但却没有，从来都未减一丝一毫。到最后，他只能把她要了。否则，他何必杀死自己最要好、年头也最久的朋友？

现在可好，冒出来一个小屁孩，让他变成了千夫所指的逃犯。婊子可恨，崽子更可恶。瞧啊，他腰间别的是什么？众神啊，莫非是枪？他从哪儿弄来这么个玩意儿？

凯尔紧紧掐住提姆，他的挣扎慢慢变得软弱无力了，小小的身体垂在伐木工钳子般的大手下，嗓子眼里只能呛出嘶哑的粗气。接着，凯尔又从提姆的腰带上拔出枪，扔到一边。

“像你这种多管闲事的兔崽子，根本不用浪费子弹。”凯尔冲着提姆的耳朵吼道。提姆觉到继父的胡楂刮擦到了他的皮肤，但感觉似乎很遥远，仿佛所有的感觉都渐渐离他而去。“也犯不着用我割断那老贱人喉咙的刀。小兔崽子，对付你用火就行了。还有很多煤炭呢，足够煎熟你的眼珠子、把你这层皮烫下——”

只听到一声低沉的、砍肉的声音，突然间，扼住提姆的那双手不见了。提姆扭过头，狠命地吸气，但空气就像火，灼烫着他的喉咙。

凯尔站在老罗斯的椅子边，不相信地看着提姆脑袋上方的灰岩石烟囱。鲜血染上了法兰绒伐木工衬衣的右肩，那儿还残留着几根干草——从他借以藏身的聋子里肯的谷仓里带来的。斧柄从他的脑袋里冒出来，就在他的右耳上方。内尔·罗斯站在他身后，睡袍的前襟溅上了鲜血。

慢慢地，慢慢地，老凯尔转过身，面对她。他摸了摸已经大半插入他脑袋的斧刃，又向她伸出手，掌心里满是血。

“吝啬鬼，现在我割断丝绳了。”内尔冲着他大喊，仿佛这句话比斧头更有力，伯恩·凯尔颓然倒地，死了。

提姆捂住自己的脸，仿佛这样就能抹杀刚刚目睹的一切、甚而抹杀记忆……其实，那时他就知道，这一幕将伴随他整整一生。

内尔把他揽到怀里，扶着他走到门廊上。清晨很明朗，田野上的霜冻开始融化，薄雾升腾弥漫。

“提姆，你还好吗？”她问道。

他深吸一口气。嗓子眼里仍是火辣辣的，但不再灼痛了。“我没事。你呢？”

“我很好，”她说，“我们都会好起来的。这是个美丽的清晨，我们活着看到了。”

“但是，寡妇……”提姆哭起来了。

他们坐在门廊的台阶上，望着自家小院——不久前，康文纳特大人骑在高头黑马上，停在这里。提姆想起他就恨，黑马，黑心肠。

“我们要为阿德莉亚·斯迈克祈祷，”内尔说道，“她落葬时，树村所有人都会去。我不想说凯尔帮了她一个忙——凶手永远不干好事——但这三年里，她真是受够了病痛的折磨，无论如何也活不长了。我想，我们该到镇上去，看看警察有没有从旅人客栈回来。路上，你可以把一切都告诉我。你能帮我把米斯蹄和比斯蹄套上马车吗？”

“好的，妈妈。但我要先去拿一样东西。是她给我的。”

“好的。提姆，别去看屋子里留下的东西。”

他没去看。但他捡起了四轮枪，插在腰间……

皮　人

（第二部分）

“她叫他别去看屋子里的东西——你知道，他继父的尸体——他说他不会去看。也真的一眼没看，但他捡起了枪，插在腰间——”

“寡妇给他的四轮枪。”小比尔·斯崔特说道。他背靠着墙，坐在德巴利亚的粉笔地图下，下巴搁在屈起的膝盖上，他很少出声，老实说，我还以为他已经睡着了，而我是把故事讲给自己听。但是，如此看来，他一直在听。外面的风刮得很猛，时而尖啸袭来，时而呜咽抽离。

“是的，小比尔。他捡起枪，插在后腰的左侧，之后几十年都这样带着这把枪。后来，他还佩戴过更大的枪——六轮枪。”故事讲完了，小时候，在我高塔里的卧室里，我母亲讲完每个故事时都用一句结束语，同样的话语此刻也从我的口中徐徐念出，这让我悲伤不已。“很久很久以前，你爷爷的爷爷还没出生的时候，发生过这样一个故事。”

外面的灯光黯淡下来。小分队要一路顶风赶到山顶，挑出会骑马的盐巴佬，再把他们带回来——我本以为他们无论如何都要明天才能回来。说真的，早一点晚一点有差别吗？就在我给小比尔讲小提姆的故事时，我心里冒出一个让人不安的念头。假设我是皮人，假设治安官和一队副手（更别提还有从蓟犁特意赶来的一名年轻的枪侠）来问我会不会上鞍、骑马，我会承认吗？不太可能。我和杰米应该早点想到这一点，可惜，需要用执法官的思路去思考时我们还是太稚嫩了。

“先生？”

“怎么了，比尔。”

“后来，提姆变成真正的枪侠了吗？他成了枪侠，是不是？”

“他二十一岁那年，村里来了三个人，戴着大口径的长枪，他们要去塔瓦乐斯组建一支民兵队，但只有提姆愿意跟他们走。他们叫他‘左手枪’，因为他拔枪总是用左手。

“他跟他们走了，表现一直很出众，因为他什么也不怕，出手又狠又准。他们称他为‘泰–友’，也就是泰特的朋友。又过了很久，他终于被称作‘卡–泰特’了。不是艾尔德传人的枪侠历来少之又少，但他是。不过，谁知道呢？人们不是说亚瑟有三个妻子，生了许多孩子，也在不为人知的地方洒下了更多种子吗？”

“我不太明白。”

对此，我完全理解；仅仅两天前，我还不知道“长棍子”有另外的意思呢。

“没关系。他一开始被称作‘左手’罗斯，后来——在凯恩湖边那场大战之后——人们尊称他为‘勇者心’提姆。他母亲到蓟犁安度晚年，成了贵妇人，这也是我妈妈说的。但那些事都——”

“——都是另一个故事了，”比尔抢着说完，“每次我接着问，我爸爸也喜欢这么说。”他别开脸孔，嘴角抽动，又想起了工棚里的血腥惨景，以及，死的时候被围裙盖住了脸庞的厨子。“以前，他喜欢这么说。”

我再一次揽住他的肩膀，这次感觉很自然了。我已决定了，如果萨罗尼的艾菲琳娜不肯收留他——尽管，我觉得她不太可能拒绝——我们就带着他回蓟犁。他是个好孩子。

窗外的风呼啸着飞旋着。我侧耳等待叮铃话机响起来，但始终没有响铃。话机线路肯定在什么地方被风刮断了。

“先生，变成老虎的梅林被关了多久？”

“我不知道，但显然是很久、很久。”

“他吃什么？”

库斯伯特绝对能当场编出什么词儿来，但我就哑巴了。

“如果他在洞里拉屎，那他肯定有吃的。”比尔说道，听起来挺有道理的。“你不吃，就不会拉。”

“我不知道他吃什么，比尔。”

“也许他剩了些魔法在手上——即便变成了老虎——那就足够让他变出东西吃了。比如说，凭空变出来。”

“是的。是有可能。”

“提姆后来真的去了黑暗塔？有没有故事讲这段的？”

还没等我回答，斯特罗瑟——戴响尾蛇宽边帽的胖副官——走进了牢房。他看到我揽着小男孩并排坐着，傻笑了一声。我真想把那笑容活生生地从他脸上扯下来——用不了三秒钟——但听到他的话就把这念头抛到了九霄云外。

“他们回来了。准有一大队人马，或是几辆马车，因为这么该死的狂风天里都听得到动静。大伙儿都出门了，宁可吃风沙，也要看热闹。”

我站起来，把牢门打开。

“我能去吗？”比尔问道。

“你最好在这里再待一会儿。”我说着，把门锁上，也把他锁在了里面。“我很快就回来。”

“先生，我讨厌待在这里！”

“我知道，”我对他说，“不用很久的。”

我希望自己没说错。

走出治安官办公室，大风就让我一趔趄，盐碱沙砾扑面而来。虽然已是不折不扣的狂风天，主路两边的人行道上却站满了看热闹的人。男人们用绑头巾围住口鼻；女人们用手帕。我还看到一个女子把软帽倒扣在脸上，十足得古怪，但就挡风沙而言或许很管用。

马匹的轮廓从我左侧白茫茫的盐碱风沙中浮现出来。治安官皮维和杰斐逊的甘菲德坐在货车上，帽子都压得很低，围巾拉得很高，只露出眼睛。在他们后头，跟着三辆平板长马车，车上的人完全暴露在风沙中。车身漆成了蓝色，但两侧和平板的边缘都蒙上了白色的盐碱。侧面的车板上用黄色油漆写着**德巴利亚盐矿司**。每辆平板车上总共能坐下六到八个人，矿工们戴的草帽叫做“克劳蓬”（或“克兰蓬”，我记不清了）。杰米·德卡力、科林·弗莱伊和科林的儿子维卡骑行在几辆大篷车的一边。另一边是杰斐逊的斯尼普和阿恩，还有一个留着沙色八字胡的大个子，黄色的防尘外套和胡子挺合衬的。这个人就是小德巴利亚的现任警察……至少，在他没有坐在牌桌旁玩菲罗纸牌或“看我的”的时候。

新来的这批人没一个有好脸色，但盐巴佬的表情就更糟了。很容易带着怀疑和厌恶去看他们，但我必须提醒自己：这些人中间，只有一个怪物（前提是这次搜查没有漏掉皮人）。当他们听说这样做可以让事情有个了结，大多数人可能是自愿来帮忙的。

我迈步走上主路，双手举过头顶挥了挥。治安官皮维在我前方勒住了马，但我暂时没去关注他，而是去看平板马车上挤成一团的矿工们。匆匆一数，总共有二十一个人。也就是说，多出了二十个嫌疑人，但比我先前预料的要少。

我提高嗓门，确保自己的声音能敌过大风。“我代表蓟犁感谢你们，谢谢你们前来协助！”

他们应该听得很真切，因为我是在上风口。“滚蓟犁的蛋！”一人回应。“擦擦鼻涕，臭屁孩儿！”另一个喊道。“代表蓟犁舔我的小弟弟吧！”第三个人说道。

“您一声令下，我就可以教他们老实点，”留八字胡的大个子说道，“年轻人，只要你一句话，我是他们那个狗屎地儿的警察，所以这算是我的份内事。威尔·威戈。”他马马虎虎地把拳头朝眉间比划了一下。

“不用了，”我说着，又高声喊道，“你们有多少人想喝一杯？”

听到这句，他们立刻停止了骂骂咧咧，转而欢呼起来。

“那就下车，排好队！”我喊着，“如果你们愿意，那就两人一排地站好！”我朝他们咧嘴一笑，“要是不愿意，那就渴着下地狱吧！”

这话把大部分人逗乐了。

“德鄯先生，”威戈说道，“让这些混蛋喝酒可不是好主意。”

但我觉得是。我摆手示意科林·弗莱伊走过来，在他手里放了两块金币。他的眼睛都瞪圆了。

“你负责看管这群人，”我对他说，“你手里的这些钱应该足够给他们每个人买两份威士忌了，小杯的，我只要他们喝两小杯。你带着甘菲德，还有那边那个，”我指了指那个短工，“阿恩？”

“斯尼普，”那个人答道，“另一个是阿恩。”

“好的。斯尼普，你守住酒吧的一个出口，甘菲德守住另一个。弗莱伊，你站在他们身后，守在门边，看牢他们。”

“我不想带我儿子进‘倒霉运’，”科林·弗莱伊说道，“那个酒吧就是个妓院。”

“你不必担心。维卡和另一个短工在外面守着。”我扬起下巴，示意阿恩。“你们两个只需观望，看哪个盐巴佬想从后门溜出来。如果有，你们就大喊，然后跑走，因为那人很可能就是犯人。明白了吗？”

“明白了，”阿恩说道，“来吧，孩子，我们走。躲开这阵风，兴许我还能点根烟。”

“还没说完呢。”我说着，对那个男孩点点头。

“嘿，枪侠！”有个矿工喊起来，“你打算让我们吃风沙吃到天黑吗？我他妈都快渴死啦！”

其余的矿工齐声附和。

“别唠叨，”我说，“照我说的做，你就有的喝。我忙乎的时候你要嘴皮子，那你就坐在马车后头舔盐巴去吧。”

这让他们都闭嘴了，我这才俯下身，凑近维卡·弗莱伊。“在盐矿山上，你应该对某些人说某些话。你说了吗？”

“是啊，我——”他父亲用胳膊肘捅了捅他，力道大得几乎把他撞倒。男孩这才想起所谓礼仪，立刻以拳触额，重新说起：“是的，先生，如您吩咐的那样说了。”

“你对谁说的？”

“庞克·德龙。我是在收割节市集上认识他的。他只是个矿工的孩子，但我们一起耍了一会儿，参加绑腿跳比赛。他老爹就是夜班矿工的工头。反正，庞克是这么说的。”

“你对他讲了什么？”

“我告诉他，比利·斯崔特看到了皮人的人形。我说了，比利[①] 如何躲在一堆旧马具下、如何捡了一条小命。庞克知道我说的是谁，因为比利也去了收割节市集。比利还赢了笨鹅快

---

① 比利是比尔的昵称。

跑比赛。枪侠先生，你知道笨鹅快跑吗？”

“知道。”我答道。在收割节市集欢庆中，我自己也跑过不止一次，事实上，那也是不久以前的事。

维卡·弗莱伊咽下一口气，眼里涌起了泪花，轻轻地说道：“比利跑了第一名，比利他爹高兴得都快把嗓子喊破了。”

“我相信他一定会。你认为，这个庞克·德龙会把这话传出去吗？”

“不知道，我怎么能肯定呢？但如果换做我，我肯定扭头就跟大伙儿讲了。”

我觉得问得差不多了，拍了拍维卡的肩膀。“好了，去吧。如果有人要开溜，记得大声喊。要喊得大声点，否则会被风声盖过的。”

他和阿恩迈开大步，向巷尾走去，那儿是倒霉运酒吧的后门所在。盐巴佬们没有留意他们的去向，而是眼巴巴瞅着酒吧的推门，惦记着门后面那些劣质的烈酒。

“大伙儿听好！”我喊了一声，他们都转头看着我，“准备开喝！”

这话又引起一阵欢笑，他们起步迈向酒吧。没有人跑，而是两人一排地慢步走。他们被调教得挺好。我猜想，身为矿工，他们的生活比奴隶好不了多少，我也为自己感到庆幸，卡给我指明了一条截然不同的道路……不过，回首去看，我反倒要问：身为矿场的奴隶，身为枪的奴隶，两者之间会有多少差别呢？也许，是有一点：我总能抬头看到天空，知道神、人神耶稣和所有众神都可能高高在上，我说谢了。

我把杰米、治安官皮维和新来的威戈都叫到主路街道的另一端。我们站在治安官办公室门前伸出的廊檐下。两个不中用的副官——斯特罗瑟和匹肯——也挤在门口，好奇地瞪大眼睛张望着。

“你们两个，进去。”我对他们说。

“我们不听你的指挥。”匹肯说道，既然他的顶头上司回来了，他就像玛丽女王那样傲气十足。

“进去，关上门，”皮维说道，“你们脑子被枪打过啦？难道还没看出来这儿谁说了算？”

他们悻悻地进去了，匹肯瞪着我，斯特罗瑟瞪着杰米。门被重重地关上了，震得玻璃都快裂了。一时间，我们四人站在那里，望着风沙铺天盖地席卷主路，有一阵风卷着太多盐碱，盐矿马车都快看不见了。但没时间看风景了；马上就快天黑了，然而，皮人现在就坐在倒霉运喝酒的盐巴佬中间，可能很快就会变身了。

“我认为我们有一个难题，”我这话是说给他们每个人听的，但我注视着杰米，“在我看来，皮人知道自己是谁，那就不太可能坦诚自己会骑马。”

“我们想到了。”杰米答道，冲着警察威戈点点头。

“我们把所有能骑马的家伙都抓出来了，”威戈说道，“先生，您就放心吧。难道我没有亲自督阵吗？”

“我怀疑你并不知道每一个会骑马的人。”我说。

“我认为他确实知道，”杰米说，“罗兰，听他说。”

“小德巴利亚有个富人，叫萨摩·萨恩特。”威戈继续说道，“盐巴佬都管他叫‘肏逼’萨恩特，这个绰号名符其实，哪儿有女人他就往哪儿钻。盐矿司不属于他——蓟犁的大肥佬们才是真正的东家——但剩下的那些基本上都是他的：酒吧、妓院、窝棚——”

我看了看治安官皮维。

“小德巴利亚的一些简易房，给矿工们睡的，”他解释道，“窝棚不太多，但不是地下的。”

我又看着威戈，他提了提外套的衣领，看起来挺自得其乐。

“萨摩·萨恩特拥有公司的商铺，这就是说，矿工们都是他的。”他咧嘴笑了。见我没有咧嘴附应，他把手从衣领上放下来，朝上甩了甩。“世界就是这样的，年轻的先生——不是我规定的，也不是你能管的。”

“萨摩是个很爱玩的人……也总能靠玩乐赚到钱。每一年，他会举办四次矿工比赛。有些是赛跑，有些是障碍赛——他们得跳过木栏或是填满泥巴的水沟。看他们摔倒真的挺好玩的。妓女们都来看比赛，把她们乐得呀，傻鸟一样笑个不停。”

“说重点！”皮维吼了一声，“那些人喝两杯酒根本不费时间。”

“他也举办赛马，”威戈接着说道，“不过，他只肯放出一些老马，生怕小马在比赛中摔断了腿，那就只能开枪打死了。”

“要是哪个矿工也断了腿，他也开枪打死他吗？”我问。

威戈拍着大腿狂笑起来，好像我说了一个好笑话。要是库斯伯特在场，会告诉他我不是在开玩笑，但他不在。而杰米少言寡语，不到万不得已绝对不开口。

“妙，小枪侠，你说得太妙了！不，他们只需修修补补，只要还能凑合用就继续用；萨摩·萨恩特的小赛事结束后，会有几个妓女留下来当护士，挣点外快。她们才不管呢，反正不是这么伺候，就是那么伺候，不是吗？

“看比赛要付门票，当然，是从工资里扣，那就能抵消萨摩的开销啦。至于矿工，不管参加什么比赛——跑步、障碍跑、赛马——只要赢了比赛，就能免除一年在公司店铺买东西欠下的债。而对其他人，萨摩总是把利息抬得很高，他是绝对不吃亏的。你明白这是怎么回事儿吧？要你说，这算恶毒吧？”

“和魔鬼一样恶毒。”我说。

“没错！所以，只要有老马围着他造好的跑马场开跑，任何会骑马的矿工都去骑！看着他们屁颠屁颠地骑老马，实在太逗趣了，我敢摘下自己的手表向你发誓。我去那儿是为了维持秩序。过去七年里，每一场比赛我都看了，也认得每一个参赛的挖地工。要说会骑马的人，统统在那儿了。倒是还有一个，但在今年新土季萨摩办的比赛上，那个盐老鼠从马上摔下去了，肠子都被踩出来了。撑了一两天，然后就挂了。所以，他肯定不是你们要找的皮人，你觉得呢？”

说完，威戈发自肺腑地大笑起来。皮维没有异议地看着他，杰米则是又鄙夷又惊讶。

我该相信他吗？这个人声称他们已把所有会骑马的盐巴佬都带来了。我拿定主意了，只要他敢正面回答一个问题，我就愿意信他。

“威戈，你自己会在那些跑马比赛中下赌注吗？”

“去年赢了好大一笔钱呢，”他骄傲地说道，“萨恩特只打白条，不给钱，抠得要死，但有那张白条，妓女和威士忌就够我用了。年轻的妓女，陈年的威士忌，才是我的最爱。”

隔着威戈的肩膀，皮维朝我看来，耸耸肩，好像在说：*他是那一片的警察，不归我管，所以别怪我。*

我不会为此怪他的。“威戈，进办公室去等我们。杰米，治安官皮维，你们跟我来。”

我们走过街的时候我作了一番解释。反正也没几句话。

“你跟他们说，我们想要什么。”当我们站在酒吧门口外面的时候，我对皮维这样说。我得把声音压低，虽然聚集在酒吧门口的那些人已被我们赶跑了，但整个镇子的人都观望着我们、支棱着耳朵，好像我们在嘀咕什么趣闻。“他们认得你。”

“他们更认得威戈。”他说。

“那你认为，我为什么要让他待在街对面？”

他咕哝着笑了一声，推门进了酒吧。杰米和我紧随其后。

酒吧的常客们都退到了牌桌边上，把整个吧台让给盐巴佬。斯尼普和甘菲德一头一尾地看守在旁；科林·弗莱伊背靠木板墙站着，双臂交叉抱在羊皮背心外面。酒吧有两层楼，据我猜想，上面才是寻欢作乐的地方。二楼的过道里站满了女士，都不怎么迷人，她们全都低头看着盐巴佬们。

“矿工们！”皮维说道，“转过身来，面对我！”

他们立刻照做了，没耽搁。对他们来说，皮维就像是另一个工头吗？只有少数几人还没喝完小杯威士忌，但多数人都喝完了。现在，他们看起来活分多了，脸颊上的红晕是酒精催出来的，而不再是沿着山坡一路追着他们、鞭打在脸上的风沙了。

“好好听着，”皮维说道，“你们要坐上吧台，每个人都得坐，然后脱掉靴子，让我们看到你们的脚。”

七嘴八舌的抱怨声立刻响起来。“你想知道谁在比利刑栏待过，干吗不直接问？”有个灰胡子盐巴佬嚷嚷起来，“我就待过，而且也不以为耻。我偷了一条面包带回去给老婆和两个吃奶的娃儿吃。结果呢，娃儿都没捞到好处，全死了。”

“要是我们不脱呢？”有个年轻点的盐巴佬问道，“难不成还开枪打我们？我也不在乎，老实说，好歹是不用再下那该死的矿了。”

好多人嘟哝着，附和他。还有人说了句什么，像是提到了绿光。

皮维抓住我的胳膊，把我往前推。“是他让你们少干一天的工，还送你们酒喝。如果他要找的人不是你，你他妈的凭什么害怕？”

回答这个问题的盐巴佬几乎不比我大几岁。“治安官先生，我们成天到晚都在害怕呀。”

这是实话，他们平日里甚至都不敢这么说，突然间，倒霉运酒吧里没人再吱声了。门外的风声呜咽，吹打在薄薄墙板外的盐碱粒听来就像冰雹。

“伙计们，听我说。”皮维开口了，现在，他放低了声音，语气也客气多了。“两位枪侠完全可以拔枪，逼你们照做，但我不想那样，你们也没必要受到那种待遇。算上杰斐逊农场，德巴利亚已经死了三十多人了。死在杰斐逊农场的有三个是女人，”他停了停，又说，“不对，我说得不对。一个是女人，另外两个都还是小姑娘。我知道你们活得艰难，拼死干活也挣不到几个钱，但我还是想请你们帮忙。为什么不呢？在你们中间，只有一个人藏有隐情。”

“好吧，管它呢。”灰胡子说道。

他倚着身后的吧台，蹬跳了一下，坐了上去。在这群矿工里，他一定算是老资格，因为他一坐，所有人都坐上了凳子。我观望着，看有谁不情愿，但没发现有人露出马脚。一旦开始配合，他们就把这件事看成某种玩笑了。很快，二十一个盐巴佬坐上了高高的吧台，靴子就像雨点一样，噼里啪啦地掉下来，掀起锯屑地板上的一层土。哎哟，众神啊，直到今天我都能闻到那股味儿。

“呃，可把我恶心死了。”有个妓女说道，我抬头一看，楼上的女看客们一阵风儿似的散了，随之而去的还有晃动的羽毛和啪嗒啪嗒直响的拖鞋。酒吧的男招待也凑到牌桌那儿去了，捏着鼻子。我敢说，今晚蕾西小馆肯定卖不出几块晚餐牛排了；如果世间有倒胃口的偏方，一定就是那股味儿了。

“把裤腿儿拉上去，”皮维说道，“我们要看得到脚脖子。”

鞋都脱了，现在他们都很听话。我迈步向前，说道：“如果我点到谁，谁就跳下吧台，走到墙边去。你可以带着靴子走，但不用着急穿上脚。你只需要走到对街，光脚走。”

我走过这一双双垂下的脚，大多数都是瘦骨嶙峋、青筋暴突，只有几个年轻人除外。

“你……你……还有你……”

总共数出十个人脚上有蓝环刺青，表明他们在比利刑栏服过劳役。杰米不露声色地走在他们旁边。他没有拔枪，但两只大拇指都勾在交叉摆放的枪带上，手掌紧挨着六轮枪的手柄，这已经足够说明问题了。

“酒吧老板，”我说道，“给留下来的这几位再添一小杯。”

没有刺青的矿工们欢呼雀跃，开始把靴子套上脚。

“我们怎么办？”灰胡子老头问道。他脚踝上的刺青褪色了，简直都看不出来了。他那双脚就像老树桩那样疙疙瘩瘩。我真的无法想象，他怎么能用这双脚走路呢——更别说下井干活了。

“你们中的九个人将喝到大杯的酒，”我的这句话将他们脸上的阴郁表情一扫而空。“第十个人会得到特殊的奖品。”

“一卷吊脖绳！”杰斐逊的甘菲德低声说道，“我看到了农场里的惨状，所以我希望他临死前能在空中好好跳一段舞。”

我们把斯尼普和甘菲德留在酒吧，看着那十一个盐巴佬喝酒。另外十个人，我们亲自押送过街。灰胡子老头走在最前头，老树桩般的光脚走得挺轻快的。那天的夕阳仿佛被风沙吸走了颜色，变成我从没见过的怪异的淡黄色，马上就要入夜了。风在吹，沙尘在飞。我留意去观察，想发现某个人试图借机溜走——不如说，我是真的希望他暴露自己，只有这样，那个在牢房里等待的孩子才不用受折磨——但没人有异样。

杰米走到我身边。“如果他在这些人里面，他肯定指望那孩子没有看到脚踝以上的部分。他是铁了心要搏一下了，罗兰。”

“我知道，”我说，“因为那孩子确实只看到了脚踝，他也可能蒙混过关。”

“那怎么办？”

“把他们都关起来，我想只能这样了，等着其中有谁变身。”

“万一他不是被动的呢？万一他可以操控自己变或不变呢？”

“那我就没辙了。”我说。

威戈挑头，和匹肯和斯特罗瑟玩起了“看我的”，还下了三联赌注。我用手猛拍一记桌子，把他们用于计数的火柴棍震散了。“威戈，你要陪同这些人跟着治安官走进牢房。再过几分钟。还有几件事要交代。”

“牢房里有什么？”威戈问道，颇有几分遗憾地看着震开的火柴棍。我猜，他本来可以赢的。“要我说，是那个男孩吧？”

“男孩，以及这起悲伤事件的终结。”我的口吻很坚定，哪怕有点虚妄。

我握住灰胡子老头的手肘——没使劲——把他拉到一边。“先生，怎么称呼你？”

“斯泰格·卢卡。你这么问是什么意思？你以为我是那个家伙吗？”

“不。”我这么说，也这么想。没有原因，只凭直觉知道他不是。“但如果你知道谁是皮人——哪怕只是你猜测的——你应该告诉我。那里，关着一个吓坏了的小孩，为了保护他的安全而被锁在牢房里。他眼睁睁看着一个像巨熊似的怪物杀死了他父亲，只要有可能，我就不想再给他带去更多痛苦了。他是个好孩子。”

他思忖了片刻，接着，他握住了我的手肘……那只手就像铁打的一样。他把我拉到角落里。“我说不准，枪侠，因为我们都在矿井下面，在新矿的深处，我们都看到了。”

“看到了什么？”

“盐矿里有一道裂缝，从里面射出绿光。一会儿亮，一会儿暗。一闪一灭的，就像有颗心脏在里面跳。而且……它还会凑在你面前讲话。”

“我不懂你的意思。”

“我也不懂啊。我只知道一件事：我们都看到了，也都感觉到了。它会凑到你跟前讲话，让你进去。很难抗拒。”

“光，还是声音？”

“都挺闹心的。那是先民留下的，我毫不怀疑。我们对班德利说了——他是个霸道的工头——他就自己下去看了。他也看到了。感觉到了。但他打算因为这个把矿井封了吗？才怪，那个浑球。他还要应付他的顶头上司，而他们只知道下面有一大片盐矿。所以，他命令一队矿工用石头把裂缝堵起来，他们确实堵上了。我知道，因为我也被派去堵裂缝了。但是，堵上的石头是可以抽出来的，也确实被抽出来了，我发誓。石头起先是一个样子，后来又变了样子。有人进去过了，枪侠，不管另一边有什么玩意儿……它改变了那个人。”

“但你不知道是谁。”

卢卡摇摇头。“我只能说，那一定是发生在半夜两点到六点之间，因为那时候很安静。”

“回到队伍里去吧，我说谢了。你马上就能喝上酒了，我很乐意请你喝酒。”但是，卢卡喝酒的好日子已经过去了。我们没法预见未来，不是吗？

他回到了工友们中间，我仔细地扫视他们。卢卡是年纪最大的。大多数人都是中年，还有两三个挺年轻的。看起来，他们都兴致勃勃的，与其说害怕，不如说是兴奋，这我可以理解：刚刚下肚的两口小酒让他们精神振奋，在日复一日的地牢般的掘矿生活中，这显然是一天例外。没人遮遮掩掩，或有愧疚的表情。每个人看起来都很正常，就是颓败不堪、铁路末端的矿山小镇上的盐巴佬该有的样子。

“杰米，”我说道，“和你说句话。”

我引着他走向门口，和他耳语了几句。我让他去办件事，尽快回来，决不能耽搁。他点点头，悄悄走进了风沙漫天的暮色中。也许，这时已该说是夜色了。

“他去干吗？”威戈问道。

“和你没关系。”我说着，转向那些脚踝上有蓝环刺青的人。“我希望你们排好队。根据年纪，从老的排到小的。”

“我怎么知道自个儿几岁！”有个秃顶的盐巴佬说道，他戴着一块腕表，表带都生锈了，还有修补链条的痕迹。他这么一说，有些人笑起来，连连点头。

“你们尽力排好就成。”我说。

我对他们的年纪不感兴趣，但他们争来吵去的就能耗掉一点时间，这才是主要目的。如果铁匠说话算数，那才是各就各位；如果他食言了，我就得临场发挥点什么。不会救场的枪侠死得早。

矿工们互相推搡、挤兑，活像小孩子玩抢椅子游戏，抢来抢去，总算排出了一个让大多数人满意的顺序，从老到小。这支队伍从牢房门口排到了大门口。卢卡是第一个；戴腕表的在中间；和我差不多大的小伙子在最后——就是他刚才说大伙儿整天害怕的。

“治安官，你能把他们的名字都记下来吗？”我提出了请求，又说道，“我想先和斯崔特说几句话。”

比利站在关醉酒闹事者的牢房里，紧挨着栅栏。他听到了我们在外面的谈话，看起来很惊恐。“它在这儿吗？”他问，“皮人？”

“我认为他在，”我说，“但还没办法肯定。”

“先生，我怕。”

“我不会怪你的。但牢房锁好了，铁栅栏也很牢靠。比利，他不会逮住你的。”

“你没见过他变成熊的模样。”比利呢喃了一句，双眼瞪圆了，熠熠闪光，定定怔怔的。以前，我只在被人一拳重击打中下巴的人脸上见过这种眼神，就在他们双膝一软、倒地之前。外面的风飞卷在牢房屋檐下，发出尖利的啸叫。

“勇者心提姆也很害怕，”我说道，“但他挺住了。我希望你也能像他那样。”

“你会在这儿吗？”

“是的。我的伙伴杰米也会在。”

好像提到他的名字就把他召来了，办公室的大门开了，杰米快步迈进来，拍了拍衬衣上的盐碱粒。看到他，我很高兴。但随他而来的那股臭脚丫子味儿就不那么让人喜欢了。

“拿到了吗？”我问。

“拿到了。应该足够了。这是名单。”

他把两样东西都递给我。

“你准备好了吗，孩子？”杰米问比利。

“应该是吧，”比利答道，“我要假装自己是勇者心提姆。”

杰米严肃地点点头。“是个好主意。希望对你有用。”

一阵特别强劲的风吹过来了，顺着栅栏窗格的空隙，把苦涩的沙尘吹进了专门囚禁醉酒闹事者的牢房。诡谲的风啸声再次环绕屋檐。灯光越来越黯淡。我突然觉得，把这些等待着的盐巴佬全都关起来会好一点——安全一点，余下的事留到明天或许更好。然而，毕竟有九个无辜者。还有这个男孩，他也没有做错任何事。最好还是快点了断吧。如果可以的话，快点才好点。

“听我说，比利，”我说，“我会让他们走过来，慢慢地走。也许什么事都不会发生的。”

“那……好吧。”他听起来很虚弱。

“你需要先喝点水吗？或是解个手？”

“不用了，我很好。”说是这么说，他的模样却根本不算好。事实上，他吓坏了。“先生？有多少人脚上有蓝环？”

“都有。”我说。

“那怎么——”

“他们不知道你看到了多少。他们一个一个走过来，你只需看。还有，你应该往后站一点。”我的意思是，起码要站在一臂开外，但我不想说得太大声。

“我该说什么？”

“不用说话。除非你看到了什么，想起了什么。”对此，我基本上不抱希望。“杰米，带他们进来吧。治安官皮维负责领队，威戈殿后。”

他点点头，离开了。比利从栅栏间伸出了手。一时间，我没有反应过来他要什么。但马上就明白了，我握住他的手，轻轻捏了一下。“好了，该往后退几步了，比利。记住你父亲的脸。他会在空无境看着你的。”

他顺从地退后了。我瞥了一眼名单，扫视了一遍名字（好多大概都拼错了），那对我并没有意义，但我已把右手按在了枪柄上。右手边的这支枪已经上膛了，弹夹里有特殊的子弹。据范内说，只有一个办法可以杀死皮人：用神圣金属制造的尖锐武器。我付给铁匠的是金币，但让他给我打造的子弹是纯银的——只要按下击锤，射出的第一颗子弹就将是它。应该会有用。

如果没有用，我会用铅弹继续打。

门开了。先进来的是治安官皮维。他的右手握着一支两英尺长、铁木制的警棍，附带着的生皮缠手带在他手腕上绕了好几圈。他看到了牢房里脸色煞白的男孩便微笑了。

“你好哇，比利，比尔之子，”他说道，“有我们陪着你，不会有事的。别害怕。”

比利很想笑一下，但实在太惊惧了。

第二个进门的是斯泰格·卢卡，树桩般的脚一步一步挪，身体也跟着摇摆。在他身后的是一个差不多年纪的老头，白胡子脏兮兮的，灰头发更脏，垂在肩膀上，眼睛有点斜视，因而显得有几分阴险。也许，他只是近视罢了。名单上，他的名字是鲍勃·弗莱恩。

“慢慢走过来，”我说，“让这个男孩好好看看你们。”

他们进来了，一个接一个，比尔·斯崔特的神情非常紧张。

“愿神保佑你，孩子。”卢卡走过时，说了一句。鲍勃·弗莱恩比划了一下，假装碰了碰帽檐以示敬意。有一个年轻人——名单上写的是杰克·马什——吐了吐被宾果烟熏得蜡黄的舌头。其余的人只是拖着脚步往前走。还有两个人低着脑袋，威戈冲他们吼了一声，他们才抬起头来，和男孩对视了一下。

比尔·斯崔特没有流露出想起什么的表情，只是又惊恐又困惑。我尽量不露声色，但心里却越来越不抱希望了。毕竟，皮人为什么会暴露呢？他尽可以放心走这么一遭，他一定是知道的，自己不会因此暴露身份。

现在，只剩下四个人了……两个……最后，只剩下那个在倒霉运酒吧里坦言害怕的大男孩。我看到他走过去时，比利的脸色有变，起初，我还以为有情况，但很快就反应过来，那不过是因为他看到了一个和自己年龄相仿的人。

最后进来的是威戈，他把警棍收起来了，但是在两只手上都套上了指节铜环。他朝比尔·斯崔特笑了笑，但让人不太舒服。“小子，没什么货色是你要的吗？好吧，我很抱歉，但我得说我毫不——”

“枪侠！”比利喊我了，“德鄯先生！”

“我在，比利。”我用肩膀撞开威戈，走到牢门前。

比利舔了舔上唇。“请你让他们再走一遍，可以吗？但这一次，要他们把裤腿提上去。我看不清蓝环。”

“比利，蓝环都一个样儿。”

“不，”他说，“不一样。”

风声忽歇，治安官皮维听到了他的话。“转过身，伙计们，往回走。这一次，把你们的裤腿都拽高点儿。”

“这还有完没完啦？”戴腕表的家伙叨咕了一句。名单上写着，他叫奥利·安格。“你们保证赏我们酒的。大杯的！”

“宝贝儿，你这是怎么了？”威戈问道，“你就不能往回再走一趟？你老妈是不是砸过你的头？”

他们低声抱怨着，开始掉转方向，从走廊尽头往办公室走，这一次是从年轻的到年老的，每个人都提拉着裤腿。在我看来，那些刺青都一样。一开始，我以为在男孩眼里也是如此。但我看到他的眼睛瞪大了，又倒退一步。但他没吱声。

“治安官，麻烦你让他们停一下。”我说。

皮维走到通向办公室的门口，挡住了去路。我走到牢门口，低声问道：“比利？看到什么了？”

“印子。”他说，“我看到了印痕。那个人的蓝环是断的。”

我没明白……但很快就懂了。我想起柯特一直说我思考的时候比别人慢好几拍，说我是榆木脑袋。他骂别人的时候也是不留情面的，甚至更难听，当然，那就是他的职责。但站在德巴利亚牢房的过道里、听着风沙热风暴在外面呼啸的时候，我认为他骂我骂得太对了。我就是个榆木脑袋。几分钟之前，我想的全是刺青之外的东西，以为比利会想起别的特征，然而，早在我催眠他的时候，他就已经告诉我了。我总算意识到了，我早就得到了新的线索。

还看到什么吗？我问过他，并自以为没有下文了，光惦记着快点把他唤醒，因为那显然让他很难受。可他提到了白印子——不确定的口吻，好像在自问——可愚蠢的罗兰竟然忽略了这一点。

盐巴佬们有点不安分了。戴腕表的奥利·安格吵吵着他们已经完成了任务，他想去“倒霉运”喝一大杯酒，顺便捡回他的靴子。

“是谁？”我问比利。

他凑过来，轻声耳语。

我点点头，向过道尽头的那群人走去。杰米正严密地监视着他们，双手搭在枪柄上。矿工们肯定从我脸上看出了端倪，因为他们突然不再嘀咕了，只是盯着我看。此时，只能听到风声，以及风沙持续不断飞撞在墙的声音。

接下去发生的事，我回想过无数遍，我认为谁也无法提前阻止。你们明白吗，我们不知道变身可以多么迅速；我觉得连范内都想不到，要不然，他肯定会提醒我们的。就连我父亲也这么说——当我完成报告，站在他的书桌前，数不尽的书本在书架上苦着脸俯瞰我，等待他评价我在德巴利亚的表现时——不是作为我的父亲，而是作为我的首领。

但有一件事令我欣慰，当时是，至今仍是。我差一点脱口而出，把比利告诉我的那个名字讲给皮维听，但话到嘴边，我改了主意。并非因为皮维在很久以前帮过我父亲，而是因为小德巴利亚和盐屋并不在他的职权范围内。

“威戈，”我说道，“把奥利·安格叫过来，有劳你了。”

“谁？”

“戴腕表的那个。”

“嘿！干吗！”警察威戈抓住他的时候，奥利·安格粗声叫嚷起来。他身形瘦弱，不太像矿工，甚至可以说太文弱了，但他的胳膊很结实，我还看到他的格子衬衫下鼓起更结实的肌肉撑起了肩膀。“嘿！我又没干坏事！因为小毛孩想显摆自己，就把我一个人挑出来，这太不公平了！”

“闭上你的臭嘴。”威戈说着，把他从矿工堆里拽出来。

“把你的裤腿再拉上去一次。”我对他说。

“滚你的蛋，兔崽子！连你骑的马也一起滚远点！”

“闭嘴，要不然我帮你封口！”

他挥舞了一下拳头。“来试试！只要你——”

杰米迈步走到他身后，抽出一把枪，轻巧地举到半空，手握枪柄，用末梢轻击安格的脑袋。这一击很有分寸，不会把安格打晕，但足以让他放下拳头。趁着安格的膝盖一软，威戈抄在他的腋下，架住了他。我抓紧时机掀起他右边的长裤裤腿，看到了：比利刑栏的蓝环刺青被一道很深的疤痕割断了——用比利·斯崔特的话来说，是断的——疤痕向上延伸，直到膝头。

“这就是我那天看到的，”比利喘着粗气说道，“我躲在马具后头看到的。”

“他胡说。”安格说着，神色惶恐起来，说出的话也没了底气。一道细细的血痕顺着他的脸庞流下来，杰米的那一击蹭破了他的头皮。

我全明白了。比利没在牢房里正眼看过奥利·安格之前，早就提到了白印子。我刚张口，想让威戈把他送进牢房，但就在那节骨眼上，人群中的老人冲上来了。那眼神仿佛在说，他总算恍然大悟了。也不完全是彻悟，还有激愤。

我、杰米和威戈都没来得及阻拦，斯泰格·卢卡已经揪住了安格的肩膀，摁在牢门栅栏上，再把他从关醉鬼闹事者的牢房推到过道另一边。“我早该知道的！”他喊叫着，“几星期前我就该知道的！你这个该死的变形混蛋！婊子养的敢这样杀人！”他攥住戴着旧表的那只胳膊，“你从哪儿搞到这玩意儿的？还不是从发出绿光的裂缝里？还能是哪儿？哎呀！你这个挨千刀的混蛋，换层皮就杀人不眨眼！”

卢卡朝安格迷茫呆滞的脸孔上吐唾沫，又转向我和杰米，手里还抓着他的手腕。“他说他是在老矿山外的一个地洞里捡到这块表的！还说，有可能是黑鸦帮当年落下的赃物，我们都像傻瓜一样信了他！我们甚至在不当班的日子里也去到处挖宝贝，是不是！”

他转回头，面对神情呆滞的奥利·安格。在我们看来，他确实眼神空洞，面容呆滞，但谁知道那双眼睛背后正在发生什么变化呢？

“可你呢，我们到处寻宝的时候，我敢说，你一定抄着手在一旁笑话我们吧。你是在洞里找到它的，没错，但不是在老矿井那儿。你钻进了那个裂缝！进了绿光！就是你！就是你！你——”

安格的下巴是最先扭曲起来的。我不是说他开始狞笑；而是他的整个脑袋开始扭曲。好像在看一只无形的手绞拧床单。他翻起了白眼，直到一只眼珠子翻得比另一只高，蓝眼珠开始变成墨黑色。他的皮肤先是变得刷白，血色尽失，继而泛出绿色。仿佛有很多拳头在皮肤下击打出那种绿色，逐渐渗透晕入肤色。他的衣裤从身体上滑下去，因为那身体已不再是人形了。不是熊，不是狼，也不是狮子。我们多多少少有心理准备，能应对那些猛兽。甚至也想到过鳄鱼，萨罗尼的福尔图纳就不幸遭到鳄鱼模样的怪物的追袭，就算是别的生物，至少看起来很像鳄鱼。

大约就在三秒之间，奥利·安格变成了一人高的蟒蛇。大蛇。

卢卡抓着的那条胳膊已退缩进了那个肥鼓鼓的绿色身躯，当蟒蛇冲进老人的嘴巴时，他大叫了一声却被闷住了声音，此时的蛇头已抻长了，顶部还散落着一些人类的头发。随着一声湿哒哒的脆响，卢卡的下巴颏脱臼了，只有皮肉筋腱相连。那东西仍在变身，仍靠两条没变完的人腿站立着，当它像个钻子塞进老人的喉咙时，我看到他细弱的脖颈膨胀开来，皮肉上的皱褶都撑开了。

从过道那头传来的惶恐的尖叫声不绝于耳，别的盐巴佬都呆立在那里。我没去管他们。我看到杰米死死抱住大蛇那继续突变、不断肿胀的身体，徒劳地想把它拉出奄奄一息的斯泰格·卢卡的喉咙；我还看到，巨大的蛇头一路钻穿卢卡的脖子，吐出红信子，鳞片层叠的蛇头上沾染着血珠、挂勾着皮肉。

威戈挥动戴着黄铜指环的拳头，狠狠砸向它。大蛇灵巧地躲开了，又冲刺向前，露出骇人的蛇牙——粗大的利齿仍在变化，上排有两颗，下排有两颗，全都滴着透明的液体。它一口咬住威戈的手臂，他大声尖叫。

“疼！天啊众神啊！火辣辣的！”

卢卡的头已经被刺穿，当大蛇钉住他、挂着他，又把毒牙刺进狠命挣扎的警察的手臂时，他摇摇摆摆得像在跳舞。鲜血连着血肉溅落四处。

杰米眼神狂野地看着我。他已拔出了两把枪，但该往哪里射呢？大蛇盘拧在两个垂死的人中间。它的下半身——现在已经没有腿了——从堆落的衣物里抽出来，又粗又圆的蛇身卷住卢卡的腰，慢慢抽紧。蛇头下面的蛇身慢慢地从卢卡洞穿的脖颈里钻出来，那个洞被撕扯得越来越大。

我倒退一步，抓住威戈，拽着他的背心把他往后拖。被咬的那条胳膊已经发黑了，肿成了两倍粗。他瞪着我，眼珠子好像快从眼窝里暴突出来了，白沫开始从嘴角滴下来。

不知从哪里，传来了比尔·斯崔特的尖叫。

毒牙松开了。“疼。”威戈轻轻说了一声，便不再言语了。

他的喉咙肿大了，舌头耷拉出来，就这样倒在地上，在痛不欲生中震颤。大蛇凝视着我，吞吐着分岔的红信子。那双眼睛是黑漆漆的蛇眼，但分明透露着人类才有的意识。我举起左轮枪，枪膛里已装载了特殊的子弹。我只有一颗银子弹，蛇头疯狂地来回甩动，但我毫不怀疑自己不会失手；我生来是枪侠，这就是我理应做到的事。它向我冲来了，毒牙闪着寒光，我扣下了扳机。这一枪很准，银弹不偏不倚地射入张大的蛇口。蛇头被子弹的冲力推得向后仰，四溅的鲜血还没落上牢门铁栏、再落到过道地板上，就已经变白了。以前，我见过这样豆腐渣似的白色血肉。那是脑。人的脑浆。

突然间，换成奥利·安格被损毁的脸孔在凝视我了，依然悬挂在卢卡后脖颈上血肉模糊的大洞之上，但下半身依然是蛇体。蛇鳞之间钻出粗乱的毛皮，不管那身体是什么，它都正在死去，仿佛已完全失控了，曾经变过的形体乱作一团。就在它倒地之前的刹那间，蓝眼睛发黄了，变成了狼眼。接着，它连带着不幸的斯泰格·卢卡，彻底倒下了。过道里，垂死的皮人之身发出诡异的微光，仿佛会烧起来，继而波动着变换形状。我听到肌肉弹出时怦怦作响，也听到骨头挪位时磨出瘆人的摩擦声。一只光脚突然伸出来，变作毛茸茸的脚掌，然后又变回了人足。奥利·安格的残尸痛苦地辗转扭动了一会儿，然后，不动了。

男孩仍在尖叫。

“到床边去，躺下来，”我对他说，我的语气不是很平稳，“闭上眼睛，告诉自己，现在，一切都结束了。”

“我要你。”比利抽噎着，走向小床。他的脸蛋溅到了血，点点斑斑。有很多血喷溅到了我身上，但他没有看到。他的眼睛已经闭上了。“我要你陪着我！求你了，先生，求你了！”

“我会尽快来陪你的。”我说到也做到了。

就在关押醉酒闹事者的牢房里，我们三个凑在简易小床上度过了那一晚：杰米在左边，我在右边，小比尔·斯崔特在中间。风暴渐渐平息，夜深时，我们听到主路上传来人们欢闹的声音，德巴利亚的城民都来庆祝皮人的死亡。

“先生，我会怎么样？”好不容易入睡前，比利问道。

“会遇到好事情。”我说着，希望萨罗尼的艾菲琳娜别让我的心意落空。

“它死了吗？德鄯先生，它真的死了吗？”

“真的。”

但在这件事上，我决定做到万无一失。过了半夜，风暴基本变成了轻风，精疲力竭的比尔·斯崔特睡得很沉，连噩梦都无法侵扰他了，这时候，我才和杰米去牢房后面的垃圾场找治安官皮维。就是在垃圾场里，我们在奥利·安格的尸体上淋上煤油。点火之前，我问他俩，有人想留下那块腕表当作战利品吗？不知该如何解释，那块表在殊死搏斗中竟然没有坏，精巧的小秒针还在转动。

杰米摇摇头。

“我也不要，”皮维说道，“搞不好会有鬼魂缠身呢。点火吧，罗兰，我可以这么叫你吧。”

“当然。”我答道，然后擦亮火柴，扔向尸体。我们站在一旁看，直到德巴利亚的皮人的残尸烧成了炭黑的骨头。在灰烬中，腕表变成了一块炭黑的疙瘩。

第二天清早，我和杰米召集了一班人马——说是召集，其实人们都争先恐后地要跟我们走，直奔铁路线。到了目的地后，花了两个钟点才把脱轨的“小玩意儿”搬回双轨铁道上。火车司机特拉维斯负责指挥，我则向这些帮手们许诺：大家都能在蕾西小馆吃午饭、下午到“倒霉运”喝酒，所有账单我都包了，这让我一下子交到了不少朋友。

那天晚上，镇上会举办欢庆活动，杰米和我将成为座上宾。其实，我对这种事一向敬而远之，历来都不擅长聚会——我巴不得立刻回到家——但参加活动也算是任务的一部分。好处当然也有：会有很多女人，有一些无疑很漂亮。我不介意看到漂亮姑娘，我猜想杰米也不会反对。关于女人，他有太多东西要学了，在这件事上，德巴利亚算得上好地方。

我和杰米看着“小玩意儿”慢慢步入正轨，再一次朝我们慢慢驶来，方向也十分正确：朝向蓟犁。

“我们要不要回镇时在萨罗尼停一下？”杰米问我，“问问她们愿不愿意收留小男孩？”

“是的。而且，修道院长说过她有东西要给我。”

“你知道是什么吗？”

我摇了摇头。

艾菲琳娜，山一般的女人，大步流星穿过萨罗尼的庭院向我们走来，双臂朗朗张开。我差点顺势跑起来；这让我想到库娜附近的油田，我仿佛站在车道中央看着超大卡车向我驶来。

她当然没有冲过来把我们碾倒，而是用一个宽大的、丰满的拥抱将我们两个同时揽住。她闻起来十分甜美：混合着肉桂、百里香和烘烤糕点的香气。她亲了亲杰米的脸颊——他脸红了；又亲吻我的嘴唇。那个片刻，我们完全被她那复杂而汹涌的裙袍包裹住了，也笼罩在堪比羽翼猎猎翻飞似的丝绸兜帽投下的阴影里。

“你们为这座小镇做了多么了不起的贡献啊！我们该怎么说谢了才好！”

我笑着说：“艾菲琳娜夫人，您太客气了。”

“这算哪门子客气！你们会留下来和我们共进午餐的，是不是？有牧场自酿的葡萄酒，虽然不多。你们今晚会喝个够的，我一点儿不怀疑，”她还狡黠地瞥了一眼杰米，“不过，大伙儿轮番敬酒的时候，你们应当小心点；豪饮的时候是很像男子汉，但喝完了就没那么多男子气概了，稀里糊涂干下什么事，说不定自个儿都不记得呢。”她停了停，咧开嘴笑出声，一副心照不宣的样子，和她那身长袍不太相衬。“噢……大概你不会。”

杰米的脸红得都快爆了，但他一言不发。

“我们看到你们过来了，”艾菲琳娜说道，“这儿还有一个人想亲自感谢你们。”

她让到一边，让身后那个年轻的萨罗尼修女福尔图纳露面。她依然缠着很多绷带，但今天看起来很有生气，露在外面的那半边脸明显带着快乐和轻松的情绪，我们看得出来，她变得神采奕奕了。她羞涩地向前迈步。

“我又能安眠了。再过些日子，我甚至都不会做噩梦了。”

她撩起灰袍的下摆，双膝跪下在我们面前——这让我坐立难安。“修女福尔图纳，昔日的安妮·克雷，说谢了。我们都要感谢你们，但这是我自己的肺腑之言。”

我轻轻搀扶她。“快请起身，信民。不要在像我们这样的人面前下跪。”

她用闪亮的眼睛看着我，用她依然可以亲吻的半边唇吻了我的脸颊。接着，她就飞也似的穿过庭院，跑向了厨房——我猜想那应该是修道院的厨房，已经飘出了香喷喷的气息。

艾菲琳娜带着欢喜的笑颜看着她离去，继而转身对着我们。

“有个男孩——”我提起了这件事。

她点点头。“比尔·斯崔特。我知道他是谁，也知道他的事。我们修女不去镇上，但镇上的人时常来看我们。友好的小鸟会把新鲜事儿嘀咕到我们耳朵里，你明白我的意思吧。”

“我很明白。”我说。

“明天，等你们的脑袋清醒了、缩回正常尺寸了，”她说道，“再把他带过来。我们这儿都是女人，但很乐意接受一个孤儿……至少，在他需要刮胡子之前没问题，那之后，一群女人只会让男孩厌烦，或许他就不适合再待在这里了。这段时间里，我们可以叫他认字、算数……如果他够聪明，我们就愿意教。罗兰，佳碧艾拉之子，你认为这孩子聪明不？”

她称我为母亲之子、而非父亲之子，这是很奇怪的叫法，却出乎意料地让我很舒心。“我会说他非常聪明。”

“那就成了。等他长大了，我们还会给他找一个去处。”

“一片田，一个家。”我说。

艾菲琳娜笑了。“没错，就要那样，像勇者心提姆的故事里讲的。好啦，我们去吃午餐吧？我们要向两位英勇的年轻人敬上牧场自酿的葡萄酒。”

我们连吃带喝的，总之，那是一场非常愉快的聚餐。修女们开始清理桌面时，修道院院长艾菲琳娜把我带到她的套间，办公室比卧室大得多，办公用的橡木大桌上，文件堆得像小山，一道阳光照在桌上，还有一只猫睡在阳光里。

“来到这里的男人少之又少，罗兰，”她说道，“其中之一，你应该知道。他的脸很白，总穿着一身黑衣。你知道我在说谁吗？”

“宽袍人，马藤·布罗德克洛克。”我答道。仇恨让刚下肚的美食突然变味了。还有嫉妒，我猜想，不仅是代表我父亲——也就是被阿藤的佳碧艾拉戴上绿帽子的人。“他是来看她的吗？”

“他要求见她，但我拒绝了，把他打发走了。一开始他不肯走，但我亮出了自己的刀，告诉他萨罗尼有好几样武器，萨罗尼的女人们也知道怎样用。我说，第一样是枪。还提醒他身在内陆荒漠的深处，除非他能飞，否则——我建议他最好赶紧跑。所以，他走了，但在走之前他诅咒我，也诅咒了这个地方。”她犹疑了一下，抚摸着睡猫，又抬起头看着我。“曾有一度，我以为，皮人的出现是因为他的魔法生效了。”

“我不相信。”我说。

“我也不信，但我们谁也无法完全确证这一点，不是吗？”猫想爬上她的膝头，对它来说那一定是片宽阔的游乐场，但艾菲琳娜把它赶下去了。“但有一件事我能肯定：不管用什么办法，他和她交谈了，也许是在夜里透过她房间的窗户，也许只是在她噩梦连连的睡梦中，这就没人知道了。她把这个秘密带进了坟墓，可怜的女人。”

我没有回答什么。一个人又惊讶又心酸的时候，通常，最好不要说话，因为在那种心境下，说什么都可能是错的。

“我们把宽袍人赶走之后没多久，你母亲就决定放弃退隐生活。她说，她还有一个任务要去完成，还有更多要弥补。她说，她的儿子不久就会来这里。我问她是怎么知道的，她说，‘因为卡如轮，转不休’。她把这个留给你。”

艾菲琳娜打开办公桌下的一个抽屉，拿出一个信封。信封上写着我的名字，那字迹是我非常熟悉的。我父亲应该比我更熟悉。写下这个名字的那只手曾翻动着漂亮的老书，给我念《穿过锁孔的风》。还有别的，许多许多故事。我喜爱那些书里所有的故事，但更喜爱翻动书页的那只手。当风声响起，我更钟爱念诵故事的那个声音。那都是在她被魔法蛊惑、变成一个可悲的、背叛丈夫的女人之前——她就那样慢慢走向另一只手握住的一把枪。我的手。我的枪。

艾菲琳娜站起来，抚平宽大的围裙。“我得去看看我的小王国的各个角落是不是都妥当了。我就在这里和你道别了，罗兰，佳碧艾拉之子，你离去的时候只需把门带上，门会自己锁上的。”

“你信任我独自待在你的房间里吗？”我问。

她笑起来，绕过办公桌，又亲吻了我。“枪侠，我绝对信任你。”说完，她走了。她是那么高大，过门时甚至必须低下头。

我坐在那里，盯着佳碧艾拉·德鄯的最后一封信看了很久。心里五味杂陈，恨、爱、悔恨、遗憾……我再也没能摆脱那些感受。我想过烧掉它，不去读它，但最终还是把信封撕开了。里面只有薄薄的一页纸。每一行写得都不太齐整，很多地方的墨迹都糊了。我相信，写下这些词句的女人几近崩溃，挣扎着，想抓住残留的最后一丁点儿理智。我不知道有多少人看得懂这些话，但我能懂。我相信我父亲也能，但我从未把这封信给他看过，甚而不曾提及过。

我享用的盛宴烂透了

原以为是宫殿，实则地牢

痛煞我矣，罗兰

我想起了死在大蛇毒牙之下的威戈曾那样大喊疼痛。

如我回头讲述我所知

我无意听闻之事

或能拯救蓟犁乃至数年

或能拯救你乃至数年

你父亲就未必，因他从不关心我

“未必，因他从不关心我”这句话被重重地几道线划掉了，但我还是看出来。

他说我不敢

他说“到萨罗尼隐居到死吧。”

他说“如你敢回来，死神会提早召唤你。”

他说“你的死亡将毁灭世上唯一爱护你的那个人。”

他说“难道你愿意死在亲儿子手里，看着他抛弃

所有美善

所有慈爱

所有爱心

如同泼出一盆水？

蓟犁不会在乎你

哪怕死亡在所难免？”

但我必须回去，我为之千祈万祷

日思夜想

我听到的声音一直重复同一句话：

这就是卡的意愿

下面还有一些字句，是我在恐怖的界砾口之战、蓟犁崩解之后独自漂流的多年里一遍又一遍用手追抚过的，直到纸页松散破碎，我才让它随风而去——你知道的，穿过锁孔的风。到最后，风会夺走一切，不是吗？为什么不呢？为什么还企求别的结局？如果生命中的甜蜜幸福不曾离逝，那就根本没有幸福可言。

我在艾菲琳娜的办公室又待了一会儿，等待情绪平复下来。然后，我把母亲的遗言——临终的信笺——收进我的包囊，起身离开，并确保门在我身后锁上。我找到了杰米，我们骑马回了小镇。那天晚上灯火通明，大家载歌载舞，好吃的东西吃不完，好喝的酒水喝不完。还有女人，就是在那天晚上，沉默的杰米告别了处子年代。第二天早上……

风暴之后

1

“那天晚上，”罗兰说道，“好吃的东西吃不完，好喝的酒水喝不完。”

“酒！”埃蒂说着，假模假式又搞笑地叹了一声，“记忆犹新啊。”

过了这么久，这是几个人说出的第一句话，仿佛打破了狂风之夜的沉默魔咒。他们纷纷挪了挪姿势，好像刚从沉睡中醒来。除了奥伊，它依然平躺在壁炉火跟前，短腿小脚四仰八叉，舌尖耷拉在嘴角，那模样滑稽透了。

罗兰点点头。“还有女人，就是在那天晚上，沉默的杰米告别了处子年代。第二天早上我们又上了‘小玩意儿’，返回蓟犁。很久很久以前，发生过这样一个故事。”

“早在我爷爷的爷爷还没出生的时候。”杰克低声说道。

“这话我就不敢说了。”罗兰说着，微微一笑，然后连喝了几大口水。真是口干舌燥了。

隔了一会儿，大家还是沉默不语。终于，埃蒂开口了：“谢谢你，罗兰。这故事真牛。”

枪侠扬了扬眉。

“他的意思是，故事讲得好极了，”杰克说，“我也觉得好。”

“瞧我们挡在窗前的木板间都见天光了，”苏珊娜说道，“还不太亮，但有光了。你讲了一整晚，罗兰。要我说，你才不是加里·库柏[①]那种闷棍硬汉呢！”

“我不知道他是谁。”

她握住他的手，用力捏了一下。“没关系，宝贝儿。”

“风小了，但还是刮得挺猛。”杰克留心听了听。

“我们把火生起来就睡觉吧，”枪侠说道，“今天下午就会回暖了，我们就能出门了，再拾些柴火来。明天……”

“上路。”埃蒂抢先说道。

“你说得没错，埃蒂。”

罗兰把最后一点柴火扔进炉膛，看着火势腾地涨起来，然后躺下来，闭上眼睛。不出几秒，他就睡着了。

埃蒂把苏珊娜揽进怀里，又越过她的肩膀看了看杰克，他盘腿坐着，看着炉火。“该睡啦，小牛仔。”

“别这么叫我。你知道我讨厌的。”

“那好吧，小牛犊。”

杰克伸出中指。埃蒂笑了，也闭上了眼睛。

男孩把毯子披裹在身。*真是个损友*，他想着便笑了。石墙外面，风吟依旧——有声但无形。杰克又想道，*风在锁孔的另一边。可是在另一边，风又是从哪里吹来的呢？都是来自永恒。以及，黑暗塔。*

他想到很多很多年前，那时候的罗兰·德鄯还是个陌生人，躺在石塔顶层的圆形卧室里。窝在暖和的被子里，听他妈

---

① 加里·库柏（Gary Cooper，1901—1961），美国演员，曾获第二十五届奥斯卡最佳男主角奖，代表作《正午》《悲怆》等。

妈讲述古老的故事，外面风声呼啸，掠过黑暗的大地。半梦半醒之间，杰克看到一张女人的脸孔，又慈祥又美丽。他自己的妈妈从来没有给他读过故事。在他的家园里，那是佣人的职责。

他闭上了眼睛，看到很多貉獭后腿站立，在月光下起舞。

他睡着了。

2

罗兰在午后醒来，那时，风已近乎平息了，微风轻扬，石头大厅里亮堂多了。埃蒂和杰克睡得正香，但苏珊娜醒着，已经把自己挪到了轮椅里，拆下了一扇窗前的木板。此刻，她正托腮安坐，望着窗外。罗兰走到她身边，手搭在她肩头。苏珊娜抬起头，头也没回地拍了拍他的手。

“风暴过去了，宝贝儿。”

“是的。但愿我们别再遇上一次了。”

“如果再遇上，但愿能再在附近找到这么好的藏身地。不过，古克村……”她摇摇头。

罗兰略微倾身，往外张望了一下。眼前的景色不会让他大惊小怪的，但或许埃蒂会给出“酷毙了”之类的评价。大路仍在，但路上堆满了树枝和断裂的树干。排在大路两边的房屋都消失了，只有石头垒砌的聚众厅还矗立着。

“我们很幸运，是不是？”

“纽约的苏珊娜，弱者才会用幸运这个词代替卡。”

她想了想这句话，没出声。暴冰煞最后一阵余风钻过窗洞吹进来，把她头顶的头发吹压下去，好像有一只无形的手在抚摩她。这时，她转过身对他说："她离开了萨罗尼，回了蓟犁——你的母亲。"

"是的。"

"即便那个狗娘养的告诉她，她会死在亲儿子手里？"

"我不知道他是不是这么说的……但是，是的。"

"难怪她写那封信的时候都快疯了。"

罗兰沉默了，望着窗外被风暴席卷又损毁的一切。然而，他们找到了庇护所。让他们免于风暴的很好的庇护所。

她把他只有三只手指的手拢在自己的双手间。"最后，她还写了什么？是什么话，让你摩挲了无数遍、直到信纸碎散？你可以告诉我吗？"

沉默延续很久，他始终没有回答。就在她确信他不会吐露的时候，他开口了。苏珊娜觉察到他的声音有些许颤抖——几乎难以察觉，但肯定有，苏珊娜从没听过罗兰这样讲过话。"在最后一段之前，她都是用低等语写的。但最后一段用的是高等语，每一个字都写得极其优美：我原谅你所做的一切。还有：你可以原谅我吗？"

一颗热泪流下她的脸庞，那么温热，充满人类才有的情感。"你可以吗，罗兰？你原谅她了吗？"

蓟犁的罗兰仍然望着窗外——阿藤的后代，佳碧艾拉之子——他微笑了。笑容如同第一束朝阳照在荒粝的旷野上，绽放在他的脸庞上。他只说了一句话，便回到他的装备边，着手准备他们下午的早餐去了。

他说，是的。

3

那天晚上，他们又在聚众厅待了一夜。大家有说有笑，但没有讲故事。次日清晨，他们收拾行囊，继续沿着光束之路朝卡拉·布林·斯特吉斯进发，之后便是边境，再是雷劈，最后是黑暗塔。很久很久以前，发生过这样一个故事。

后记

在给儿子的遗书上，佳碧艾拉·德鄯用高等语写下的最后一段是这样的：

在任何一种语言里，最优美的三个字都是：我原谅。